KB141642

나를 안다고 하지 마세요

한뼘자전소설

나를 안다고 하지 마세요

초판 1쇄 펴낸날 2014년 11월 15일
초판 2쇄 펴낸날 2015년 12월 7일

지은이 한국미니픽션작가회

펴낸이 최윤정
펴낸곳 도서출판 나무와숲 | 등록 2001-000095
주소 서울특별시 송파구 올림픽로 336 1704호(방이동, 대우유토피아빌딩)
전화 02)3474-1114 | 팩스 02)3474-1113 | e-mail : namuwasup@namuwasup.com

값 15,000원
ISBN 978-89-93632-41-5 03810

한뼘자전소설

나를 안다고 하지 마세요

한국미니픽션작가회

나무와숲

우리는 과잉고백의 세상에 살고 있다. SNS 등 다양한 매체는 우리에게 끝없이 고백하기를 강요하고 있고, 이러한 매체를 통해 유사한 형태의 자기고백이 끝없이 이어지고 있다. 너(타자 혹은 대중)의 반응 역시 실시간으로 이루어진다. 이러한 빈번한 교류에도 불구하고 인간관계는 더욱 빈곤해지고 개인의 심리 상태는 단절과 고립 그리고 불안이란 병증의 늪으로 빠져들고 있다. 이러한 현상의 해결책으로 제시되는 것의 하나가 문학치료이다.

일찍이 그리스인들은 도서관을 '영혼의 의학'이라고 믿었다. 환자를 치료할 때 첫째가 말, 다음으로 식물, 마지막으로 칼을 수단으로 삼았다고 전해진다. 그만큼 정신적 영역인 읽고 쓰기에 중점을 두었다는 말일 것이다. "글을 쓰는 것은 치료의 한 형태이며, 글쓰기나 예술 행위를 통하지 않고 인간 실존의 광기나 우울증 그리고 공포에서 벗어나기 어렵다"는 그레이엄 그린의 말도 글쓰기의 유용성을 높이 평가한 것이라 하겠다. 이처럼 문학은 불행에 대처하는 가장 훌륭한 수단이라는 사실을 부인할 수 없다.

특히 자전소설 쓰기는 자기를 대상화하여 냉철하게 분석하고 응시할 수 있다는 점에서 매우 효과적이다. 무한경쟁과 무한질주의 도정에서 잠시 벗어나 온전히 자신에게로 돌아감으로써 자신 혹은 또 다른 자신과 만날 수 있고 화해할 수 있다. 나를 이해하는 것은 곧 나를 사랑하는 것이고, 이것은 곧 세상으로 나아가는 새로운 통로를 마련하는 것이다. 한 걸음 더 나아가 보편적 동질성을 확보함으로써 독자에게도 문제를 해결할 수 있는 대안을 제시할 수 있다.

한뼘자전소설 쓰기는 진정한 자기고백을 바탕으로 삶을 재창조해 나가는 작업이다. 누구든 이 작업을 통해서 '나'는 물론이고 '내가 모르고 있었던 또 다른 나'를 만날 수 있다. 제도나 질서에 얽매인 채 내몰렸던 가엾은 '나'를 폭력적인 그 세계로부터 잠시나마 벗어나게 하는 일이다.

모든 사람은 그 자체로 유일한 존재이며 그 누구에 의해서도 대체될 수 없다. 또한 존재로서의 개인은 단 한 번의 삶을 살아낼 뿐이다. 한뼘자전소설 쓰기는 정체성을 찾아가는 작업이며, 욕망이 주인인 삶을 구체화시키는 일이라고 확신한다.

한뼘자전소설 쓰기를 김현 선생님의 문학 유용론에 얹어 본다. 한뼘자전소설 쓰기는 아픈 이들을 구하지는 못한다. 그러나 아픈 이들에게 우리의 상처를 보여줌으로써 동질성의 아픔을 겪고 있다는 사실을 알려줄 수는 있다. 상처 입은 모든 사람들이 작업에 동참할 수 있기를 희망한다. 여기까지가 우리 작가회의 소박한 바람이다.

2014년 11월
한국미니픽션작가회

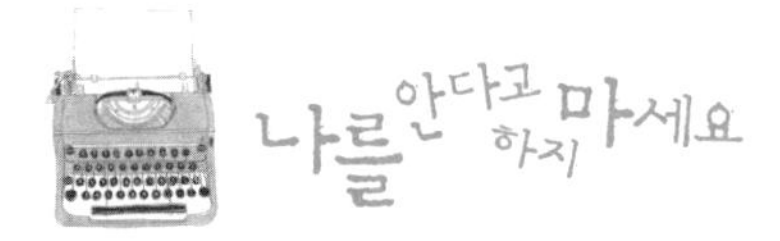
나를 안다고 하지 마세요

구 자 명

카페 샌프란시스코, 애틀랜타
지상의 집 한 칸
포물선이거나 원이거나 혹은

구자명

1997년 《작가세계》에 단편 〈뿔〉로 등단했다. 소설집으로 《건달》과 《날아라 선녀》가 있으며, 산문집으로 《바늘구멍으로 걸어간 낙타》, 《던져진 돌의 자유》, 2인 미니픽션집 《그녀의 꽃》 등이 있다.

카페 샌프란시스코, 애틀랜타

너, 얼마 동안이나 거기 그러고 있었던 거니. 그 치렁치렁하던 레게 머리는 어떻게 하고 지친 불독처럼 주름진 뒷목을 보이며 언제까지 그렇게 앉아 있을 거니. 세계 각지의 활화산을 찾아다니며 가이아의 불타는 심장을 관찰하고 측량하는 지구과학자면서 틈만 나면 자작 음유시를 읊조리고 기타를 치던 대책 없는 이상주의자였던 너. 어째서 네가 이 낯선 도시의 밤거리에서 어울리지 않는 가죽 점퍼를 입고 늦가을 한기를 견디며 꼼짝도 않고 앉아 있는 거니. 그래, 임마누엘은 그런 차림을 좋아했었지. 나이지리아에서 유학 온 부족장 아들이었던 그 남자는 미국인인 너보다 훨씬 자본주의의 전략과 효능에 익숙했어. 하마터면 나는 그에게 넘어갈 뻔했지. 그날 네가 날 도서관 앞에서 기다리다 허탕친 날, 난 그와 함께

SALES
LESSONS
REPAIRS

테니스를 치러 갔었지. 나는 그가 디자이너 브랜드 운동복을 입고 프로선수처럼 라켓을 능숙하게 다루는 걸 보고는 질려서 왕초보의 핑계를 댈 기회조차 놓쳤어. 그와 그날 밤 춤추러 가기로 했었는데 나는 너무 부끄럽고 자존심이 상해 몸이 안 좋다고 둘러대고 일찍 헤어졌지. 그리고 하숙집에 돌아오니 새로 쓴 시편들을 말아 쥔 네가 이층 내 방으로 올라가는 계단에 앉아 있었어. 오바마의 부모는 우리처럼 하와이대학 러시아어 초급반에서 만났다지. 그런데 나는 널 남자로 생각하는 걸 스스로에게 허락할 수가 없었어. 피부색 때문이라고 암암리에 자기설득을 했었는데, 임마누엘한테서는 이성을 느꼈던 걸 보면 결국 자기기만이었던 거야. 넌 너무 달랐어. 주변의 어떤 피부색의, 어떤 부류의 남자와도 다른 인간이어서 두려웠던 거지. 너와 그날 밤 내 하숙방에서 꼬박 밤을 새며 포도주 몇 병을 비우는 동안 나는 너의 에로스적 접근을 원천봉쇄하는 온갖 계략을 썼지. 철학적·사회학적·심리학적 날개념들이 좁은 방안을 부나방처럼 명멸하며 대마풀 태운 것 같은 너의 체취를 흐트러뜨렸어. 어슴푸레 여명이 밝아 오자 너는 과학자의 일상으로 돌아가기 위해 방을 나서며 물었어. 너 석녀냐? 나는 대꾸했지. 헤이 친구, 너 별로 매력 없거든. 너는 깊고 검은 눈을 껌뻑이더니 말했어. 하긴…… 내가 생각해도 그래. 그 순간 네가 얼마나 쓸쓸해 뵈고 매력적이던지, 하마터면 달려들어 꼭 끌어안을 뻔했어. 하지만 안 그러길 잘했다고 두고두고 생각했지. 너의 그 판독할 수 없는 두려운 심연을 내가 어떻게 감당할 수 있었겠어. 후에 결혼은 안 하고 아들만 하나 얻었다는 소식을 풍문으로 들은 게 한 십 년 됐나 봐. 그때까지 샌프란시스코의 한 대학 연구소에 적을 두고 있던 걸로 아는데 여기 애틀랜타에 허슬러 같은 차림을 하고 앉아 있을 리가 있겠니. 그런데 왜 나는 자꾸 저 남자의 뒷모습이 너의 변한 모습일지 모른다고 생각되는 걸까. 네가 변한 만큼 내가 변했기 때문일까. 삼십여 년 만에 다시 방문한 이 남부의 도시에서 뜻밖에 홀로 하룻밤을 보내게 된 내가 어떤 모습을 하고 있을지 넌 떠올릴 수조차 없을 거야. 네 자리에 내가 앉아 있고 카페 안에서 네가 날 창 너머로 바라보게 되었다면…… 이쯤에서 우리가 다시 만난다면…… 우리는 예전의 우리일 수 있을까. 그러니 너, 제발 고개를 돌리지 마.

지 상 의　집　한　칸

요 며칠 사이 셔츠 속에 껴입은 발열 내복이 답답하고 살갗이 스멀거리는 것이 수상쩍다 싶더니 J의 눈길은 창밖으로 연분홍 치마를 날리기 시작했다. 어느 소설가는 《정情은 늙지도 않아》라는 제목의 책을 쓰기도 했지만, J의 꿈은 참 늙지도 않는다. 그것이 일장춘몽인지 호접지몽인지 알 바 없지만 어쨌든 봄의 기척만 느껴지면 J를 샛서방처럼 쑤석거려 집 밖으로, 동네 밖으로 끌어내는 통에 식구들도 이젠 그러려니 한다. J의 그 춘몽이라는 것이 샤방샤방한 연애라도 꿈꾸는 것이라면 차라리 어느 시점에선가 한번 작정하고 사고를 쳤을 법도 한데, 알고 보면 별 얘깃거리도 못 되는 시시하고 평범한 거다.

그렇게 별 볼일 없으면서도 봄마다 J의 마음에 애드벌룬을 달아

정처 없이 떠다니게 하는 꿈이란, 작고 조촐하고 기능적인 전원주택 한 채를 갖는 것이다. 그래서 그걸 지을 곳을 찾아 수도권 일대의 땅을 둘러보고 다닌 게 수년째다. 중년 이후로 아파트 살이를 면치 못해 온 도시생활자로서 그런 계획을 품을 만하다고 쉽게 생각할 수 있겠으나 J가 머릿속에 그려 온 집은 사실 그렇게 간단히 이루어질 성질의 것이 아니다.

왜냐하면 '작고 조촐하고 기능적'이라는 조건 속에 포함된 '기능적'이란 말이 함의하는 요소들이 상호 모순되기 때문이다. 프라이버시를 침해받지 않으면서 공동체적 유대가 원활해야 하고, 조용하면서 적적하지 않아야 하고, 연료가 적게 들면서 냉난방이 잘 되어야 하고, 햇빛이 많이 들면서 굴 속 같은 아늑함을 가져야 하고, 일손을 많이 필요로 하지 않되 최대한 자연주의적 시설이어야 하고, 실내외 경관이 소박하면서 세련된 분위기여야 하는 등등, 리스트는 길게 이어진다.

바로 그 리스트의 비현실성으로 말미암아 J가 꿈꾸는 전원주택은 그토록 오랫동안 꿈에 머물렀고 앞으로도 그럴 공산이 크다. 게다가 봄철이 지나고 나면 그 꿈은 언제 그랬냐는 듯이 봄꽃처럼 시들어서 그녀 의식의 주름 속으로 슬그머니 스러져 버리곤 한다.

지난봄 언젠가 남한강 부근에서 종일 발품을 팔며 집터를 보러 다니던 J는 문득 자신이 왜 이 허망한 주기성 증상을 앓게 됐을까 의아하고 혼란스러워져 강가에 주저앉아 울었다고 한다.

돌이켜보면 J는 학창 시절부터 시작해 수십 곳의 집을 전전하며 꽤나 장구한 이사의 역사를 써왔다. 대학 시절 자취방 이사만 한 학기에 평균 한 번 이상으로 졸업 때까지 열 번도 넘게 다녔고, 졸업 후 잠시 부모님 집에 돌아왔다가 결혼 전후로 다시 옮겨 다니길 무려 열세 번이나 했으니 가히 인생의 절반 이상을 이삿짐 꾸리다 볼장 다 봤다고 해도 과언이 아니다.

물론 내집 마련 이전까지 J는 월세·전세·전전세 등 갖가지 형태의 임대를 거쳤고, 내집을 갖고 나서도 외국에 몇 년 나가 있게 되는 바람에 다시 월셋집을 살았다. 허리를 90도 가까이 구부린 채 드나들어야 하는 부엌에다 범곤충전당대회가 무시로 열리는 화장실이 달린 반지하방에서도 살았고, 윗목에는 자리끼 물이 얼어붙는데 아랫목에 깐 요는 구멍이 나도록 타들어 가는 적산가옥에서도 살았다. 또 북태평양 바다를 파노라마 비전으로 감상할 수 있는 드넓은 창밖으로 저녁이면 진홍빛 노을이 자지러지게 펼쳐지던 유럽식 아파트와 이따금 주당 남편이 취흥이 도도해서 창턱에 올라앉으면 내려올 때까지 떨면서 옆에서 지켜봐야 했던 당시 한국 최고층 아파트의 18층에서도 살았다. 지금은 43년 된 한국 최고령 아파트에서 부모님이 쓰시다 가신 것과 우리 것을 합친 살림살이의 과포화 상황을 요령껏 견디며 그럭저럭 지내고 있다.

어제 아침, 요 며칠 졸졸 새던 세면대의 수도 파이프가 드디어 터지면서 욕실 바닥이 물바다가 되자, J는 세수하다 말고 집 밖으로 뛰쳐나갔다. 아파트 단지 내 설비공사 점포에 갔겠거니 하고 기다렸으나 그녀는 여지껏 돌아오지 않고 있다. 엊저녁 늦게 휴대폰으로 문자 메시질 하나 보내오긴 했다. '쓸 만한 토굴을 찾고 있어. 찾으면 연락할게.' J가 찾는 토굴은 우리가 같이 살 집일까, 자신만의 집일까? 아님, 혹시……집을 꿈꾸는 일을 그만두려는 걸까?

포물선이거나 원이거나 혹은

명자는 오늘도 몸상태가 좋지 않다. 잔인한 4월에 치를 떨며 알레르기성 소양증으로 몇 주간 신고를 치르고 난 게 겨우 달포 전이다. 계절의 여왕이라는 5월 한 달은 단지 가려움증에서 벗어난 해방감만으로도 쾌적했다. 그런데 마감을 코앞에 둔 번역 작업에 좀 몰입하다 보니 열흘 전부터 지병인 3차신경통이 슬슬 공세를 펼치기 시작했다. 편두통 약을 먹고 동네 지압원에서 어깨 마사지를 하고 비상대책으로 압봉 치료까지 받았건만 쉽게 물러설 기세가 아니다. 이대로 가면 '아아 잊으랴, 어찌 우리 이 날을' 노래해야 할 6·25에 이르도록 차도를 못 보다가 전우의 시체가 아닌 그녀 자신의 반주검을 넘고 넘어 6월 말 예정인 집안 행사에 가서도 보탬은 커녕 민폐나 끼치지 않을까 걱정이었다.

몇 년 전 광명시 어디선가 만났던 점쟁이, 아니 역학인(점 보러 왔다고 했다가 혼났다)이 그녀의 이름이 고독하고 고달프고 고집스럽다며 3고의 불운을 역전시킬 새 이름을 지어 준 것이 앞뒤 글자만 서로 바꾼 지금 이름이다. 명자가 되고 나서도 고독하고 고집스러운 건 변함없지만 그로 인해 그녀 자신이 별 불편을 못 느끼니 상관없는데, 변함없이 고달프다는 게 문제다. 사실 인생고해라는, 부처님 말씀을 떠올리지 않은들 세상살이 고달픈 줄이야 누가 모르겠는가? 그런데 그녀로선 중년 이후 절절히, 생생하게, 줄기차게 겪고 있는 고달픔이 있으니 신체적 질환으로 인한 것이다.

돌이켜보면 명자가 지닌 질병의 역사는 가족 병력과 얽혀 있어 아버지와 두 오빠가 모두 앓았던 폐결핵에서 시작된다. 20대 초반에 발병해 2년여 투약으로 완치된 줄 알았던 게 20대 중반에 재발, 또 2년여 약을 먹고 잠잠해졌다가 신혼 초에 다시 발병하여 선지피를 토하는 바람에 미안케도 남편은 일찌감치 팔자 고치는 줄 알았을 거다. 현대 의학 덕분에 그도 잘 치료하여 30대를 무사히 넘겼으나 40대 초반에 3차신경통이란 듣도 보도 못한 병통이 찾아들었다. 게릴라 기습처럼 느닷없이 닥치는데 귀 뒤쪽 후두부를 전기침처럼 쑤셔 대고 전기톱처럼 저며 대는 그 통증은 필설로 다할 수가 없다. 방치하면 안면근육 마비가 오고 얼굴이 돌아가 밥 먹기조차 힘들어진다.

하여간 그 고약한 병증을 15년 넘게, 잊을 만하면 찾아오는 빚쟁이처럼 달고 사는 동안 갑상선암 수술을 하게 되어 5년여에 걸쳐 항암 치료도 해야 했다. 이후 편두통·견비통·좌골신경통 따위는 연중 단골손님으로 모시고 사는 중에 근년 들어 묘한 귀빈을 맞게 되었으니 다발성 근염이라는 난치성 희귀질환이다.

이 병에 '묘한'이란 수식어를 붙이는 이유는 완치의 수단이 없다고 알려진 중병인데도 남들은 당사자가 병을 앓고 있는지를 모른다는 데 있다. 그녀 정도 초기 상태에서는 겉으로 보긴 멀쩡한데도 사지 근육이 점점 훼손되고 무력화되어 노상 넘어지고 바닥에서 단번에 일어나거나 높은 데 있는 물건을 꺼내지 못하고 병마개를 제 힘으로 열지도 못하는 등 일상생활이 꽤나 불편하다는 게 그 대표적 증상이다. 심해지면 장기 근육까지 훼손된다 하니 몸서리쳐질 일이지만 다행히 그전에 명의 지인의 처방으로 발병 전 상태의 6할 정도는 근력을 회복하였다. 한창 안 좋을 때 다급한 마음에 대학병원 류머티스 내과에서 처방한 스테로이드를 수개월 복용했는데 부작용이 너무 커서 한방으로 전환한 것이다.

길에서 다른 이들 놔두고 하필 자기한테 다가와 찐빵집이나 만두집 위치를 물어 보는 이들이 생길 정도로 풍선처럼 부푼 얼굴을 하고 있을 즈음 그녀는 사실 많이 비감스러웠다. 이렇게 더 살아서 뭘 하겠나, 싶은 절망감에 그녀 없는 삶에 대한 준비가 돼 있을 리가 없는 자식과 남편의 처지를 떠올리며 한숨짓기도 했다.

그럴 즈음엔 3차신경통 따윈 사소하게 여겨져서 기습을 당했을 때도 그 통증을 대수롭잖게 받아들였던 것 같다. 그런데 오늘 그

3차신경통이 또 문제인 것이다. 그것도 전면전으로라도 갈 듯이 육박해 오고 있는 이 심상찮은 느낌……!

명자는 한 페이지만 더 하려던 번역 작업을 접고 컴퓨터 앞을 물러나려다 자주 들어가는 인터넷 카페를 클릭했다. 그 카페엔 휴식과 명상에 좋은 음악들이 더러 올려져 있기 때문이었다. 음악방을 클릭하려다 자유게시판에 새로 올라온 영상을 발견한 그녀는 '태양계의 실제 움직임'이란 제목에 끌려 그것을 클릭했다. 누가 제작했는지 모르겠지만 태양계의 모습을 컴퓨터그래픽으로 재구성한 동영상인데 그것을 보며 명자는 잠시 머리의 통증을 잊었다.

시속 78만 킬로미터의 속도로 움직이는 태양과 그 주위를 도는 행성들은 평면도로 봤을 때와 달리 입체도로 보니 단순히 회전하고 있는 게 아니라 소용돌이치고 있었다. 태양은 마치 혜성처럼 그 후류에 행성들을 끌고 다니며 어딘가를 향해 나아가고 있었는데, 태양도 행성들도 소용돌이 모양으로 움직이고 있었다. 과학 용어로는 그것을 볼텍스vortex 운동이라고 부르는 듯, 그 동영상은 계속해서 은하계, 고사리, 장미꽃, 유전자 구조, 회오리바람 등을 보여주면서 모든 생명은 이렇게 볼텍스 운동을 한다고 자막으로 설명했다. 그리고 마지막으로 덧붙이는 말이 이러했다. "우주 공간 속을 달려가면서 이 사실을 생각하시라."

우주 공간 속을 달려가면서 생명의 소용돌이 현상을 생각하라니! 명자는 순간 머리에 전기가 들어오는 느낌을 받았다. 3차신경통이 주는 전기고문적인 느낌이 아니라 꺼져 있던 전구에 불이 환하게 밝혀지는 느낌이었다. 아, 내가 어디론가 소용돌이치며 나아가고 있구나. 그래서 이리 몸살을 하는구나. 질병도 존재의 운동이구나. 내 존재를 평면도가 아닌 입체도로 조망하면 그렇겠구나.

나는 이제껏 인생을 오르고 내리는 포물선이거나 돌고 도는 순환의 원으로 파악했는데, 이렇게 소용돌이치며 나아가는 세계가 있구나. 나는 하나의 생명이니 내 세계도 그러하겠구나. 그녀의 머리 속에서 만가지 생각이 소용돌이쳤다. 그러는 동안 명자도 자명이도, 개똥이도 똥개도 다함께 크나큰 생명의 소용돌이 속으로 녹아들었다. 다함께 소용돌이치며 어딘지 모를 곳으로 이동해 가고 있었다. 오메가 포인트*가 곧 눈에 잡힐 듯했다. 아득한 듯 가까웠다. 광대한 듯 조밀했다. 심오한 듯 단순했다. 온 천지가 하나인 듯 따로인 듯 소용돌이 속에서 요동치고 있었다.

명자는 침을 흘리며 졸다가 전화벨 소리에 깨어났다. "얘, 별일 없니? 네 꿈을 꿨어." 친구가 수화기 너머로 걱정스레 안부를 물었다.

* 19세기 프랑스의 철학자이며 고생물학자였던 떼이야르 드 샤르댕 신부는 자연계의 복잡성과 인류의 인지 능력은 하나의 궁극적 상태, 그가 '오메가 포인트'라고 정의하는 종착점으로 나아가는데, 그 과정에서 전 우주와 인간의 의식이 함께 완성을 향해 진보하고 있다는 이론을 발표했다.

잠이 보약이구나! 명자는 신통하게도 자기 머리가 열흘 만에 처음으로 아무런 통증 없이 가뿐해진 걸 느끼며 대꾸했다. "응, 잘 지내. 나도 방금 우리 꿈 꿨는데, 하하하……."

구 준 회

어떻게 살았을까

어머니의 비

추억의 아이스크림

구준회

한국문인협회 · 한국순수문학인회 · 갈대시동인회 · 광화문시낭송회 · 서울교원문학회 회원이자, 한국동요문화협회 · 구상선생기념사업회 · 미니픽션작가회 이사. 시집으로 『우산 하나의 행복』, 『사람 하나의 행복』이 있으며, 미니픽션 공저가 여러 권 있다.

어 떻 게 살 았 을 까

비가 동그랄 수 있는 것은 오래 떨어져야 하기 때문인가 보다. 저 높은 하늘에서 이 낮은 지상까지 동그랗지 않고서야 어찌 다 내려올 수 있을까. 빗방울처럼 동그란 소녀를 비오는 날 잃어버렸다. 그 뒤로 비는 그녀처럼 오는 것 같았다. 동글동글 또르륵 처마를 내려 뛰는 빗방울.

토요 예배가 끝난 중등부실 건물 앞에 중학교 여학생과 남학생 몇이 처마 밖을 쳐다보고 있었다. 검은 하늘 빛 사이로 장대 빗줄기가 가로등에 장막을 치는 것처럼 보였다. 장마가 시작되었는지 잠시 비껴가는 비는 아니었다. 몰아닥치는 비를 피할 방법은 어디에도 없어 보였다. 나는 문 옆에서 어깨를 오므리고 있는 숙을 발견하였다. 우산을 준비 못한 모양이다. 우산을 펼치며 "숙아, 가자"라고 말을 던졌다. 숙은 동그란 눈을 더욱 동그랗게 뜨며 화들짝 내 곁으로 다가왔다. 숙은 나와 같은 산비탈 시영아파트에 살아 몇 차례 같이 간 적이 있었다.

빗줄기는 더욱 굵어지는 것 같았고 한 개의 우산 속에 둘이 들어서니 바깥쪽 어깨는 돌볼 수 없어 이미 흠뻑 젖은 지 오래다. 그것을 더 안 젖게 하려고 서로 밀어 주다 오히려 더 젖어 버렸다. 그래도 더 이상 안으로 붙을 수도 없다. 중1과 중3끼리 어깨를 보듬어 줄 수도 없고 덮어 줄 외투도 여름 반팔 교복인지라 없다.

"이렇게 비가 오는 날은 무서워요."

숙의 얼굴은 눈만큼 동그랗다. 그리고 까무잡잡하다. 고만 또래의 뽀얀 얼굴과 달리 윤기마저 없어 조금 푸석푸석했다.

"아주 어렸을 때 공항 근처에 살았데요. 비행기가 뜨고 내릴 때 많이 놀랐데요."

숙은 2년 선배인 나를 잘 따랐던 것 같다. 같은 동네에 살아서인지, 친구가 없이 혼자 교회를 다녀서인지 모임 때마다 일찍 와 청소도 도와주고 의자 정리도 해주며 즐거워했다. 그 웃는 모습이 너무 고소해 얼굴 가득 깨 볶는 향이 나는 것 같았다.

평지 길이 끝나고 아파트 단지의 비탈길에 접어들었다. 쏟아지는 장맛비로 시멘트 포장도로 길엔 지나는 사람이 아무도 없었다. 가로등만 드문드문 켜져 사선의 빗줄기를 전등갓 아래 가두려고 낑낑대고 있을 뿐이었다. 하늘에선 연신 크르렁거리며 고장 난 뱃속처럼 들끓는 소리를 냈다. 그러곤 산 멀리 번개 치는 불빛 섬광이 언뜻언뜻 보였다.

그리고 천둥이 치기 시작했다. 쿠르릉 꽝꽝. 숙이 흠칫 놀라며 내게 기대왔다고 느낀 순간, 숙은 얼굴이 새파랗게 질리며 '어어' 하는 비명 소리를 냈다. 그러곤 비 오는 바닥에 무너지듯 쓰러졌다. 나도 모르게 머리가 다치지 않도록 어깨를 보듬고 일으키려 했으나 비 때문에 미끄러워 일으켜 세울 수도 없었다. 숙은 다리를 버르적거리고 팔을 덜덜 떨고 있었다. 눈은 허연 동공을 하늘로 치뜬 채 입에서는 게거품 같은 허연 거품이 품어져 흐르고 있었다. 그리고 연신 '어어' 하는 신음 소리를 냈다.

"숙아 숙아 정신 차려!"

나는 당황하여 어찌할 바를 모른 채 이름만 부르며 소리를 질렀다. 주위를 둘러봤지만 지나가는 사람이 아무도 없었다.

"사람 살려요, 사람 살려요! 도와주세요!"

소리를 질렀지만 빗소리와 천둥 소리가 삼켜 버렸다. 온몸을 덜덜 떨며 비를 맞고 있는 숙을 보호하려고 상체만 껴안고 지켜볼 따름이었다. 갑자기 아무런 것도 할 수 없다는 게 너무도 무력하게 느껴져 심한 자괴감이 몰려왔다. 숙은 더욱 입술이 파래지고 얼굴까지 파래지고 온몸의 근육이 굳어 가는 듯 차갑게 느껴졌다.

나는 나도 모르게 숙의 머리를 내 가슴에 댄 채 기도를 하기 시작했다.

"주님 도와주세요, 이 아이를 살려 주세요. 그러면 무엇이든 할게요. 주님, 주님."

하늘에선 아무 반응이 없었다. 다만 빗방울만 아프게 아프게 때릴 뿐이었다. 내가 덜덜 떨면서 그렇게 기도하고 있기를 몇 분이나 지났을까, 숙은 떨기를 툭 멈추었다.

나는 "숙아 숙아"를 연신 부르며 얼굴을 토닥였다. 잠시 후 눈을 뜬 숙은 깜짝 놀란 표정을 짓더니 바로 앉으며 황급히 앞섶을 붙잡고 치마를 아래로 내렸다.

"괜찮아?"

숙은 고개만 까딱이며 눈을 마주하지 않았다. 나는 황급히 팽개쳐 나간 우산을 집어다 씌웠다. 무어라 말을 해야 할지 너무도 창졸간에 당한 일이라 아무 생각도 나지 않았다. 다만 깨어났다는 게 너무도 감사하고 고마울 뿐이었다. 숙을 부축하여 일어났다.

"집이 어디야? 데려다 줄게."

순간 숙은 우산을 빠져나가 뛰어가기 시작했다. 그리고 어느 아파트 입구로 들어섰다. 나는 쫓아가다가 몇 발짝 건너에 섰다.

"여기예요."

아파트 전구가 켜져 있어 이제는 확연히 숙의 얼굴이 보였다. 숙은 온몸이 다 젖은 채 서 있었다. 그리고 손을 작게 흔들었다. 가라는 인사였다. 그때 나는 숙의 얼굴에서 뭐라 말할 수 없는 겸연쩍은 미소를 읽었다. 지금까지도 지워지지 않는 그 형언할 수 없는 묘한 미소. 무언가를 들킨 듯한, 당황을 벗어난 어떤 체념과 미안함, 그리고 부끄러움이 뒤섞인 미소가 희뿌연 전구 빛에 또렷하게 아주 크게 보였고, 그 미소가 가슴을 찢듯이 아프게 보였다.

다음 주에 숙은 보이지 않다가 몇 주 후 교회에 나와 내게 봉투를 하나 건네주고 갔다. 그 봉투 속에는 종이로 곱게 싼 한 마리분 정도의 꿩 털이 들어 있었다. 묘한 아름다움을 간직한 꿩 털이었다. 귀한 것이었나 보다.

숙은 어떻게 살았을까. 나는 그 후 한 번 간질병 환자가 발작을 일으키는 걸 목도한 적이 있고, 고칠 수 없는 불치병이라는 얘기를 들었다. 숙은 어떻게 평생을 살았을까. 그 뒤로 나는 비가 오는 날 천둥이 치지 말기를 바랐다.

오늘 비가 종일 온다. 번개도 천둥도 치지 않고 조용히 비가 온다. 착하다. 숙은 평생 천둥 치는 이 세상에서 어떻게 살았을까.

어머니의 비

"어 웬 비가 와."

쨍쨍한 하늘, 술잔을 부어 올리고 절을 한 뒤 산소 위에 난 잡초를 손으로 뽑아내는데 동행한 육촌이 한마디 한다. 하늘을 보니 먹구름 한 조각이 언제 왔는지 빗낱을 몇 방울 뿌린다.

"또 오네."

그랬다. 어머니의 산소를 찾아 뵈올 적마다 거의 틀림없이 비가 왔다. 그리고 산소를 내려오면 언제 그랬냐는 듯 하늘은 딴청이다. 귀신이 곡할 노릇이다. 산소를 가는 날은 언제나 맑고 쾌청한 날을 정해 가는 것이 상식이고 나 또한 그리하건만, 어머니의 산소에서만은 꼭 비를 맞게 된다. 그것도 어쩌다 한 번이 아니라 예외 없이 그랬다.

21세기 달나라를 왕복하는 세상에서 이 일은 내게 도저히 풀리지 않는 수수께끼가 되었다. 어머니와 비. 반갑다는 어머니의 인사일까, 섭섭하다는 눈물일까. 궁금함은 해를 더해 갈수록 깊어진다. 빗방울이 더욱 커진다.

십여 년 전 장지에 모시던 날도 비가 왔다, 억수 같은 장대비가. 삼오제 날은 하늘이 뚫어진 듯 퍼부었다. 그리고 이후 내가 산소에 들를 때마다 가랑비라도 내렸었다. 산소에서는 늘 내 몸이 젖어야 했다. 무슨 뜻일까, 무엇을 말씀하시려는 걸까. 산 아래를 바라보고 비를 맞으며 앉아 있으려니 건너편 절의 종소리가 들려왔다.

어머니는 말이 없는데
하늘엔 비
풀꽃 흔들림 서녘으로 기울고
빗방울마다 커지는 어머니로
젖어 가는 사람
"아들아
바람결에도 생각했단다.
어두워지면 혼자 산 지키고
성덕사 동종 소리 따라 네 집에도 갔드랬다."
머언 곳 뻐꾸기 소리 젖는 산골에
수의를 입고
땅속으로 내려 딛는 사람
어머니, 어머니, 비 되신 어머니

어머니의 일생은 어이 그리 불쌍하셨던지. 어이 그리도 복이 없으셨던지. 이생의 고생이란 고생은 한 치도 비켜 보지 못하고 골고루 다 겪고 사셔야 했다. 생존 하나 지키기도 어려웠던 삶. 그곳에 행복을 논할, 삶의 보람을 논할 틈이 없었다. 하늘도 늘 추웠고, 땅도 늘 얼었었고, 바람도 모질기만 했던 그 시절 그 일생을 눈물 없이 사시다 가셨다.

그런 어머니가 돌아가신 후 자꾸 우신다는 생각이 들었다. 그것이 산소만 찾으면 오는 비라는 생각이 들었다. 무색 슬픔, 한 인생의 눈물이 하염없이 온 하늘에 차 떨궈지고 있는 것, 훠이훠이 물 되어 흐르는 한이 장남에게 얘기하고자 하는 것은 무엇일까.

빗방울에 풀벌레들만 이리 뛰고 저리 뛰었다.

무덤에 누워, 흙 속에 갇혀 비를 맞으면 어떨까. 눈으로 스미는 비, 눈을 감겨 드렸지. 코로 스미는 비, 솜으로 막아 드렸지. 내가 빨고 자란 젖가슴, 날 안아 주던 따뜻했던 손, 따뜻했던 등, 진흙물이 파고드는 차디찬 땅속.

생각하기 싫어 머리를 젓는다. 그래서 비가 오는 것이 더욱 싫었다.

"오빠 산소에 올 때마다 비가 왔다고 말했잖아?"

"어, 그랬지."

"오늘은 안 왔네. 셋 다 오니 그런가 보다."

"응? 어, 그랬네."

그랬다. 그렇게 늘 오던 비가 이번엔 오지 않았다는 것을 깨우쳐 준 건 바로 여동생이었다.

갑자기 머리가 휘잉 돌며 경이로운 사건을 발견하기라도 한 듯 정리를 해보려고 머리 속의 필름을 거꾸로 돌리기 시작했다.

각자 결혼한 이후 처음으로 우리 삼남매만 여행을 하기로 한 건 아버님 제사 때였다. 외삼촌이 고향에 새로 예쁜 집을 지었다기에 안부 전화를 드리니, 시집간 지 한 번도 보지 못한 여동생이 보고 싶다고 말씀하시는 것이 마음에 박혀 있었던 것이다. 마침 며칠 후가 노는 토요일이어서 일요일까지 연휴로 이어지니 한번 과감히 삼남매만 외삼촌 댁에도 들르고 고향 산소에도 들러 벌초를 하자는 얘기가 결실을 맺은 것이다.

외삼촌 댁에서는 떡을 해놓고 우리 삼남매를 기다리고 있었고, 옛날얘기에 밤이 이슥하도록 잠들지 못했다.

"니 어머니 느이 삼남매 기르느라고 고생이 많았지. 어느 손가락이 깨물어 안 아프셨겠니. 이렇게 아들딸 낳고 잘 사는 것 보셨으면 얼마나 좋아하셨겠니."

어머니 얘기를 하실 때 외삼촌의 음성이 낮아졌다.

다음 날 고향을 찾아 친지들께 인사를 올린 후 어머니의 산소를 찾은 건 점심때가 지나서였다. 여름내 웃자란 주변 아카시아와 잡초를 베어내고 가지고 간 낫과 톱을 씻고 나니 햇발이 서산에 바짝 붙어 있었다. 그리고 서울을 향해 들 때쯤엔 밤이 깊은 후였다. 서울에 거의 다 와가는데 난데없이 여동생이 어머니의 비 얘기를 한 것이다.

내가 혼자 갔을 때와 이번에 갔을 때의 차이점은 아무리 생각해도 단 한 가지, 삼남매가 함께 갔다는 것밖에 없었다.

고속도로가 고개를 넘어서자 갑자기 나타나는 거대한 네온사인 덩어리 서울이 새삼스럽게 꽃밭처럼 휘황찬란하게 눈에 들어왔다. 운전 중이라서 두 동생을 순간적으로 돌아보았다. 어머니로 보였다. 외삼촌의 어젯밤 한마디가 울렸다

“어느 손가락이 깨물어 안 아프셨겠니.”

추억의 아이스크림

아이스크림은 요즘 유명 제과회사에서 만들잖아. 그때는 그런 게 아니고 리어카에 아이스케키를 만드는 기계를 싣고 동네를 도는 아저씨들이 즉석에서 만들어 팔았지. 양철통에 칸칸이 칸막이를 지른 아이스케키 기계에 물과 설탕과 팥죽 물을 섞은 액을 붓고 얼리는 거야. 물론 칸칸이 나무젓가락을 하나씩 꽂아 두지. 그러면 팥 아이스케키가 즉석에서 만들어져. 칸막이에 붙어서 잘 안 떨어지면 물을 확 끼얹어서 뽑아내면 돼.

그 아이스케키 아저씨가 동네에 들어서면 온 동네 아이들이 다 모이지. 신기하게도 아이스케키가 만들어져 나오는 것이 아무 놀이 시설이 없던 시대에 큰 구경거리였거든.

아이들은 1원에 두 개인 그 아이스케키가 빨리 얼기를 기다리다 뽑아져 나오면, 뜨거운 땡볕에서 땀을 찔찔 흘리다가 시원하게 빨아먹는 거야. 그 맛이란 정말 둘이 먹다 하나가 죽어도 모를 맛이었지. 요즈음 고급 아이스크림에 비하면 정말 비교도 안 될 텐데 그때는 왜 그렇게 달콤하고 시원했는지.

달걀 아이스케키도 있었어. 계란같이 생겼는데 계란 반만 한 양철 쪼가리를 두 개 이어붙여 동그란 통을 만든 후 그 안에 색소 섞인 설탕물을 넣고 고무줄로 꽉 동여매지. 그렇게 만든 계란만 한 동그란 양철통을 커다란 둥근 통에 넣고 얼음을 잔뜩 채운 후 통을 오래 돌리는 거야. 그렇게 한참을 돌리면 얼음에 의해 계란통 안의 물이 얼지. 그걸 꺼내 양동이 물에 넣고 고무줄을 풀어 분해하면 동그란 얼음 아이스크림이 탄생하는 거야. 노란색, 파란색, 흰색, 빨간색 등 형형색색의 얼음 계란. 그 딴딴한 얼음 아이스케키를 먹으려면 오래 녹여 먹어야 했지. 물론 색소가 입과 혀, 볼까지 물들여 한동안 먹은 걸 속일 수 없었어.

문제는 아이들이 모두 풍족하게 그 맛있는 아이스케키를 사먹을 수 없다는 거야. 그중 한 아이가 사먹을 때 그 친구를 삥 둘러싸고 부러운 눈으로 입맛을 다시며 그 친구의 입을 쳐다보는 거야. 혹시 한번 먹어 보게 해주지 않을까, 그 친구가 최대한 동정심이 느껴지게 이 세상에서 가장 측은하고 불쌍한 표정을 지으며 말이야. 그러나 그게 어떤 아이스케키인데 쉽게 주겠어? 시간은 흘러가고 아이스케키는 점점 작아져 가고 아이들은 점점 초조해지기 시작하지. 드디어는

"한 입만 주라."

"딱 한 번만 빨게."

하며 손가락 하나를 코앞에 들이대지.

그래도 잘 안 줘. 왜 그러냐면 주변이 다 동네 아는 친구 사이인데 한 아이를 줬다가는 나머지 애들도 공평하게 한 번씩 빨게 될 거고, 그 결과는 짐작이 가거든. 독한 놈일수록 아이스케키를 즐길 수 있는 거고, 마음이 약한 놈은 첨에 한 입 먹어 보고 뺏기기 일쑤거든.

바로 거기에 내가 딱 걸린 거야. 엄마를 졸라 50전을 얻어 당당하게 나도 막대 팥 아이스케키를 손에 거머쥐게 됐지. 의기양양하게 입에 넣고 그 달콤한 맛을 즐기는데 빙 둘러선 아이들이 차마 마주하지 못할 지경으로 측은한 표정을 지으며 내 입만 쳐다보는 거야.

'그래, 니들의 부러움을 누려 보자. 얼마 만인가. 설움과 가난에 몸부림치며 나도 떳떳이, 보란 듯이 아이스케키를 먹을 그날을 학수고대했던 것이. 부러워해라, 부러워해라.'

아, 그런데 그 눈빛들과 버티기를 몇 초. 그들이 평소에 나에게 한 입 주곤 했던 그 아이들이 아닌가. 나 혼자 먹기로 버티기에는 양심이, 가치관이, 교양이 가만두지 않는 거야.

"너 한 입 먹어. 한 번만 빨아야 돼."

젤 불쌍해 보이는 애한테 조심스럽게 내밀었지.

흙과 먼지만 뿌연 흙동네, 어찌 그리도 뜨겁기만 한 한낮. 애들은 벌써 흙투성이 먼지 범벅, 땟국물에 머리카락부터 엉겨붙고 온 몸은 흙 수렁에서 빠져나온 듯했지. 그 몰골이 그때는 자연스러웠지만 지금 생각하면 거지들이었다니까. 그중 가장 더럽고 측은해 보이는 애에게 말했던 거야.

"먹어."

그 아이는 입을 가까이 가져왔지. 나는 아이스케키를 걔 입에 서서히 넣어 줬어. 그때 그 애가 아이스케키를 이빨로 꽉 물더니 내 손에서 잽싸게 아이스케키 막대를 잡아채 가는 거야.

아뿔싸, 뺏기면 안 되는데. 그 생각도 순식간, 그 애는 아이스케키를 입으로 가져가는 게 아니라 얼굴에 대고 마구 문지르기 시작했어. 땟국물과 황토 흙먼지와 땀이 뒤범벅돼 얼룩덜룩한 그 얼굴에, 콧물이 누우렇게 흐르는 코에, 땀이 꼬질꼬질한 이마에. 이렇게 잽싸게 온 얼굴에 아이스케키를 문지른 그 애는

"자, 먹어."

그러면서 내게 아이스케키를 디미는 거야. 아, 아이스케키에 묻어 있는 저, 저, 저 더러운…….

차마 생각하기 싫은 일이 벌어진 거지. 순간 하늘이 노래지더군. 그 아이스케키를 그 애가 여러 애들에게 권했지만 아무도 먹으려 들지 않았어. 그 아이 혼자 유유자적하게 오래오래 빨아먹으며 핥아먹으며 즐기더군. 노랗게 변색된 정말 더러운 백주 대낮에 말이야.

김 민 효

감당할 수 없는 웃음
시인의 비명을 빌렸다
남자를 보았다

김민효

《작가세계》에 〈그림자가 살았던 집〉으로 등단했다. 소설집으로 《검은 수족관》, 《그래, 낙타를 사자》가 있으며, 공저로 《2006 젊은 소설》과 미니픽션 《술集》 외 5권이 있다.

감당할 수 없는 웃음

그가 내게 등을 보이며 카페를 나갔다. 그의 허리는 꼿꼿했으며, 등은 그 어떤 시선도 튕겨낼 만큼 견고하고 단단해 보였다. 그의 등판에 때마침 저녁 햇살이 뭉텅이로 들이쳤다. 사선으로 내리꽂히는 햇살 덩어리가 마치 퇴장하는 주인공에게 쏟아지는 스포트라이트 같았다. 그는 손에 들고 있던 휴대폰을 들여다보았다. 그는 전화를 받으며 아주 잠깐 카페 쪽을 돌아보았다. 그의 얼굴에는 미소가 번져 있었다. 그는 이내 고개를 돌려 빠른 걸음으로 멀어졌다.

나는 여전히 카페 안에 앉은 채로 그가 보이지 않을 때까지 쳐다보았다. 웃음이 번지던 그의 얼굴은 정지된 화면처럼 눈앞에서 어른거렸다. 눈이 시큰거렸다. 그가 시야에서 완전히 사라진 다음 고개를 돌렸다. 그리고 눈을 질끈 감았다 떴다. 어른거리던 잔상이

지워졌다. 찻잔에는 아직 커피가 반이나 남아 있었다. 그리고 찻잔 옆의 만년필 상자. 만년필 상자에 찍힌 금장의 꽃 문양이 유난히 도드라져 보였다. 꽃 문양이 아니라 별 모양인 것 같기도 했지만. 그의 흰 손가락에 끼워진 만년필을 보았을 때 나는 사인을 기다리는 열혈 독자처럼 마음이 설레었다.

그런데 그가 만년필을 내게 돌려줬다. 딱 열 번을 응모한 다음이었다. 그의 작품은 끝끝내 채택되지 않았다. 재주는 있으나 뒷심이 부족하다는 것이 심사평의 요지였다. 그는 절필을 선언하며 내가 선물한 만년필을 돌려줬다. 마치 이 만년필 때문에 나에게 발목이 잡혀 있었던 것처럼. 만년필을 내 앞으로 밀어놓던 그 순간 그의 표정은 너무나 홀가분해 보였다. 잘 지내. 이별 통보도 너무나 간단했다. 그의 목소리에는 아무런 감정이 묻어 있지 않았다.

갑자기 웃음이 터지기 시작했다. 간지럼을 앓는 것처럼 배꼽과 겨드랑이와 사타구니까지 간지러워서 몸을 비틀며 웃기 시작했다. 길길길길… 글글글글… 킥킥킥킥… 크크크크…. 웃음은 쉽게 그치지 않았다. 그렇다고 시원하게 소리가 터져 나오는 것도 아니었다. 나는 식어 버린 커피를 한 모금 마셨다. 커피가 목에 걸렸다. 기침이 터지고 목에 걸렸던 커피가 탁자 위로 뿜어졌다. 만년필 상자는 입에서 뿜어진 커피를 뒤집어썼다. 그래도 웃음은 그치지 않았다. "감당할 수 없는 슬픔, 감당할 수 없는 간지러움, 감당할 수 없는 것들이 흘러넘친다." 나는 문득 떠오른 시 구절을 웅얼거렸다. 누구의 시인지, 제목이 무엇인지, 어디에서 읽었는지, 누구에게 들었는지, 기억도 나지 않는 그것을 마치 내 것이나 되는 것처럼.

"좋은 일이 있으신가 봐요?"

키가 작달막한 여자가 내게 물었다. 그녀의 얼굴은 발갰다. 그녀는 멋쩍은 미소를 지으며 조심스럽게 내게 눈을 맞췄다. 그녀 뒤에는 멀대 같은 남자가 엉거주춤 서 있었다. 그의 얼굴도 마찬가지였다. 하루 종일 뙤약볕을 쬐고 돌아다닌 것처럼 보였다.

"잠깐 말씀 좀 드려도 돼요?"

그녀가 다시 물었다. 남자도 한 걸음 앞으로 나왔다. 그리고 그녀의 말이 끝나기 무섭게 입을 열었다.

"7일간의 기적이라는 프로를 아세요? 그 프로에 참석하게 된 대학생들입니다."

좋은 일이 있느냐는 여자의 말은 너무 생뚱맞았다. 남자가 말하는 '7일간의 기적'이라는 프로는 알지도 못했다. 내가 별 반응을 보이지 않자, 남자의 목소리가 작아졌다. 그는 헛기침을 한 다음 어렵게 다음 말을 이었다. 여자도 중간에 끼어들었다. 그들의 말은 왕왕거리는 소음처럼 내 귀에 들어오지 않았다. 그러나 그들의 눈빛이 너무 간절해서 말을 잘라 버릴 수도, 시선을 뗄 수도 없었다.

"7일 안에 저희들이 수행해야 할 미션은 축구화 열두 켤레인데요. 그래서……."

그들의 미션 그리고 축구화 열두 켤레? 그런데 그것이 나와 무슨 상관이란 말이야? 나는 뜨악한 표정으로 그들을 번갈아 보았다. 오후의 햇살에 얼비친 그들의 얼굴이 더욱 붉어 보였다. 그들은 내 표정을 살피며 장황하게 미션 내용을 설명했다. 그래도 그 들의 말은 귀에 들어오지 않았다. 다만 교환할 무엇인가를 내게서 찾고 있다는 것쯤은 눈치챌 수 있었다. 나는 만년필 상자를 그들 앞으로 밀었다.

"이건 어때요?"

여자의 눈이 똥그래졌다. 그녀가 남자에게 고개를 돌렸다. 그들은 아주 짧게 눈빛을 교환했다. 그리고 동시에 자신들의 손에 들려 있는 선인장과 가위를 내밀었다. 몇 차례 교환 과정을 거쳐 온 것들이라고 했다. 선인장은 가시가 너무 따끔거릴 것 같아서 거절했다. 그리고 딱히 필요가 느껴지지도 않는 가위를 받아 탁자에 내려놓았다. 여자는 재빨리 만년필 상자를 집어들었다. 그녀는 상자를 열어 만년필을 꺼냈다. 그리고 눈앞으로 들어올렸다.

"어머 이건…… 상표도 안 뜯었네요? 무지 비싼 건데."

그녀의 목소리가 한 옥타브쯤 높아졌다. 남자의 입꼬리와 눈꼬리도 살짝 치켜졌다. 교환가치가 크겠다는 기대가 엿보였다. 여자는 내게 가위를 들려 줬다. 그런 다음 내 옆으로 섰다. 남자도 선인장을 든 채로 내 옆으로 왔다. 교환 과정을 증명할 인증샷이 필요하다며 포즈를 취해 달라고 했다. 나는 그들의 요청에 따라 손가락으로 V자도 만들어 보였다. 그리고 '치즈' 하며 웃어 주었다. 마치 어릿광대가 된 것 같았다.

며칠이 지났지만 저녁 햇살 속으로 걸어가던 그의 뒷모습은 쉽게 지워지지 않았다. 모든 것을 훌훌 털어 버린 듯이 후련해 보이던 어깨와 딴딴하고 견고해 보이던 등판 그리고 미소를 지으며 누군가의 전화를 받던 모습. 감당할 수 없는 슬픔, 감당할 수 없는 간지러움, 감당할 수 없는 것들이 흘러내린다는 시 구절도 계속해서 입가에서 맴돌았다. 감당할 수 없는 간지러움을 타는 것처럼 계속해서 길길, 킬킬, 극극, 큭큭 웃었다. 웃음을 위장하기 위해 개그 프로와 연예 프로만 찾아서 봤다. 게스트들이 제 설움에 겨워 울먹거리는 토크 프로를 보고도 웃었다.

채널을 이리저리 돌렸다. 그런데 저 여자가 누구지? 손가락으로 V자를 그리며 웃고 있는 저 여자. 웃는 것도 아니고 우는 것도 아닌 그 여자는 바로 나였다. 멀대 같은 남자와 발갛게 익은 얼굴로 멋쩍게 웃고 있는 여자가 양옆에 서서 똑같은 포즈를 취하고 있는 사진, 그리고 꽃 문양인지 별 모양인지가 도드라져 보이는 만년필. 그 만년필로 교환되고 교환된 축구화 열두 켤레와 운동복 열두 벌. 축구화와 운동복을 입은 다문화 가정의 아이들이 미션 수행자와 함께 함성을 질렀다. 와아아……. 그들의 함성이 내 배꼽 밑의 간지러움처럼 여운이 길었다.

"7일간의 기적을 만들어 주신 여러분들 감사합니다. 이 아이들 속에서 미래의 박지성 선수가 탄생할 거라고 굳게 믿습니다. 대한민국 파이팅!"

진행자의 멘트와 함께 내 사진 한 컷도 다른 사진과 함께 파노라마처럼 지나갔다. 가슴이 먹먹해졌다. 뜨거운 것이 내 목구멍을 뚫고 올라왔다. 으흐흐흑… 으하하하하…. 감당할 수 없었던 슬픔과

감당할 수 없는 기쁨이 뒤섞여 흘러넘쳤다. 늘 어른거리던 그의 뒷모습이 순식간에 밀려 나갔다. 나는 사진 속의 그를 잘라 버렸다. 비로소 우리가 아닌 내가 보였다. 나는 사진 속 그녀에게 물었다.

조금 빨리 끝났을 뿐이야. 안 그래?

시인의 비명을 빌렸다

시월에 눈발이라니……. 눈발이 조금 더 거칠어졌다. 시야를 확보하기 위해 와이퍼를 조금 더 빠르게 작동시켰다. 이제 한겨울 속으로 진입한 것 같다. 어디서부터 겨울이었지? 겨울은 입동 혹은 소설 등의 시간적 개념이 아니라 연천 혹은 철원 등의 공간적 개념이 될 수도 있다는 것을 새삼 깨닫는다. 10여 분 전에 코스모스가 흐드러지게 핀 풍경을 보았는데, 경계를 그을 새도 없이 코스모스와 눈발이 교체되었던 것이다.

아들에게 가까이 다가갈수록 눈발은 더 굵어지고 바람도 더 거칠게 불었다. 무게를 이기지 못한 나뭇가지가 뚝, 뚝 부러진다. 저 눈발 속 어디쯤에서 아들은 나를 향해 다가오고 있거나 나를 재촉하는 손짓을 계속하고 있을 것이다. 마음은 벌써 아들에게 가 있는

데 길은 쉽게 앞을 내주지 않는다.

이른 새벽 수신자부담으로 걸려온 전화 속에서 아들은 다급하게 나를 호출했다. 눈이 많이 내려 길이 막혔다는 것이다. 서울에는 가을이 한창인데 그곳은 한겨울이라니 선뜻 감이 잡히지는 않았다. 눈이 그쳐야 국방부 시계도 움직일 거라고 나는 농담을 했다. 그러자 아들은 비명처럼 소리를 질렀다.

"엄마~. 단 일 분도 여기서 지체할 수 없단 말이야. 무조건 나를 데리러 와줘."

비명처럼 내지르는 '엄마'라는 말이 가슴에 턱 박혔다. 현재로선 세상으로 통하는 유일한 문이 나밖에 없다는 절박함으로 들렸다. 당장 그곳을 빠져나오지 않으면 영영 민간인으로 돌아올 수 없는 것 같은 불안도 느껴졌다.

2년 전 그날 아들은 눈 속으로 걸어 들어갔다. 신병들은 빨리빨리 부대 안으로 집결하십시오. 빳빳하고 각진 목소리가 확성기에서 울려나왔다. 확성기의 목소리는 반복될수록 더 빳빳해졌다. 아들은 마지막 안내방송이 나올 때까지 최대한 정문 밖에서 버텼다. 헌병이 호루라기를 불어 아들을 다그쳤다. 나는 아들의 등을 정문 안으로 떠밀었다. 그 어느 때보다 아들의 등은 빳빳했다.

단 한 발짝을 떼어놓았을 뿐인데 나와 아들은 전혀 다른 세계로 갈라졌다. 아들이 들어간 세상은 내가 들어설 수 없는 곳이었다. 잔뜩 눈을 뒤집어쓴 아들이 몇 번이나 뒤를 돌아보았다. 또 다른 사람들의 아들도 그렇게 꾸역꾸역 밀려들어갔다. 그들이 꺾어진 길을 돌아서자 부대 정문은 다시 정적에 휩싸였다. 눈을 이기지 못한 소나무 가지가 부러져 정적을 깼다. 나는 눈사람처럼 오래 정문 앞에 서 있었다.

주차장까지 걸어오는 내내 나는 '엄마'라는 환청을 들었다. 몇 번이나 뒤를 돌아보았지만 아들은 보이지 않았다. 부동자세로 서 있는 초병과 눈이 마주쳤을 뿐이었다. 건장한 초병의 존재를 의식한 순간 나는 또 다른 비명 소리를 들었다. '엄마'는 호칭이 아니라 비명이라고 했던 신기섭 시인의 비명 소리였다.

훈련소로 오는 이른 새벽 핸드폰은 시인의 죽음을 수신하느라 요동을 쳤다. 기섭이 소식, 들었어요? 충주 건대병원 영안실…… 주희. 연락 주세요. 언니야, 기섭이가 죽었다. 빨리 온나. 미희. 누나, 기섭이 사망. 즉시 연락 바람. 승우. 기섭이가 죽었대. 가야지? 등등. 문자 메시지를 확인하는 동안 온몸에 소름이 돋았다. 글자들이 모두 살아나서 꿈틀거리기 시작했다. 구물구물…… 꾸물꾸물…… 글자들은 모두 살아서 뒤섞이다가, 각각 머리를 곧추세웠다. 그리고 기어 나와 손등, 팔, 겨드랑이, 가슴, 등짝으로 파고들었다. 소름이 끼치고, 따끔거리고, 속이 울렁거렸다.

나는 꺼두었던 핸드폰을 다시 켰다. 기섭이 부음을 전하는 메시지가 한꺼번에 쏟아져 들어왔다. 발빠른 동기들은 이미 장례식장에 도착한 모양이었다. 나는 기섭이가 안치되었다는 충주 쪽 하늘을 올려다보았다. 눈은 그쳤지만 하늘은 잔뜩 흐렸다.

고깃덩어리의 피를 빨아먹으면 화색和色이 돌았다/…… 그때마다 칼날에 탁탁 피와 숨결은 절단 났다/……아직도 상처받을 수 있는 쓸모 있는 몸/…… 안 죽을 만큼의 상처가 고통스러웠다…….

등단작인 〈나무 도마〉의 시 구절들이 온몸에 달라붙었다. 그의 노래처럼 그는 아직도 얼마든지 상처받을 수 있는 쓸모 있는 몸을 가진 젊은 사내였다.

신기섭, 구레나룻이 짙고 눈매가 부리부리하며 보통 이상의 건장한 몸을 가진 젊은 시인. 할머니를 부모삼아 살아냈던 긴 이야기를 나에게 담담하게 들려주던 시인. 나도 알고 있는 그녀가 애인이란 고백을 살짝 얹으며 해맑게 웃었던 시인. 그는 겨우 스물여섯 살이었다.

그는 내 작품 「가족사진」에 '엄마'라는 비명 소리를 빌려주었다. 내가 다른 동기에게 내 소설의 이미지를 빌려줬던 것처럼. 낭독자로 초대되어 온 그는 결국 자신이 빌려준 「가족사진」을 낭독하지 않았다. 내게로 와서 미니픽션으로 재탄생한 그것은 이미 자신과 무관하다며 극구 사양했다. 그것이 그에게는 고문이나 다름없었다는 것을 나는 미처 깨닫지 못했다. 그날 밤 심하게 앓았었다고 그는 며칠 후 내게 털어놓았다. 누나, 며칠 동안 아무것도 몬 묵었다. 그러니 거하게 밥 한 끼 사라. 내는 오래 기다리지 않을 끼다. 그는 빚을 독촉하듯 밥 한 끼를 청구하며 전화를 끊었다. 그의 말은 이승에서는 결코 갚지 못할 빚이 되고 말았다.

길 양편으로 커다란 대전차 방호벽들이 자주 나타나기 시작했다. 위태롭게 세워진 그것에는 눈이 수북하게 쌓여 불안을 가중시켰다. 모처럼 마주친 이정표도 눈으로 허옇게 덮였다. 이 길로 곧장 가면 정말 아들을 만날 수 있을까? 지금 들어선 세상이 코스모스가 피었던 곳과 같은 세상이기나 한 걸까? 2년 전 맡겼던 내 아들을 온전히 되찾아갈 수 있을까?

눈은 쉽게 그칠 것 같지 않다. 브레이크를 밟을 때마다 차체가 심하게 요동친다. 핸들을 세게 붙들고 있는데도 바퀴는 제멋대로 헛돈다. 어디선가 나를 부르는 소리가 들리는 것 같다. 차창을 내리고 귀를 바짝 세운다. 눈이 자동차 바퀴에 짓이겨지는 소리와 나뭇가지를 흔드는 바람 소리뿐이다. 찬바람과 함께 눈발이 한꺼번에 들이친다. 눈의 무게를 이기지 못한 나뭇가지가 부러진다. 뚝, 후두둑. 눈가루가 흩뿌려져 천지를 가린다. 눈가루가 눈 속으로 들어간다. 눈을 뜰 수가 없다. 저절로 브레이크에 발이 옮겨진다. 힘을 세게 주지 않았는데도 바퀴가 요동친다. 내 의지를 벗어난 자동차는 대전차 방호벽을 향해 돌진한다.

"엄~ 마~."

아들의 목소리도 아니고, 젊은 시인의 목소리도 아닌 '엄마'라는 비명이 온몸을 뒤흔든다. 이것은 나도 몰랐던 내 비명 소리다. 나를 떠난 비명이 이내 내 몸속으로 다시 스민다. 입대를 하던 날은 물론이고 제대를 하는 오늘 그리고 앞으로도 내 앞에서는 결코 어른이 될 것 같지 않은 내 아들. 오래전에도 했고 오늘 아침에도 아들에게 했던 질문을 다시 한다.

"왜?"

"엄마니까."

아들은 여전히 당당한 아이다. 우리의 짧은 대화는 다른 말을 덧붙이거나 설명할 필요 없이 온전히 소통된다. 이마에서 흘러내린 뜨듯한 액체가 눈 속으로 흘러든다. 도저히 눈을 뜰 수가 없다. 아들의 뒷모습이 눈발 속에서 흐릿하게 멀어진다. 대신 빛을 받으러 온 것처럼 신기섭 시인이 나타난다. 그의 목소리는 그날처럼 생생하다.

"누나, 내는 엄마가 뭔지도 모른다. 그런데 참 이상키도 하제. 왜 내 몸에서 '엄마'라는 비명이 사라지지 않을까? 내는 정말 모르겠다."

* 신기섭 시인이 세상을 뜬 지 10년째다. 큰 사고라고 할 수 없는 그 현장에서 왜 젊고 건장한 신기섭 시인만이 목숨을 잃게 되었는지 지금도 이해하기 어렵다. 여전히 내가 빚쟁이로 남아 있다는 것도 힘들다. 또다시 그날이 다가오고 있다. 삼가 고인의 명복을 빈다.

남 자 를　보 았 다

……우리의 인생은 우연에 내던져져서, 우연에 내맡겨져서 피할 길이 없게 되었다. 알겠느냐? 우연한 일에 말이다. 이 세상에서 어떤 일이 일어나든, 어떤 일이 내 위에 떨어져 내리누르든, 세워두든, 우연한 사건이란 우연히 일어난다.

-보르헤르트의 「지붕 위의 대화」 중에서

자동차가 주저앉았다. 면접 장소를 불과 100여 미터 앞둔 도로변이었다. 앞바퀴 타이어가 찢어져 있었다. 타이어 접촉면에 못이 박힌 적은 있지만 옆이 찢어진 것은 처음이었다. 난감했다. 8차선 도로변에 자동차를 버려둘 수도, 마지막 단계인 면접을 포기할 수도 없었다. 자동차는 두 번 다시 받을 수 없는 남편의 마지막 선물이었고, 면접은 내 경력을 처음으로 알아봐 준 연구소의 마지막 관문이었다.

서둘러 보조 타이어를 꺼냈지만 바꿔 끼우는 방법은커녕 공구조차 다루는 방법을 알지 못했다. 보험회사나 정비소에 전화를 걸어 도움을 청하는 방법이 있다는 것도 떠오르지 않았다. 속수무책으로 시간만 흘려보내고 있었다. 둘 중 하나는 포기할 수밖에 없었다. 시계를 보았다. 몇 분 전이었다. 나는 멀어지려는 향료회사의 건물을 바라보며 구두를 벗고 뛰기 시작했다. 스타킹 올이 터져나갔다. 로비 거울에 비친 내 모습은 어릿광대보다 더 우스꽝스러웠다. 화장은 땀으로 얼룩지고 스커트 솔기는 터졌으며 발가락에는 피가 흐르고 있었다.

게임 아웃. 나는 이미 아웃이 된 상태라는 것을 로비에 걸린 시계가 말해주고 보여주고 있었다. 그래도 포기할 수 없어 엘리베이터 앞으로 달려갔다. 안내원이 달려와 나를 붙들었다. 정신이 어떻게 된 것 아냐? 그들의 표정은 그렇게 읽혀졌다. 단적으로 말해서 나를 미친년으로 보고 있는 듯했다. 나는 양손에 구두를 든 채로 면접자라고 말하자 그들은 피식 웃었다. 내가 얼마나 절박한지 그들에게 말해주고 싶었다.

엘리베이터가 열리고 정장차림의 사람들이 우르르 몰려 나왔다. 몇 명은 이름표를 채 떼지 않은 채였다. 그들은 하나같이 나를 흘깃거렸다. 그중 한 남자가 나에게 다가왔다. 실기시험 때 나를 알아봐 준 남자였다. 후각이 예민하다며 자신의 아버지를 떠올리게 했었다. 향료연구소 대장이었던 그를 떠올리는 것은 어렵지 않았다. 후각이 예민하군. 연구소장은 남자처럼 그렇게 말했었다. 향료테스트가 끝난 뒤 남자는 짓궂은 표정으로 다가왔다. 그리고 낮은 목소리로 물었다.

"나 기억나지 않나요? 나는 누나 꽃무늬 팬티도 기억하는데."

당황스러웠다. 어리벙벙한 얼굴로 그를 바라보았다. 향료연구실에 맞춤한 흰 가운을 입고 안경을 쓴 젊은 연구원. 그뿐이었다. 꽃무늬 팬티까지 보여줬을 만큼 내밀한 친밀감이 느껴지지 않았다. 내가 별 반응을 보이지 않자 그가 답답하다는 듯이 말했다.

"아빠 연구소에 놀러갔다가 누나에게 아이스케키 했잖아요."

내 치마를 들췄다고 했는데도 여전히 남자의 어린 모습이 기억나지 않았다. 그런 장난질에 당했다는 기억도 없었다. 어쩌다 가족들이 연구소로 오기도 했고 상사들이 집들이 초대를 했기 때문에 그들의 아이들과 마주칠 기회는 많았다. 누구의 아이랄 것도 없이 대부분의 아이들은 개구쟁이들이었다. 나는 남자의 어린 모습을 떠올리려고 애쓰지 않았다. 다만 남자의 모습에서 옛 직장 상사의 모습을 찾아내려 했을 뿐이었다. 연구소장에 대한 기억은 여전히 훈훈했다. 선한 미소와 함께 희고 긴 손가락이 떠올랐다. 무척 섬세한 손이었다.

나는 남자의 손을 유심히 살펴보았다. 그의 손은 희지도 않았고 가늘고 길지도 않았다. 그저 흔하게 보는 남자의 손이었다. 옛 직장 상사의 모습을 찾아내기는 어려웠다. 흔하디흔한 그 손이 나를 로비 한쪽으로 끌고 갔다. 그는 내 어깨를 눌러 자리에 앉힌 다음 들고 있던 구두를 신겨 주었다.

"누나, 너무 상심하지 말아요. 이 순간을 기억하는 제가 있으니까."

자동차는 팽개쳐 둔 그대로였다. 나는 맥이 풀려 경계석에 주저앉았다. 남자가 자신의 양복 윗저고리와 서류 가방을 내 가슴에 안겼다. 그는 셔츠 소매를 팔꿈치 위까지 걷어 올린 다음 넥타이 자락을 셔츠 포켓에 쑤셔 넣었다. 그의 움직임은 일사불란했다. 트렁크에서 공구를 꺼내고, 찢어진 타이어를 빼내고, 보조 타이어를 끼웠다. 볼트를 조일 때 팔목의 근육이 불끈불끈 꿈틀거렸다. 볼트를 조이는 것이 아니라 제 몸의 근육을 팽팽하게 조이는 것처럼 느껴졌다. 내 시선은 그의 몸에서 꿈틀거리는 모든 근육을 좇았다. 팔, 어깨, 목, 얼굴 등, 어깻죽지, 허벅지. 내가 넋을 빠트린 채 보고 있는 사람은 옛 상사의 아들도 아니고, 입사시험을 치른 회사의 연구원도 아니었다. 성욕이 왕성한 남자를 보고 있었다. 나는 어느새 일자리를 놓쳤다는 것을 잊고 있었다.

김 은 경

여덟 살 무렵
수돗가
엄마에게는

김은경

1999년 《수필문학》에 수필 〈호젓한 충만감을〉으로 등단했다.
공저로 미니픽션 동인집 두 권이 있으며, '자핫골' 동인으로 활동하고 있다.

여덟 살 무렵

오늘도 언니는 학교에서 돌아오자마자 자기 방문을 걸어 잠그고 서럽게 흐느껴 운다. 엄마의 한숨 소리가 방안 가득히 퍼진다. 난 엄마를 가만히 보고 있다가 냉큼 엄마 치마폭에 안긴다. 엄마 뺨을 만져 보기도 하고 엄마 가슴에 얼굴을 파묻기도 한다. 그러고는 얼른 일어나 언니 방으로 가서 "언니, 문 열어. 언니, 문 열어" 주먹으로 탕탕 문을 친다. 방문에 기대어 앉아서 조용히 기다린다. 울음소리가 그치고 언니가 문을 연다. "언니, 울지 마. 내가 언니 놀리는 애들 다 때려 줄 거야." 언니는 나를 물끄러미 바라본다. "힘도 없는 조그만 게 어떻게……" 가라앉은 소리로 중얼거린다.

나는 분한 마음에 얼마든지 때려 준다고 큰소리를 친다. 한바탕 소동이 그치고 나면 온 집안은 정적에 휩싸인다. 그런 날이면 나는 으레 '나중에 크면 악당을 물리치는 씩씩한 용사가 되어야지' 다짐을 한다.

엄마는 안방에서 오랫동안 나오지 않으신다. 끼니때가 지나도 우리는 배고프다는 말을 하지 못한다. 안방 문이 열리고 부엌으로 내려가시는 엄마의 기척이 있어야 비로소 나는 쪼르르 엄마 곁으로 가서 엄마의 기분을 풀어 드리려고 조잘거린다.

큰언니의 얼굴은 내가 봐도 참으로 예쁘게 생겼다. 숱이 많은 새카만 머리카락, 짙은 눈썹, 하얀 얼굴. 그런데 언니는 길에만 나가면 아이들의 놀림감이 된다. "야, 저기 절름발이 지나간다." 그것도 모자라 아이들은 절뚝절뚝 언니의 걸음걸이를 흉내내며 낄낄거린다. 어떤 때는 작은 돌멩이를 던질 때도 있다. 난 걔네들을 향해 욕을 하거나 돌을 집어던진다. 분해서 씩씩거리다 언니를 껴안고 운다. 아이들은 슬금슬금 달아나 버린다.

우리에게 언니를 보호해 줄 오빠가 없다는 사실이 무척이나 속상한 날들이 이어진다. 자그마치 딸만 내리 다섯인 우리 집의 큰언니 때문에 둘째 언니와 나는 늘 마음속에 전의戰意를 키우며 살지만 실제로는 단 한 번도 누구를 때려 본 적은 없다. 오히려 나는 동화책에나 나올 법한 악당들이 학교 가는 길에도 있다는 사실에 상처를 받는다. 때로는 정말 절뚝거리는 언니가 창피해서 놀림을 당하는 장면을 보고 딴 길로 도망칠 때도 있다.

세월이 흘렀다. 큰언니가 사춘기를 지나 청춘의 가파른 언덕을 처절하도록 아프게 몸부림치며 올라설 때까지 나는 어두운 집안

분위기에 눌려 늘 나를 죽이고 지냈다. 반항 한 번 하지 않는 지극히 착한 딸이었다.

그러나 마음속에서는 수도 없이 가출을 했다. 엄마 속 썩이지 않으면서 내가 숨쉬고 살아갈 수 있는 유일한 길은 소설이었다. 소설 속에 숨어서 나는 현실의 나를 잊었다. 가족으로부터 탈출해서 소망하는 나를 만나는 일이었다. 비련의 여주인공이 되어 산장에 홀로 살기도 하고, 은둔자가 되어 수도원의 긴 회랑을 걷기도 하고, 킬리만자로의 표범처럼 고고孤高한 삶을 사랑하기도 했다. 문학은 잿빛 음울한 방황의 긴 세월을 견디게 해준 힘이자 도망가서 숨을 수 있는 도피처였다.

수 돗 가

"아줌마, 우리 순이 좀 봐줄래요? 큰애 학교 갔다가 시장 들러서 오면 서너 시간은 걸릴 거예요."

"그래요. 미순아, 이리 들어와."

나는 오늘도 내가 세들어 사는 주인집 막내딸 미순이를 맡아서 봐주고 있다. 주인집 여자는 나보다 두 살 아래인데 아이는 셋이나 된다. 공기 좋은 곳, 전망 좋은 곳만을 고집하는 남편 때문에 우리는 늘 산 밑에 있는 집으로 이사를 다닌다. 이번이 세 번째다.

한 달 전 이사를 올 때 우리 아들은 태어난 지 11개월이 지나 첫돌을 바라보고 있었다. 한두 번 더 전세를 살면 조그만 아파트를 장만할 것 같아서 교통이 불편해도 나는 별 불만 없이 이곳으로 이사를 왔다. 남편 말대로 창밖으로는 수려한 도봉산 푸른 숲이 펼쳐지고, 졸졸졸 작은 시냇물 소리도 들린다. 주인집은 다른 집과 달리 더 많은 전세금을 받기 위해 우리에게 1층을 내주고 그들은 2층에서 살고 있다.

남편이 출근한 다음, 집안 청소 등을 마치고 커피라도 한 잔 마실까 하면 어김없이 주인집 여자의 목소리가 들린다.

"아줌마 계세요?"

"네, 어서 들어오세요."

"아줌마, 내 머리 속에서는 주판알이 막 왔다 갔다 해요. 저 집을 사면 돈이 금방 얼마로 불어날지 팍팍 돌아간다니까요."

'그러겠지. 남편이 공무원인데 젊은 사람이 결혼 10년 만에 이렇게 큰 집을 장만했다면 알뜰살뜰 살림도 했겠지만 그런 탁월한 돈 버는 능력이 있었을 거야.'

그런 생각을 하며 나는 우리 아들 우유를 먹이면서 주인집 딸아이에게도 우유를 준다. 그들과 함께 과일을 먹고 커피를 마시고 밥을 먹는다. 계속 나는 주방을 들락거리고, 세 살 된 미순이는 우리 집 냉장고를 끊임없이 열어 본다. 나는 과자도 쥐어 주고 카스테라도 준다.

늘 미순이를 들쳐업은 채 들어서는 주인집 여자가 처음에는 반가웠다. 직장생활을 하다 임신과 함께 전업주부가 된 나에게는 같이 차 한잔 하면서 이런저런 얘기를 하는 것이 재미도 있었고 배울 것도 많은 것 같았다.

그런데 아침이면 찾아와서는 점심까지 우리 집에서 먹고 가는 날이 매번 반복되는 데다 딸까지 맡기고 다니는 날이 많아지면서 나는 서서히 이런 관계가 불편해졌다. 아들이 자는 틈틈이 책을 읽거나 쉬면서 노래라도 들으려고 했던 내 계획은 한 달이 지나고 두 달이 다 가도록 시작도 하지 못했다. 우울하고 속이 상했지만 주인집 모녀를 놀러오지 못하게 할 뾰족한 방법은 없었다. 나는 여전히 친절하게 그들을 맞이했고 하루를 소모하면서 기진맥진했다.

"아줌마, 김장 언제 해요?"

"아, 네, 친정에서 해다 준다고 했어요."

"아줌마, 나는요, 김장을 짜게 담가요."

"왜요?"

"짜야 많이 못 먹잖아요."

나는 입을 벌린 채 멍청히 주인집 여자를 쳐다보았다.

긴 겨울이 가고 새봄이 왔다. 진달래 붉게 물든 산을 바라보면서 오랜만에 내 마음도 기쁨의 기지개를 켰다. '그래 이제 6개월만 더 살면 되니까 사는 날까지 싫은 내색 하지 말고 잘 지내다 이사 가자' 다짐했다. 목련이 피더니 어느새 빨간 장미가 울타리를 타고 송이송이 피어 올랐다. 18개월이 된 아들은 마당에서 놀기 시작했다.

어느 늦은 봄날, 한여름처럼 날씨가 더워졌다. 마당에서 놀고 있는 아들이 궁금해서 읽던 책을 덮어 두고 현관 문을 열었다. 수도를 틀었다 잠갔다 하면서 노는 아들이 눈에 들어왔다. 그때였다.

마당에서 빨래를 널던 주인 여자가 갑자기 우리 아들 등짝을 내리치며 하얗게 눈을 흘겼다.

"아니, 얘가! 물값이 얼마나 나가는데 물장난을 하는 거야!"

그 순간 나는 현관 문을 얼른 닫았다. 다리가 후들거렸다. 한동안 뛰는 가슴을 진정하고는 밖으로 나갔다.

"돌이야, 이제 그만 놀고 우유 먹자."

엄마의 마음은 아랑곳없이 아이는 더 논다고 떼를 쓴다. 간신히 달래서 아이를 데리고 들어왔다.

엄 마 에 게 는

"아유, 애썼다. 수고했어. 잘했다. 언니도 첫아들을 낳았는데, 너도 아들을 낳았으니, 참 잘했다."

엄마는 이제 막 출산을 하고 기진맥진 초주검이 된 내 머리를 연신 쓰다듬으며 감격해하신다. 맏며느리로 시집을 오신 엄마는 줄줄이 딸들만 내리 다섯을 낳으셨다. 다섯 번째 딸을 낳았을 때는 너무나 속이 상하셔서 아기를 보지도 않고 돌아누워 우셨단다. 친척 할머니가 엄마를 돌봐주셨는데, 그때 그 할머니가 아기를 "섭섭아, 섭섭아" 부르시던 기억이 새롭다. 엄마는 시집간 딸들이 친정엄마를 닮아 딸만 낳는다는 말을 들을까 내심 무척 걱정이 많으셨는지, 언니가 첫아들을 낳았을 때도 그렇게 기뻐하시더니, 지금도 이렇게 기뻐하시는 것이다. 엄마의 쌕쌕거리는 숨소리가 들린다. 힘드신지 입술이 새파래지신다.

“엄마, 이제 그만 집에 가세요. 아기도 저도 건강하니 아무 걱정 마시고 푹 쉬세요.”

부모님이 병실을 떠나시자, 비로소 나는 편안하게 잠을 청한다.

아들에 대한 간절한 소망은 여섯 번째에 마침내 이루어졌지만 마흔이 넘은 엄마에게는 위험한 일이었다. 노산老産은 심장에 무리가 되어 엄마는 평생 심장병으로 고생을 하셨다. 처음에는 가끔 입술이 파래지면서 어지러워하셨는데, 해가 갈수록 점점 심해지더니 급기야는 중환자실을 드나들게 되었다. 엄마 옆에 있으면 쌕쌕거리는 숨소리에 내 심장이 오그라드는 듯 늘 불안했다. 안방에는 응급처치를 할 수 있는 산소통과 산소호흡기 등 온갖 의료기구들이 비치되어 있었다. 아픈 엄마를 위해 나는 착한 딸이 되어야 했다.

엄마가 막내 남동생을 낳았을 때 나는 초등학교 6학년이었다. 그날도 학교가 파하자 집으로 가는 방향이 같은 친구들과 재잘거리며 오다가 막 우리 집이 보이는 골목길로 접어들었다. 그때 우둥우둥 모여 있던 동네 아줌마들이 “야, 니네 엄마 아들 낳았어” 소리치던 기억이 난다. “아들이요?” 신이 나서 벙글거리며 집안으로 뛰어들던 생각도 난다. 섭섭이로 불리던 막내 여동생은 남동생을 본 덕에 이름을 갖게 되었다. 남동생이 태어남으로써 집안은 늘 웃음바다가 되었다. 언니와 나는 서로 아기를 업어 준다고 싸웠다.

이틀 후 퇴원을 했다. 친정에서 산후조리를 했다. 편찮으신 엄마가 해산바라지를 할 수 없으므로 도우미 아줌마가 상주하며 도와주었다. 온 식구가 아기 옆에서 싱글거렸다. 목욕을 시킬 때나 우유를 먹일 때나 예방접종을 하러 병원에 갈 때는 온 식구가 출동을 했다. 서로 유모차를 끌어 준다고 난리를 쳤다. 정말 아기는 존재하는 자체로 기쁨이고 행복이었다. 천사였다. 20년 전 남동생이 태어났을 때나 5년 전 조카가 태어났을 때나 지금 우리 아들이 태어났을 때나 우리들에게 아기는 전부였다. 고물거리는 손, 하품하는 조그만 입, 방긋거리는 눈, 잠든 얼굴을 바라보노라면 천국은 아기들이 사는 평화로운 세상일 거라는 생각이 들었다.

외손자를 끔찍이도 아껴 주셨던 엄마는 결국 아들이 여덟 살이 되던 해에 돌아가셨다. 아들의 나이 이제 서른넷, 나에게도 곧 손녀가 생긴다. 세상의 모든 엄마는 숭고한 존재다. 세상의 모든 아기는 신이 주신 가장 아름다운 선물이다. 우리 엄마에게는 아들도 딸도 꼭 있어야 했다.

김 의 규

내가 죽인 사람들
씨 쏘우 씬
피노키오

김의규

미국 San Francisco Academy of Art University에서 서양화를 전공했으며, 계원조형예술대학 전자출판과와 성공회대학교 디지털컨텐츠학과 교수를 지냈다. 쓴 책으로《양들의 낙원, 늑대 벌판 한가운데 있다》와 트윗픽션집《그러니까 아프지 마》, 미니픽션 2인집《그녀의 꽃》등이 있다.

내가 죽인 사람들

'사필이', 성은 기억이 나질 않는다. 아니 처음부터 몰랐다. 나보다 너덧 살 위지만 친구다. '사필이'는 정상적으로 앞으로 걷질 않는다. 늘 게처럼 옆으로 걷거나 뛴다. 뛸 때는 마치 긴팔원숭이가 뛰는 것 같다. 그것이 재미있어 보여 나도 따라 같이 뛰다가 친구가 됐다. 매일 보고 매일 같이 동네를 몇 바퀴씩 뛰는데 언제부터인가 보이질 않는다. 무심코 "죽었나?" 했다. 며칠 뒤 그가 죽었다고 했다. '사필이'는 간질병 환자였다. '살아 있나?' 했더라면 좋았을 일이다.

'사필이' 말고 더 나이가 많은 친구가 있다. 나이가 많은 정도가 아니라 아저씨뻘이다. 그의 이름은 모른다. 다만 하도 밖으로만 쏘다니기에 사람들은 그를 '바깥나리'라고 불렀다. 그는 공부를 너무 많이 해서 어느 날 머리가 돌았다고 했다. 실제 영어 잡지를 보며 혼자 키득키득 웃는 그를 몇 번 봤다. 그는 나를 "복아, 복아~"라고 부르며 좋아한다. 어머니는 그와 가까이 하지 말랬지만 나는 몰래 그와 만났다. 만나서 딱히 함께할 놀이는 없다. 그저 동네 제재소에 높이 쌓아 놓은 통나무 위에 같이 앉아 하늘에 흐르는 흰 구름을 보거나 동네를 내려다보는 일이 고작이다.

어느 날 '바깥나리'가 두 팔을 벌리고 골목길을 가로막으며 내 또래의 계집아이를 못 가게 하는 것을 봤다. 그는 히죽히죽 웃고 있었고 계집아이는 훌쩍거렸다. 나는 순간 "야! 바깥나리, 하지 마!" 하며 비키지 않는 그를 향해 뛰면서 이단옆차기로 그의 가슴을 내질렀다. 그런데 그는 너무도 쉽게 날아드는 내 발목을 한 팔로 낚아채서는 내 몸을 공중에 거꾸로 들었다. 그리고 "복아, 복아~" 하며 웃는다. 한참을 버둥대던 나를 놓아 주자, 그에게 "죽어!" 하며 외치고 도망쳤다. 집으로 온 나는 분하고 창피해서 눈물이 났다. 그 계집아이는 동네에서 제일 예쁘고 제일 부자다. 그 뒤 얼마 되지 않아 '바깥나리'는 죽었다.

'사필이'도 죽고 '바깥나리'도 죽었는데 동네에 '의성이'란 애가 이사 왔다. 그 집은 인심이 좋고 후하며 사람 사귐도 좋았다. '의성이'는 구슬치기, 딱지치기 등을 잘했다. 구슬을 잘 맞히고, 또 손가락으로 튕긴 구슬이 제 앞으로 돌아오는 '스프링'이란 묘기를 뽐냈다.

나도 열심히 따라 해봤지만 잘 되질 않았다. 그 애는 늘 내 똘마니처럼 따라다녔는데 어느 날부터 내 말도 안 듣고 대들며 제 고집만 피웠다. 그런 그 애를 어른들은 편들어 주고 더 잘해 줬다.

그 꼴이 아니꼽던 중 그 애와 놀다 말다툼이 벌어졌다. 터무니없는 떼를 써서 몇 대 때렸더니 바락바락 울어댄다. 울음소리를 들은 그 애 할머니가 뛰어나와서 내게 무섭게 큰 소리로 야단쳤다. “너 그러다 사람 죽으면 책임질 거야?” 나는 꿋꿋하게 대들었다. “책임질 거요. 씨이~” 그 정도로 사람이 죽을 리가 없기에 책임질 일도 없을 것을 너무도 잘 알았기 때문이다. 그로부터 얼마 뒤 ‘의성이’가 죽었다. 뇌종양으로 죽었다고 했다.

사람은 누구나 언젠가 죽는다. 사람은 누구나 말을 한다. 사람은 사는 동안만 말을 한다. 사람 살리는 말만 해야 한다.

씨 쏘 우 씬

날이 산 밑부터 어두워 온다. 희미한 호박 빛깔로 전봇대에 허술하게 매달린 갓등이 드문드문 켜진다. 박쥐가 저녁거리를 찾아 위태롭고 불규칙하게 꺾인 직선을 날카로운 검은 선으로 그으며 날아다닌다.

놀이터엔 어둠만 입을 꾹 다물고 서 있다. 함께 놀던 아이들은 간다는 말도 없이 저마다 모두 제집으로 갔다. 놀이터가 눈을 감는다. 나도 따라 눈을 감았다가 멀리서 이름 모를 밤새가 '구욱구욱' 하며 우는 소리에 눈을 떴다. 하늘에서 시원하고 향긋한 냄새가 나서 치어다보니 개밥바라기별이 어느새 나와 눈을 깜박인다. 그리고 그 눈짓에 어느 집 개가 순한 소리로 짖는다. 그 소리를 따라 동네 골목으로 들어선다. 집집마다 달지도, 시지도, 쓰지도 않은 저녁밥 냄새가 구수하다. 구수한 냄새에 구수한 목소리가 '흠흠' 하며 조금씩 섞여 있다. 그 집의 아버지일 것이다. 문득 그 집 엄마의 호된 소리가 나자 요란하던 애들의 소리가 단번에 멈춘다. 그리고 숟가락 젓가락 부딪히는 소리, 소리…….

다음 집 창이 조금 낮아 까치발로 굴뚝받이 돌을 딛고 들여다본다. 아버지, 엄마, 아이들 그리고 구수한 냄새.

다음 집 창도 들여다본다. 할머니, 아버지, 엄마, 아이들 그리고 구수한 냄새.

다음 집 창도 들여다본다. 할아버지, 할머니, 아버지, 엄마, 아이들 그리고 구수한 냄새.

그다음 집 창도 들여다보니 작은 개다리소반에 보를 씌우고 아줌마가 혼자 앉아 있다.

그 집에 내가 있어야 할 것 같아 들어가려다 그만두고 나보다 더 심심해진 놀이터로 돌아간다. 놀이터는 더 굳은 얼굴로 입을 앙다물고 있다. 삐딱하게 누운 시이소오에 올라탄다. 혼자서는 시이소오를 탈 수가 없어 내 몸무게만큼의 돌을 맞은편에 올려놓고 탄다. 그렇게 몇 번 오르락내리락하던 중 돌이 굴러내려 내 오른손 넷째 손가락을 찧는다. 그러자 손톱이 빠지고 많은 피가 흐른다.

아파서 울어도 아무도 오지 않을 것이기에 그냥 손을 겨드랑이에 낀 채 눈을 꼭 감는다. 놀이터의 어둠처럼 입을 앙다물고 눈을 꼭 감는다. 그러다 잠깐 잠이 들었는데 누군가 나를 흔들어 깨운다. 아까 본, 혼자 밥상 앞에 앉아 있던 그 아줌마다. 그녀는 나를 안아들고 잰걸음을 바삐 재촉하며 뛴다. 나는 겨드랑이에 손을 낀 채 더욱 웅크린다. 문득 하늘에서 물방울이 얼굴에 떨어진다. 아까 본 개밥바라기별이 아픈 내 손가락 대신 울며 흘린 눈물이다.

시이소오See Saw는 이제 소우시이Saw See가 되고 만 지금의 일이고 말이다.

피 노 키 오

꽃이 활짝 피었다. 마른 꽃잎마다 맑고 시원한 물방울이 있으면 좋을 것이다. 그래서 꽃마다 물을 주니 꽃잎에 방울방울 맺혀 웅크린 물방울들이 백색의 햇빛을 모아 무지개 빛살로 태어난다. 눈이 아리게 아름답다. 등 뒤에서 토끼와 강아지, 고양이, 새끼 부엉이 그리고 아기 반달곰이 지켜본다. 단추만 한 눈들이 물방울이 만든 빛살에 비쳐서 별빛으로 반짝인다. 이 녀석들에게 먹일 과일과 계란, 우유, 치즈, 소시지 등을 큰 접시에 담아 준다. 아직 어려서 잘 못 먹는다. 아무래도 엄마의 젖이 더 그리운 게다. 아침 일을 다 끝냈다. 일요일엔 할 일이 별로 없다. 성당에 가기까지는 아직 이르다. 소파에 아무렇게나 누워 잠이나 자야겠다.

아버지가 잠깐 곤하게 잠든 나를 깨워 늦었다며 빨리 학교에 가란다. 학교? 아! 오늘이 일요일인 줄로 착각했다. 후다닥 가방을 낚아채어 집을 뛰쳐나갔다. 생각해 보니 아버지께 "학교에 다녀오겠습니다"라는 말도 안 했다. 가방엔 책과 공책도 어제 것 그대로다. 연필도 미리 깎았어야 했다. 숙제도 안 한 것 같다. 수업에 늦은 벌로 선생님은 내 옆머리를 분필로 콕콕 찍을 것이고 거기는 무척 아플 것이다. 그건 참 싫다. 아프기도 하지만 선녀같이 예쁜 선생님이 그렇게 아픈 데만 골라 찍는 것이 싫다. 예쁜 사람은 그래선 안 된다고 생각한다. 문득 선생님의 아빠가 되어 선생님의 치마를 걷고 엉덩이를 찰싹찰싹 때리며 "예쁜 사람이 그러면 못 써!" 하면서 꾸짖는다. 선생님은 눈물을 흘리며 다신 안 그러겠다고 약속한다. 기분이 매우 좋아졌다.

그래도 학교엔 가기가 싫다. 그냥 동무들과 종일토록 놀고 싶다. 사실 놀면서 배우고 아는 게 교실에서보다 훨씬 많다. 어른은 아이의 적이다. 학교가 내려다뵈는 언덕에서 보니 운동장이 하얗게 빛난다. 곧 아이들이 종소리에 맞춰 쏟아져 나올 것이다. 문으로 창문으로 기를 쓰며 나오는 아이들. '땡땡땡' 종소리가 들리자 나는 급하게 일어나다 넘어져 굴렀다.

꿈이었다. 소파에서 자다가 굴러떨어진 것이다. 잠은 못 자고 꿈만 꿨다. 그러고 보니 오늘은 일요일이 맞고 난 아버지가 없다. 그런데 꿈에 본 그 아버지는 누군가? 얼굴이 기억나지 않는다. 한참을 생각하는데 제페트 할아버지가 들어오셨다. "피노키오야, 뭘 그리 생각하니? 어서 아침 먹고 학교에 가야지?" 응? 이 할아버지가 아버지? 그리고 일요일인데 무슨 학교? 제페트 할아버지, 아니 아버지가 날 놀리신 거다. 난 아버지를 오늘 내내 놀리고 곯리고 속이며 복수하겠다고 생각한다.

그런데 그 생각을 하자마자 내 코가 길어진다. 생각하면 할수록 더 길어진다. 안 하겠다고 생각하니 코가 도로 짧아진다. 나는 내 예쁜 코를 되찾기 위해 거짓으로 거짓말을 안 하겠다고 하니 코가 몇 배나 더 길어졌다. 그러다 갑자기 거짓이 아닌 참마음은 어떻게 갖는지 몰라 쩔쩔매는데 푸른 머리의 선녀가 나타났다가 살짝 웃고는 사라졌다. 어쩐지 담임선생님의 얼굴인데 머리카락은 푸른색이다. 선생님, 아니 선녀님이 다시 오면 참마음을 어떻게 갖는지 묻고 싶은데 수십 년이 지난 지금에도 그분은 오지 않았다. 그리고 길어진 내 코는 무거워져 땅을 향해 굽어 매부리코가 되었다. 내 몸은 좀이 슬어 곳곳에 구멍이 나고 헐었으며 나뭇결은 굵은 주름이 되어 처졌다. 거울 앞에 서면 예쁘고 귀여운 나 대신 쭈그러지고 멍청한 눈빛의 제페트 할아버지가 서 있었다.

나는 지금도 참마음을 어떻게 가져야 하는지 모른다. 그러나 거짓을 거쳐야 참에 가까이 간다는 것은 지나온 삶을 통해 겨우 알고 얻은 것이다. 내가 어느 순간 어른이 되고 그때부터 다시 어린이로 돌아감과 함께 내 코와 살갗은 땅이 끄는 힘을 이기지 못해 늘어졌으며 사납게 빛나던 눈빛은 세상의 지루한 꼴에 지쳐 빛과

흥미를 잃어 점점 회청색으로 바뀌고 있는 중이다.

"자, 피노키오야! 네가 네게 또 거짓말을 해보렴."

김 정 란

초대장

꿈꾸는 밥상

낮이 가장 긴 날

김정란

2006년 《내일을 여는 작가》로 등단했다.
공저로 한뼘자전소설작법 《내 이야기 어떻게 쓸까?》가 있다.

초 대 장

아, 심심하다. 오늘도 엄마는 돌아오지 않는다. 이젠 엄마의 잔소리도 그립다. 엄마가 아빠의 유니폼을 쫓아 골목길을 뛰어 내려간 날이 언제였더라. 일주일도 넘었는데, 아직 엄마는 아빠의 유니폼을 찾지 못했나 보다.

나는 마당에 놓여 있는 평상에 앉아 아랫동네를 내려다본다. 우리 집은 동네에서 제일 높다. 언덕 위라 담장도 없고 아랫동네도 잘 보인다. 달이 가까워서인지 사람들은 우리 동네를 달동네라고 한다. 엄마가 오는 걸 제일 먼저 보려고 매일 아랫동네에서 우리 동네로 오는 길을 어제도, 그 어제도 바라본다.

그런데도 엄마 모습은 보이지 않는다. 우리 동네에서 엄마는 다리가 가장 긴 사람이다. 엄마는 달리기도 참 잘한다. 학교 운동회가 있는 날이면 늘 1등이다. 지난번 운동회에서 엄마는 상품으로 빨래집게를 받았다. 빨래집게를 들고 교장선생님, 담임선생님과 사진도 찍었다. 빨래집게는 엄마가 아끼는 물건 중의 하나다. 엄마는 빨래를 널 때는 빨래집게로 집어 놓아야 바람길에 날아가지 않는다고 했다.

"우리 집은 바람길이라 빨래집게가 있어야 해."

"바람길이 뭐야? 엄마."

"바람이 다니는 길이지."

"그럼 우리 집으로 바람이 다녀?"

"그래. 그래서 빨래가 잘 마르잖아."

엄마는 매일 빨래를 한다. 아빠가 택시기사라 땀을 많이 흘리기 때문이다. 엄마는 아빠가 운전할 때 입는 노란 유니폼을 빨아 손으로 탁 탁, 털어 빨랫줄에 넌다. 빨랫줄에 걸린 옷들이 바람에 날리면 마치 엄마가 음악에 맞춰 춤추는 것 같다. 꼭 한 번 빨래를 널고 빨래집게를 하지 않은 날이 있다. 엄마가 아파 누나가 빨래를 했기 때문이다. 바람이 불자, 아빠 옷이 왈츠를 추듯 너풀거렸다. 누나가 빨래집게를 찾는 사이 아빠 옷이 날아가기 시작했다.

"엄마, 엄마, 아빠 옷이 날아가."

"어, 정말……."

엄마가 자리에서 일어나 아빠의 노란 유니폼을 좇아갔다. 엄마가 팔을 뻗어 잡았지만 아빠의 노란 유니폼은 대문을 넘어 하늘로 두둥실 날아갔다. 엄마의 긴 다리로도 잡지 못했다. 엄마가 아빠의 노란 유니폼을 따라 골목길을 내려갔다. 춤추듯이 긴 다리로 성큼 성큼 뛰어갔다. 나는 엄마의 뒷모습을 보지는 못했다. 누나가 내 눈을 가리고 있었기 때문이다. 누나는 엄마가 아빠 옷을 찾으면 돌아올 거라고 했다. 나는 누나 말대로 기다렸지만 엄마는 몇 밤이 지나도 오지 않는다. 아빠는 벌써 새 유니폼을 입고 다니는데도 말이다. 그래서 나는 엄마를 만날 수 있는 생각을 해냈다. 바로 초대장이다. 몇 밤만 자면 내 생일이니까. 나는 엄마에게 초대장을 쓰기로 했다. 엄마가 가장 좋아하는 빨래집게에 초대장을 집어 놓으면 엄마는 꼭 춤추듯이 내게 다시 돌아올 수 있을 거다. 나는 빨간 펜으로 엄마에게 초대장을 쓰기 시작했다.

꿈꾸는 밥상

여자의 눈동자가 움직이기 시작한다. 하빌 319 헤비골드가 여자가 하루 종일 드나드는 인터넷 카페에 벼룩 물품으로 나왔다. 잔잔한 꽃무늬가 여자의 눈앞에서 어른거린다. 더블골드가 반짝이는 매력으로 눈길을 끈다면 헤비골드는 도도한 그 존재만으로도 사람을 숨 못 쉬게 하는 마력이 있다. 여자는 계속 마른침을 삼킨다. 거실의 한 벽면을 차지한 그릇장에는 더블골드 한 세트가 있지만 이미 여자의 기억 속엔 존재하지 않는다. 지금 여자의 마음을 괴롭히는 것은 기품 있는 헤비골드뿐이다. 여자는 컴퓨터 화면을 뚫어지게 바라보면서 머릿속으론 통장 잔액과 아침에 얼굴빛이 밝지 못했던 남편을 생각한다. 여자가 눈을 감는다. 짧은 한숨을 내쉰다. 댓글에 부러워요, 하고 쓰려다 마음을 바꾼다. 여자는 댓글에 1번 찜,

이라고 쓰고 나서 다시 4번 추가라고 덧붙인다. 그제야 여자의 입가에 미소가 번진다. 하지만 곧 남편 얼굴과 통장 잔고가 여자의 눈앞에 아른거린다. 여자가 고개를 젓는다. 여자의 고갯짓 저편에 나이 든 여자가 있다.

아버지가 시앗을 바꾸듯 엄마는 그릇과 살림을 바꾸었다. 해마다 늘어난 냄비세트는 장롱 위까지 가득했다. 늘어나는 살림살이를 보고 아버지가 짜증을 내면 엄마는 여자의 혼수를 준비하는 것이라고 둘러대었다. 이제 고등학생인데 무슨 혼수냐고, 아버지가 아무리 화를 내도 엄마는 월부가 끝날 때를 참지 못하고 새로운 그릇과 살림을 들였다. 학교에서 돌아오는 여자를 앉혀 놓고 엄마는 새로 들여온 그릇들을 하나하나 꺼내 보이곤 했다. 유기그릇일 때도 있고 꽃무늬가 화려한 접시일 때도 있었다. 어린 여자가 아무리 심드렁한 표정을 지어도 아랑곳하지 않았다.

아버지가 집에 들어오지 않는 날이 길어지면 여자의 엄마는 유기그릇들을 마당에 꺼내놓았다. 치마를 걷어 올리고 수돗가에 앉아 지푸라기에 모래를 묻혀 유기그릇을 문질렀다. 엄마의 손길이 닿을 때마다 유기그릇은 반짝반짝 윤기가 흘렀다. 햇살이 뜨거운 여름날도 마찬가지였다. 엄마의 얼굴은 햇살 때문인지 발갛게 익어 갔다. 여자는 엄마 얼굴이 잘 익은 자두 같다고 생각했다.

아버지가 밖으로 돌수록 그릇들이 늘어났고 밥상은 화사해졌다. 아버지의 새로운 여자 얼굴처럼 윤기가 흐르는 밥이며 여름 꽃밭

같은 접시에 놓인 반찬들은 맛깔스러웠고 풍성했다. 여자의 엄마는 매일 새로운 접시들을 꺼내 밥상을 차렸다. 아버지의 새로운 여자가 아들을 낳았다는 소식을 들던 날은 새로 들인 홈세트에 밥상을 차린 날이었다. 여자의 엄마는 그날 처음으로 아버지의 숟가락을 놓지 않았다. 여자는 엄마가 젓가락을 움직일 때마다 반찬 접시 안의 꽃들이 뚝, 뚝 떨어지는 것 같았다. 여자는 엄마의 얼굴을 보지 않았다.

여자의 긴 손가락이 결심을 한 듯 엔터를 친다. 여자의 마음이 가벼워진다. 첫 번째는 아니지만 두 번째 댓글이니 하빌 319 헤비골드의 찻잔과 소서, 디너, 브레드는 여자에게 올 것이다. 벼룩을 했던 피츠님의 마음이 변하지 않는다면 말이다. 여자가 길게 안도의 한숨을 내쉰다. 하지만 곧이어 남편에게 뭐라고 변명할지가 걱정이 된다. 자식이 없는 여자는 혼수를 준비할 일도 없으니 뭐라할지 난감하다.

한 달 전에는 하빌 319 티팟 세트를 들였었다. 여자가 오랫동안 찾던 슈가볼과 크리머까지 함께 나온, 흔치 않은 벼룩 기회였다. 인터넷으로 현금서비스까지 받은 여자를 남편은 나무라지 않았다. 그저 얼굴을 찡그린 채 아무 말도 하지 않고 바라만 보았다. 그 모습이 여자를 더 당혹스럽게 했다. 여자는 남편에게 그릇이든 엔틱이든 이제 그만 사겠다고 맹세를 했다. 이 티팟 세트가 끝이라고. 그래도 남편 표정은 변하지 않았었다. 그저 눈꼬리가 더 내려갔을 뿐이었다.

여자는 남편에게 할 말을 이리저리 궁리하다 지난달에 산 티팟 세트에 시선이 머문다. 장미 무늬와 금박이 화려한 티팟은 식탁 위에 놓여 있다. 슈가볼과 크리머가 새침데기 새색시처럼 그 옆에 놓여 있다. 새로 산 헤비골드가 오면 여자는 근사한 상차림을 하리라 생각한다. 완벽하진 않지만 그런대로 구색은 맞추었으니 문제없을 것이다. 여자는 식탁 가운데 앉아 있는 남편을 상상한다. 어렵게 구한 그릇이니만큼 풍성하고 화려한 상차림이 될 것이다. 생각만으로도 여자 얼굴이 환해진다.

여자의 상상을 깬 건 남편이다. 남편이 식탁 가장자리에 앉아 있다. 여자는 갑작스런 남편의 모습에 당황한다. 그러면서도 남편에게 무슨 변명을 할지 재빨리 생각을 정리한다. 여자가 궁색하게 변명을 늘어놓는 동안에도 남편은 아무 말 하지 않는다. 여자가 갑자기 생각났다는 듯이 남편에게 말한다.

"저녁은 일곱 시예요. 오늘은 수수한 그릇에 차릴게요."

여전히 무표정한 남편의 얼굴이 식탁 위 티팟 쪽으로 기울어지려 한다. 여자가 손을 뻗어 남편을 잡는다. 차갑고 마른 몸피가 느껴진다. 여자가 티팟을 기울여 남편에게 차를 따르며 낮게 속삭인다.

"그러니까 다른 여자가 차린 밥상은 받지 말라니까요."

뜨거운 여름 햇살이 거실 그릇장 안으로 한꺼번에 밀려든다. 여자는 저녁 식탁에 놓을 그릇을 찾느라 오랫동안 그릇장 앞을 떠나지 못한다.

낮이 가장 긴 날

일 년 중 낮이 가장 길다는 하지였다. 여자가 아침에 캔 감자를 통에 담았다. 동글동글한 감자들이 통에 가득 차자 여자의 입가에 미소가 번졌다. 갓난아기 주먹만 한 감자들은 둥글고 예뻤다. 여자는 통에 담긴 감자를 하나씩 꺼내 껍질을 벗겼다. 허옇고 포실포실한 감자 속살이 드러났다. 저녁이 되려면 아직 멀었지만 여자의 손길이 조금 빨라졌다. 여자의 핸드폰이 진동한 건 그때였다. 여자는 번호를 확인하고 손에 묻은 물기를 닦았다. 스피커폰으로 돌려놓은 다음 여자가 다시 감자 껍질을 벗기기 시작했다.

"엄마, 들려? 거긴 한낮이지? 여긴 깜깜한 밤이야."

귀에 익은 목소리가 스피커폰을 통해 흘러나왔다.

"그래, 잘 들려. 엄만 지금 감자 껍질 벗기고 있는데."

"감자?"

"그래. 오늘이 하지잖아. 기억 안 나? 너랑 나랑 낮이 너무 길다고 불평하면서 감자 요리하던 거……."

"기억나. 근데, 엄마."

지구 반대편에서 들려오는 목소리에 울음이 섞여 있다.

"엄마, 듣고 있어? 듣고 있지. 그 사람이 떠났어."

"잘 안 들려. 엄만 오늘 감자로 무슨 요리를 할까 생각 중이라 바빠."

"하지니까?"

"그래. 일 년 중 낮이 가장 긴 날이잖아. 거기는……? 지구는 둥그니까 거기도 내일은 하지일 거야."

감자 껍질을 벗기며 여자가 말했다. 지구 반대편의 깊은 밤, 아이가 핸드폰 저편에서 혼자 울고 있었다. 여자는 가장 긴 날이 있으면 짧은 날도 있을 거야, 라고 말하고 싶었지만 마음뿐이었다. 둥글둥글, 울퉁불퉁한 감자 껍질만 벗겼다. 흔들리는 감자 위로 눈물 한 방울이 뚝, 하고 떨어졌다. 여자에게는 가장 낮이 긴 하루였다.

김 정 묘

뼈의 내력
미로여행
새의 길

김정묘

《문학과 비평》에 시를, 《한국소설》에 소설을 발표하며 등단했다. 시집으로 《그리움은 약도 없다》, 《태극무극》, 《하늘 연꽃》이 있으며, 동화집 《엄마야 누나야 강변 살자》, 산문집 《부처님 공부》가 있다. 미니픽션 동인지 《내 이야기 어떻게 쓸까?》, 《그 길, 나를 곁눈질하다》, 《술集》 외 다수가 있다.

뼈의 내력

빼할아버지는 일어선 채로 누워 있는 나를 내려다보았다. 눈을 뜨고 있기도 겁나고 눈을 감기도 겁났지만 나도 모르게 눈을 감고 말았다. 순간, 나는 겁먹은 일 앞에 서면 늘 이렇게 외면하면서 살아왔구나 하는 생각이 들었다. 빼할아버지는 내 발치에 앉아 발목을 잡아당기다 힘없이 탁 놓았다. 빼할아버지의 진단법인 듯싶었다. 사람은 왼다리와 오른다리 길이가 약간씩 차이가 난다고 한다. 그 차이에 따라 질병을 찾아내는 진단법이라는 걸 어디선가 들은 적이 있었다.

"팔을 내려 봐요."

나는 가슴에 얹었던 두 팔을 내려 옆구리에 나란히 붙였다. 말이 떨어지자마자 두 팔을 내렸지만 나는 마치 항복하는 사람처럼 두 팔을 번쩍 들고 아무것도 쥔 게 없으니 살려 달라는 신호를 보내는 것같이 느껴졌다. 가슴에 움켜쥐고 내보이면 안 될 것들이 많았던 것일까. 잠을 잘 때에도 나는 두 손을 가슴에 잘 얹고 자는데 손을 떼니 가슴이 구멍 뚫린 것처럼 휑했다. 이 나이에, 아픈 몸으로, 더 이상 감추고 말고 할 게 뭐 있다고 가슴을 움켜쥐고 있었는지 허탈감이 몰려왔다.

"몸이 많이 고달팠네그려."

나는 눈물이 왈칵 쏟아졌다. 아무에게도 들키지 않으리라 움켜쥐고 있었던 것들이 손쓸 사이도 없이 까발려진 기분이었다. 툭 하면 발목을 삐어 한 달이 멀다 하고 부황을 뜨던 복숭아뼈, 무용 연습하다 무릎이 꼬여 인대가 상한 무릎뼈, 기성회비를 못 내서 복도에 무릎 꿇고 앉아 벌을 설 때 참을 수 없이 저려 오던 종다리 통증, 운동화를 잃어버려 체육관 2층에서 죽을 각오로 뛰어내리던 기억들이 슬라이드 필름처럼 둥둥 떠다녔다.

중학생 때였다. 학교 체육관에 들어가면서 실내화로 갈아신고 운동화를 체육관 안에 두고 나온 것이다. 집에 돌아갈 무렵 나는 운동화가 든 신발주머니가 없다는 사실을 알게 되었다. 나는 체육관으로 다시 갔다. 열려 있던 문은 어느새 잠겨 있었다. 운동화가 없으면 다음 날 당장 학교에 올 일도 걱정이거니와 그보다 산 지 얼마 안 된 새 운동화를 잃어버린 것이 더 마음을 불안하게 했다. 해진 운동화를 신을 때마다 창피해서 일찍 학교에 가고, 실내화를 갈아신을 때도 맨 나중에 신고 나오곤 했다. 새것을 사달라고 조르고 조른 끝에 얼마 만에 산 운동화인지 몰랐다. 나는 체육관 밖으로 난 계단을 통해 2층으로 올라갔다. 마침 객석으로 들어가는 문은 열려 있었다.

나는 체육관 아래를 내려다보았다. 새 운동화가 들어 있는 검정색 신발주머니가 아래층 출입문 앞에 놓여 있었다. 나는 겁도 없이 뛰어내리기로 작정했다.

매트 한 장을 아래로 던졌다. 그리고 빠삐용이 자유를 향한 집념으로 바다에 뛰어든 것처럼 나는 운동화를 향한 일념으로 체육관 아래로 몸을 날렸다.

등뼈가 둥그렇게 휘어지는가 했더니 바닥에 고꾸라지는 순간, 꼬리뼈가 으스러질 듯 아팠다. 나는 매트에 한참을 누워서 꼼짝을 못했다. 일어날 수가 없었다. 그 큰 체육관에는 아무도 없었고 창밖은 벌써 어스름이 깔리기 시작했다. 나는 간신히 기어서 신발주머니를 가슴에 안았다.

내 뼈의 수난은 여기서 끝나지 않았다. 수술대에 누워 사지가 묶이고, 척추교정기를 몸에 감고 무덤가를 돌고, 방 한 칸 구할 수 없어 친구 집 창고에 이삿짐을 부려놓고 도망치다시피 들어간 암자에서 좌선 중에 허리가 무너지던, 찬란한 통증들이 불꽃놀이 하듯 이어졌다.

"힘을 쭉 빼고 편안하게 머리를 툭 떨어트려요."

뼈할아버지는 흡사 제물로 바칠 머리통인 양 두 손으로 내 뒤통수를 받쳐들었다. 순간, 빛보다 빠르게 목을 탁, 꺾었다. 나는 죽었다 살아난 것처럼 눈을 번쩍 떴다.

뼈는 그 많은 내력을 어떻게 감추고 멀쩡히 걸어다녔을까?

미 로 여 행

나는 인생의 길이 미로여행이라는 말을 받아들이는 세대이다. 아니 오히려 인생은 미로를 헤매다 끝난다는 말이 적어도 거짓은 아니라고 손을 들어 주는 편이다. 언제부터였을까. 길을 나서면 내가 갈 곳은 온데간데없어지고 늘 발걸음을 멈추게 하는 건 막다른 골목이었다.

그러나 나는 막다른 길에 주저앉는 법을 몰랐다고 해야 옳다. 늘 길을 찾아 나가야 살 길이라고 알았다. 나에게 길찾기는 죽느냐 사느냐, 생사가 걸린 문제였기에 비리와 음모와 술수를 마다하지 않았다. 날달걀세우기 게임처럼 달걀을 깨트려서 세우기만 하면 되는 허를 찌르는 술법은 기본기라고 할 수 있다. 몸으로 밀어붙이는 싸움닭도 마다하지 않았고, 술과 담배, 여자와 남자 69게임의 아찔한 맛에 홀려 잠시 막다른 길을 잊어 본 적도 있다. 때때로 기차가 막 떠나려는 찰나, 간신히 차문에 매달려 얻어 탈 수 있는 행운이 찾아오기도 했다. 좌석에 앉지도 못하고 복도에 서서 이리저리 밀려도 개의치 않았다. 달리는 기차 안에서 먼지 나는 길을 걷는 사람들을 바라보는 성취감은 영화 제목처럼 이보다 더 좋을 순 없었다. 아주 드물게 입석표를 가지고 창가 좌석에 앉는 기적도 일어났다.

그러나 기적은 일어나는 순간 바로 낭떠러지라는 것을 아는 데는 그리 오래 걸리지 않는다. 다들 이런 경험이 있지 않은가. 더 긴 설명은 필요치 않을 것이다. 기차가 떠나기 직전 좌석표를 들고 내가 앉은 자리로 몰이꾼처럼 다가오는 신사와 숙녀. 나는 자리에서 쫓겨나면서도 교양 있는 웃음으로 초라한 나를 포장한다. 그 신사와 숙녀를 언제 어디서 만날지 모른다는 생각에 어이없게도 그들에게 머리를 조아린다. 어이없다는 건 변명이다. 그게 바로 나인 것이다. 인연을 소중히 한다. 양심적이어야 한다. 겸손해야 한다. 함부로 남을 평가해서는 안 된다. 착한 끝은 있으니 참고 견뎌야 한다. 꿈과 희망을 심어 주는 아름답고 훌륭한 말씀들.

말씀으로 배부른 나의 희망의 미로는 점점 더 복잡하고 점점 더 꼬이고 점점 더 많은 막다른 길을 만들어낸다. 이런 일이 반복되면 나는 더 깊은 사색에 잠기곤 했다. 내가 무엇이 잘못된 것일까. 내가 어떻게 해야 이 곤궁에서 벗어날까. 막다른 길을 돌아 나올 때 힘들어하는 너에게 위로를 해줘라. 이 거룩한 말씀을 휘어잡은 순

간, 막다른 길을 훌쩍 넘어가는 초월을 꿈꾸지 않는 자가 어디 있겠는가. 티베트 전사를 찾아가기로 결심을 한다거나, 지구별 사진관을 차리는 어린 왕자를 꿈꾸지 않은 자가 어디 있겠는가. 찾아가야 할 길은 본래 없다! 꿈을 깨라. 네가 서 있는 자리가 바로 우주다! 미로는 바오밥나무처럼 마구 자란다.

새의 길

할머니가 돌아가시자 엄마는 골방에서 재봉틀을 꺼냈다. 골방에서 헌옷 바구니나 방석 같은 허드레 물건들을 올려놓는 나무 선반에 불과했던 재봉틀은 둔갑술이라도 부린 듯 머리와 팔다리가 생겨나며 사람처럼 방 한가운데 자리했다. 엄마는 칠이 벗겨진 재봉틀 뚜껑을 열고 몸통을 들어내 상판에 고정시키고, 발틀 문을 열어 작은 의자를 꺼내 놓고, 바퀴에 가죽 피댓줄을 감았다. 엄마가 한쪽 발로 발판을 꺼덕꺼덕 밟자, 재봉틀은 돌돌돌 소리를 냈다. 마치 심장이 쿵쿵쿵 뛰는 소리 같았다.

어린 나는 툇마루에 쪼그리고 앉아 재봉틀이 알을 깨고 나오는 새끼 새 같다는 생각을 하는데 왠지 눈에 눈물이 돌았다. 알에서 막 깨어나 고개도 들지 못한 채 젖은 날갯죽지를 파득거리는 새가 어린아이 눈앞에 있었다. 꿈을 꾸는 것일까. 아가 우지 마라. 느그 할마씨가 우리 강아지, 강아지 하며 그리 이뻐하더니만……. 어린 것도 할매 돌아간 걸 아는 게지. 아가 우지 마라. 우지 마라. 내 머리를 쓰다듬으며 지나가는 어른들의 그림자가 새의 날개처럼 푸드득거렸다.

삼촌이 상복 지을 광목을 필째로 메고 들어왔다. 삼촌은 마루에서 재봉틀이 있는 방이 하얗게 덮이도록 광목을 풀고, 풀고, 풀고, 끝도 없이 풀어놓았고, 엄마는 가윗밥을 매긴 대로 광목을 죽죽 잘라 재봉틀 옆에 던져놓았다. 어른들은 치마 몇 개, 저고리 몇 개, 치마 기장이 얼마, 저고리 품이 얼마, 화장이 얼마, 알 수 없는 숫자를 엄마에게 말했다.

엄마는 재봉틀에 앉아 발판을 굴렸다. 온종일 재봉틀이 돌돌돌 돌돌 돌아가고 바늘땀이 새의 발자국처럼 찍힌 흰 '광목 길'이 마술처럼 재봉틀에서 흘러나왔다. 큰집 마루에서 간간이 흘러나오는 곡소리에 재봉틀 돌아가는 소리는 멈추지 않았다. 엄마는 손끝 지문이 닳도록 재봉틀을 돌리며 할머니가 가시는 하얀 '광목 길'을 깔아놓았다.

어린 나는 광목을 머리에 뒤집어쓰고 앉았다. 광목 속의 하얀 세상은 내가 살던 곳과 전혀 다른 곳이었다. 마치 하얀 우유병 속에 들어간 새가 된 기분이었다. 날개를 고이 접고 실같이 가느다란 붉은 살빛 발가락을 가슴에 모은 채 죽은 새가 생각났다. 엄마가 발을 구르며 돌리는 재봉틀 소리는 한 번도 들어 본 적 없는 악기 소리처럼 들렸다.

하지만 보이지 않는 곳에서 들리는 그 생소한 악기 소리는 엄마가 있는 세상과 이곳이 완벽하게 다른 곳임을 알려주는 소리이기도 했다. 어린 나는 엄마를 다시 보지 못할 것 같은 두려움에 광목을 걷어내고 얼굴을 내밀고 싶었지만, 눈을 감고 가만히 고개를 숙였다. 내 심장 소리가 콩콩콩 들려왔다. 나는 광목을 귀에 댄 채 방바닥에 엎드렸다. 철썩거리는 파도 소리가 들리는 것 같더니 점차 낮고 깊은 소리들이 귓가에 웅웅거렸다. 나는 그 소리가 별들이 흘러가는 소리인 것을 알고 있었다. 내 몸은 점점 작아지고 가슴이 부풀어올랐다. 양팔은 날개처럼 가벼워지고 두 발도 나뭇가지보다 더 가늘어졌다. 부풀어 오른 가슴은 여전히 팔딱팔딱 뛰고 있었다. 이윽고 나는 날개를 활짝 펼쳤다.

부엌에 모인 작은엄마와 올케 언니들은 큰엄마가 막 김이 오르기 시작한 사자밥을 짓는 밥솥 뚜껑 열기만을 기다렸다. 큰엄마가 행주로 싼 밥솥 뚜껑에 손을 얹은 채 한참 뜸을 들였지만 모두들 아무 소리 없이 숨을 죽이고 솥뚜껑만 응시했다. 마침내 밥솥 뚜껑이 열리자 자욱하게 김이 서려 아무것도 보이지 않았다. 큰엄마가 손부채를 치며 조용히 말했다.

"새 발자국이야. 여기 봐, 확실하게 찍혀 있네. 새가 되셨나 봐.

그리 분명하게 사시더니 가는 길도 확실하게 증표를 남겨놓네. 이 보게, 얼른 나무새랑 사자밥을 챙겨 대문 앞에 갖다놓게나."

부엌 문이 열리자, 뿌연 김이 살아 있는 무엇처럼 휙 빠져나갔다.

김 채 옥

내 유년의 뜰

김채옥

임상심리 전문가. 경기대학교 교양학부 겸임교수를 지냈으며, 현재는 서울시 은평병원 진료부에 재직하고 있다. 한국미니픽션작가회 회원이며,《엄마 네 맘을 알아?》를 공역했다.

내 유년의 뜰

현주가 다니던 시골 초등학교에서는 급식 대신 옥수수빵을 나눠줬다. 금방 쪄낸 따끈따끈한 옥수수빵의 촉촉한 감촉과 구수한 향이 그녀에겐 무척이나 감미로웠다. 그때까지만 해도 시골 아이들에게 빵은 별미의 간식이었다. 그 맛있는 빵을 받자마자 현주는 툭 잘라 절반을 가방에 챙겨 두었다. 상할머니께 갖다 드리기 위해서였다.

현주는 나머지 반쪽은 주머니에 넣어 두었다가 수업이 끝나고 집으로 돌아오는 길에 조금씩 떼어 아껴 먹었다. 현주의 발걸음은 여느 친구들 것보다 빨랐다. 어서 가서 상할머니 앞에 빵을 내놓고 싶어서였다. 팔순이 넘은 상할머니는 노상 마루 끝에 앉아 곡식의 쭉정이를 고르거나 실을 잣고 계셨다. 숨이 차게 걸어온 현주가

댓돌에 오르기도 전에 가방에서 빵을 꺼내 상할머니 손에 올려놓으면 "아이고! 이쁜 내 새끼! 또 할머니 생각하고 빵을 냉겨 왔구먼!" 하며 궁둥이를 두들겨 주셨다. 그러면서 빼놓지 않고 독설 한 마디를 던지곤 하셨다.

"순자 고년은 어딘가에 숨겨놓고 지년 혼자만 야금야금 처묵어. 호랭이나 물어 갈 년."

현주는 조부모 밑에서 어린 시절을 보냈다. 그의 부모는 현주가 태어난 이듬해 서울로 떠났다. 아버지가 서울에 취직 자리를 얻어 제금을 났기 때문이다. 어린 현주만 시골에 남아 초등학교 저학년 때까지 할아버지, 할머니, 상할머니 그리고 둘째 삼촌네까지 함께 사는 대가족 제도에서 복닥거리며 살았다.

현주의 기억 속에 엄마는 늘 바쁜 사람이었다. 학생인 삼촌들 뒷바라지하랴, 젖먹이 동생 돌보랴, 눈코 뜰 새 없이 바쁜 엄마는 현주에게 살갑지도 않으면서 가끔씩 회초리를 들었다. 버릇없이 군다고 종아리에 매운 회초리 자국을 남기기도 했다.

그래서 현주는 엄마보다 큰손녀를 애지중지 여기는 할머니 품이 더 좋았다. 어린 나이에 부모와 떨어져 할머니 품에서 자라고 부모는 명절이나 되어야 볼 수 있어서 엄마 아빠를 그리 애달파한 적이 없었다. 가끔씩 현주가 할머니 빈 젖을 만지며 "나는 왜 엄마를 할머니라고 부르지?"라며 능청을 떨면 할머니는 빙그레 웃기만 하였다.

현주가 상할머니라 부르는 노인은 친할머니의 친정어머니이다. 그녀는 딸만 둘 낳고 일찍 과부가 되어 노년에는 출가한 딸네 집을 오가며 지냈다. 그런데 언젠가부터 노인은 현주네 집 안방에 붙박이처럼 자리를 차지하였다. 그리고 줄줄이 태어나는 증손자들을 껴안고 "아이고 내 새끼, 내 강아지!" 하며 키워 냈다.

한데 그날 상할머니의 얼굴이 몹시 일그러졌다. 이유인즉슨, 현주보다 한 살 많은 어떤 여자애가 현주네 집으로 들어왔던 것이다, 뜬금없이…….

집안 어른들은 이 뜻밖의 객식구에 대해 입을 다물었고, 그냥 '순자 고모'라고 부르라고만 했다. 현주는 이상한 낌새를 챘지만 꼬치꼬치 물어 볼 분위기가 아니었다. 할머니를 비롯한 모든 식구들이 자기를 귀여워해 주는 것과는 달리 그녀를 부를 땐 곱지 않은 시선이었다. 특히 상할머니의 눈길이 예사롭지 않았다. 상할머니는 그녀의 밥그릇에도 눈치를 줬다. 그럼에도 낮에 어른들이 일하러 나가면 텅 빈 집에서 놀아야 했던 현주는 그녀가 있어서 너무나 신났다. 그리고 겁이 많아 해만 떨어지면 집 밖을 한 발짝도 못 나가던 현주와는 달리 순자 고모는 밤길도 거침없이 나다녔다. 순자 고모를 따라 긴 고샅을 벗어나 아래뜸에 가서 밤늦도록 놀다 오는 날도 있었다. 어른들 심기야 어떻든 간에, 두 소녀는 한방에서 긴긴 겨울밤을 보내며 소꿉놀이에 열중했다.

그러던 어느 날, 어떤 여인이 대문을 살짝 열고 들어섰다. 때마침 현주 혼자 집을 지키고 있을 때였다. 한복을 곱게 차려입은 여인은 예닐곱 살쯤 되는 남자아이를 데리고 왔다. 현주와 눈길을 비낀 여인은 말없이 할아버지가 누워 계신 사랑으로 들어갔다.

그때 할아버지는 이미 병환이 깊었다. 여인은 대야에 물을 떠다 할아버지 몸을 깨끗이 닦아 드리고 사랑방도 깨끗하게 정리했다. 그리고 데리고 온 아들을 불러 "순자 누나의 아버지이시다. 절을 올리거라" 하였다. 피난통에 할아버지와 만나 살림을 차리고 순자 고모까지 낳았으나 할아버지가 가족에게 돌아가자 본인도 개가를 하였다고 들었다. 그런데 장터에서 할아버지 병세를 전해 듣고는 가족들이 집을 비울 시간에 마지막 인사라도 하려고 찾아왔던 것이다. 현주는 지금까지 그때 있었던 일을 가족들에게 차마 말하지 못하였다.

쉰밥 한 톨도 버리지 않고 물에 헹구어 먹던 상할머니는 딸네 집에 얹혀 사는 것이 늘 면목 없어 당신 배를 줄이고 줄이셨다. 한데 객식구인 순자가 먹는 밥이 얼마나 아까웠으랴. 더구나 당신 딸의 가슴에 못을 박은 순자가 귀한 밥을 축내고 있었으니 오죽이나 마음이 상하였을까. 집안사람들은 순자 고모에게 누구 하나 대놓고 말하지 못했지만 상할머니는 유난히 모진 말을 많이 던졌다. 순자 고모는 늘 상할머니 눈치 속에서 쩔쩔맸고 그 작은 몸에 주눅이 잔뜩 들어 있었다. 순자의 출현으로 정작 속이 뭉그러졌을 친할머니는 오히려 당신의 속내를 가족 누구에게도 드러내지 않았다. 그랬던 할머니가 할아버지 장례를 치르고 와서야 현주에게 "나는 영감이 죽었는데도 눈물 한 방울도 안 나더라!"며 그제야 원망을 쏟아놓으셨다.

여자의 가슴에 맺힌 한은 오뉴월에도 서리가 내린다고 하던데 할머니는 그 많은 한을 어떻게 참고 견디어 냈는지 현주는 가슴이 짠했다. 할아버지가 돌아가시고 얼마 안 되어 순자 고모는 다시 친엄마 곁으로 돌아갔고, 현주도 부모와 동생이 있는 서울에서 학교를 다니게 되어 순자 고모와의 유년의 뜰은 추억 속으로 막을 내렸다.

외로웠던 내 유년의 뜰에서 아직도 선명히 살아 있는 순자 고모는 지금 어디서 무얼 하며 살까?

김 혁

영혼의 성장통 1 – 덫

영혼의 성장통 2 – 매기의 추억

영혼의 성장통 3 – 희생양

김 혁

1983년 한국일보 신춘문예에 소설 〈길고 긴 노래〉가 당선되어 등단했다.
그동안 장편 〈장미와 들쥐〉, 〈지독한 사랑〉을 비롯해 중·단편 수십여 편을 발표했다.
동인집으로 《그와 함께 산다는 것》, 《롤러코스터》 등이 있다.

영혼의 성장통 1 – 덫

평범한 나날 속에서 간혹 특별한 일이나 사건을 겪으며 아이들의 영혼은 성장해 간다. 하지만 그 상처가 너무 커서 오랫동안 아물지 않고 피를 흘리는 수도 있는데, 나에게도 그런 경우가 몇 번 있었다.

초등학교 시절, 시내 아이들은 방과 후에 주로 오포대와 그 근처에 있는 읍사무소 주변에서 놀았다. 집이 시내에서 조금 떨어진 나도 간혹 그들 틈에 끼어 놀기도 했다. 하지만 그건 드문 일이었다. 아이들도 각자 노는 영역이 따로 있었던 것이다. 그런데 예기치 못한 일로 인해 한동안 그들과 한패가 되어야만 했다.

오포대는 번화가인 로타리 옆에 높다랗게 서 있었다. 일제강점기 때 공습을 대비하기 위해 세운 그 철탑에서는 정오만 되면 사이렌을 울려서 시간을 알려주었다. 불이 나거나 그 밖에 긴급한 일이 있을 때도 사이렌을 요란하게 울리곤 했다. 그래서 철골로 이루어진 괴상한 형상의 그 탑은 언제나 거대한 감시자 같은 느낌을 주었다.

5학년 때, 같은 반 친구 중에 오포대 옆에서 정육점을 하는 집 아이가 있었다. 그는 힘도 세고 성격도 거칠어서 반 아이들을 대부분 휘어잡았다. 그리고 어디서 나는지는 몰라도 언제나 용돈이 넉넉했고 주변 친구들에게 인심도 잘 썼다. 그는 인상도 고약한 데다 몸에서 늘 이상한 냄새가 풍겼다. 꼭 무슨 피비린내 같았다. 그 아이 옆에는 언제나 따라다니며 수발을 드는 친구가 하나 있었다. 말이 친구지 부하나 다름이 없었다. 나중에 알고 보니 친구들 중에서 하나를 점찍은 뒤 일단 맛있는 걸 잔뜩 사먹이고는 그걸 미끼로 부하를 삼는 것이 그의 작전이었다.

미인이라고 소문난 그의 어머니는 언제나 한복을 곱게 차려입었는데, 화장을 진하게 하고 입술을 피보다 더 새빨갛게 칠하고는 생글생글 웃으며 시퍼런 칼을 재빠르게 놀려 고기를 썰어서 팔았다. 그런 때문인지 몰라도 장사가 아주 잘 됐고, 지나가던 사람들이 멈춰서서 실없이 구경을 하기도 했다. 그의 아버지도 특이한 사람이었다. 평소에는 지저분한 차림으로 정육점 일을 하다가, 학교 운동장에서 집회만 열리면 양복을 말쑥하게 빼입고 참석했다. 주로 무장공비 침투사건 등 북한 괴뢰도당의 만행을 규탄하는 궐기대회였는데,

엄숙한 표정으로 이마에 띠를 두르고 참석해서 구호를 열심히 외치다가, 분위기가 절정에 이르면 앞으로 뛰쳐나가서 비장한 표정으로 손가락을 깨물어 혈서를 쓰곤 했다. 그의 아버지는 알아듣기 어려운 이런저런 직함을 여러 개 가지고 있었는데, 혈서 잘 쓰는 덕에 출세했다고 사람들이 수군대곤 했다.

어느 날 그가 나에게 접근해 왔다. 그리고 주머니에 든 두둑한 돈을 보여주며 유혹을 하였다. 멋도 모르고 꾐에 빠진 나는 그를 따라서 오포대 주변의 빵집과 극장과 만화방 등등을 전전하기 시작했다. 하루, 이틀, 사흘……. 꿈에도 생각지 못했던 그 탈선의 맛은 너무도 달콤했다. 평소 접하기 힘든 음식도 실컷 먹었다. 그때 맛본 찐빵, 왕만두, 통닭, 짜장면 등의 맛은 지금도 생각날 만큼 기억에 강하게 남아 있다.

그러다가 나는 어느덧 그의 부하가 되고 말았다. 그리고 몇 개월간 꼼짝없이 그의 졸개 노릇을 하느라 죽을 고생을 했다. 그는 학교에서나 방과 후에나 나를 수족처럼 부렸다. 이미 노예가 된 나는 그의 명령을 거역할 수가 없었다. 하루하루가 지옥 같았고, 학교 가기가 죽기보다도 더 싫었다. 마음은 동네 뒷산에 가 있으면서도, 몸은 어쩔 수 없이 대장을 따라다니며 시내 아이들과 한패가 되어 놀았다. 특히 반 친구들이 나를 바라보는 그 냉담하고도 조소 어린 시선들은 정말로 견디기 힘들었다.

당시 읍사무소 부근에 미군들이 관리하는 통신 중계소가 있었다. 미군들은 가끔 지나가는 아이들에게 미제 껌과 캔디, 초콜릿 등을 주기도 했다. 대장은 가끔 나를 보내 껌과 과자를 얻어 오게 했다. 나는 어쩔 수 없이 미군들을 찾아가서 최대한 불쌍한 표정을 지으며 손을 내밀고 구걸을 해야만 했다. 하지만 어떨 때는 마구 소리치며 화를 내는 바람에 빈손으로 허겁지겁 쫓겨나기도 했다. 그때의 창피함을 생각하면 지금도 얼굴이 화끈거린다.

나는 그의 덫에서 도저히 빠져나올 수가 없었다. 내 힘으로는 불가능했다. 그렇다고 누구에게 도움을 요청하거나 호소할 수도 없었다. 집에서는 날마다 늦게 온다고 야단을 맞았다. 탈출구는 어디에도 없었고, 희망도 전혀 보이지 않았다. 어린 마음에도 '이제 세상이 끝났다'는 생각이 자꾸만 들었다. 밤마다 입술을 새빨갛게 칠한 그의 어머니가 꿈에 나타나, 생글생글 웃으며 시퍼런 칼로 내 몸뚱어리를 썰어서 갈고리에 꿰어 주렁주렁 매다는 악몽에 시달렸다.

그렇게 몇 개월간 죽음과도 같은 절망과 고통 속에 시달리다가, 다행히도 그에게 새로운 부하가 생기면서 겨우 헤어날 수 있었다. 매사에 나보다 더 어리숙하고 굼뜬 친구 하나가 내 대신 희생양이 되었던 것이다.

하지만 그 끔찍했던 기억은 초등학교를 졸업한 뒤에도 가끔 꿈속에 나타날 만큼 오랫동안 나를 괴롭혔다. 그에 대한 원한과 복수심도 가슴 깊이 타올랐다.

그리고 초등학교 졸업 10주년 기념 모임에서 오랜만에 그를 다시 만났다. 옛날과 달리 그는 몸집도 작고 행색도 초라해 보였다.

정육점에서 아버지 일을 거들며 그냥저냥 지내고 있다고 했는데, 촌스럽게도 새마을 모자를 쓰고 있었다. 술이 몇 순배 돌자 나는 옛날 얘기를 작심하고, 그러나 무심한 듯 슬쩍 꺼냈다.

하지만 그는 나와 전혀 다르게 기억하고 있었다. 그때 재미있지 않았느냐, 자기는 그냥 함께 즐기기 위해서 자선을 베풀었던 것뿐이라면서, 눈을 동그랗게 뜨는 것이었다.

이렇게 해서 언젠가 단단히 복수를 하려고 결심했던 나의 마음은 허무하게 끝나고 말았다. 하지만 오랜 세월이 흐른 지금도 그때의 고통스러웠던 기억이 어렴풋이 남아 있다. 그래서 좀체로 근절되지 않고 점점 더 심각해져 가는 학교 폭력에 대한 뉴스를 접할 때마다, 가끔 그의 얼굴이 떠오르면서 몸서리가 쳐지곤 한다.

영혼의 성장통 2 – 매기의 추억

초등학교 시절, 내가 살던 시골 동네에 미국 선교단체에서 세운 큰 병원이 있었다. 그 병원에는 개부슨이라는 미국인 의사가 근무하고 있었다(우리는 그를 개부랄이라고 놀리곤 했는데, 나중에 알고 보니 깁슨을 잘못 발음해서 그리 된 것이었다). 아버지는 병원에 경비원으로 취직을 해서 닥터 개부슨을 우상처럼 받들었다. 그리고 '딱터 개부슨 선상님'을 입에 달고 살았다.

병원 건물 옆에는 닥터 개부슨 가족이 사는 멋진 사택이 있었다. 우리는 아버지로부터 닥터 개부슨 가족이 사는 자세한 이야기와 함께 멋진 승용차와 TV, 냉장고, 세탁기, 청소기 등 당시에는 듣도 보도 못한 물건들에 대한 이야기를 수시로 들을 수 있었다. 학교에 가서 그런 얘기를 하면 친구들은 아무도 믿지 않고, 오히려 나를 거짓말쟁이로 몰았다.

"뭐? 청소도 하고 빨래도 해주는 기계가 다 있다고?"

"그래, 힘든 일을 알아서 척척 다 해준다!"

"에이, 세상에 그런 기계가 어딨냐?"

"아녀, 우리 아부지가 두 눈으로 똑똑히 봤다."

우리는 종종 이렇게 말씨름을 하곤 했다. 그리고 우리 또래인 닥터 개부슨의 딸을 먼발치에서 보거나 몇 마디 말이라도 주고받은 날이면, 학교에 가서 친구들한테 입에 침이 마르도록 자랑하기 바빴다.

"근디 걔 이름이 뭔 줄 아냐?"

"뭔데?"

"매기랴, 매기!"

"뭐, 매기? 히히히! 정말로 웃긴다!"

우리는 입이 넓적하고 수염이 달린 메기 흉내를 내며 한바탕 웃곤 했다. 나는 전보다 부쩍 빈번하게 병원 주위를 맴돌았다. 매기 때문이었다. 한번은 저녁 무렵에 혼자 병원 뒷산을 쏘다니다가, 닥터 개부슨 가족이 식사하는 걸 엿보게 되었다.

'아-니!'

그것은 그야말로 외국 영화의 한 장면이나 다름이 없었다. 나는 바위 뒤에 몸을 숨기고 계속 훔쳐보았다. 도둑질하다 들킨 것처럼 가슴이 마구 콩닥거렸다. 워낙 가까운 거리라서 얼굴 표정이며 말하는 소리까지 다 들렸다. 얼핏 낯선 음식 냄새가 나는 것도 같았다. 방안에 켜놓은 라디오에서는 경쾌하고 신나는 음악이 흘러나오고 있었다.

'무슨 음식을 저리도 맛나게 먹을까? 나도 나중에 저렇게 살고 싶다……!'

나는 커다란 비밀을 간직한 자의 은밀하고도 뿌듯한 심정으로 집으로 돌아왔다. 그리고 잠자리에 누워서도 낮에 본 광경이 눈앞에 어른거려 잠이 쉽게 오지 않았다. 그날 밤 나는 지금껏 경험해 보지 못한, 그야말로 총천연색 시네마스코프 영화와도 같은 꿈을 꾸었다.

나는 무척이나 미국 사람이 되고 싶었다. 나만 그런 게 아니라 주변 사람들 모두가 그랬다. 사람들은 콧대를 높이고, 쌍꺼풀 수술을 하고, 머리칼을 노랗게 물들였다. 하지만 얼굴 색깔이 문제였다. 나도 미국 사람이 되기 위해 무던히 애를 썼다. 그리고 마침내 파란 눈에 얼굴이 하얗고 머리칼이 샛노란 도깨비 가면을 쓰고 변신하는 데 성공했다. 누가 봐도 놀랄 만큼 미국 사람과 똑같았다. 매기는 나를 전혀 의심하지 않았다. 매기는 말도 잘 통했고, 나를 좋아하는 것 같아서 더욱 신이 났다. 그렇게 매기와 내가 뒷산 여기저기를 뛰어다니며 한참 놀고 있는데 어디선가 갑자기 먹구름이 몰려와 하늘이 캄캄해졌다. 그리고 요란하게 천둥이 치더니 소낙비가 쏟아졌다. 그 바람에 내가 쓰고 있던 가면이 빗물에 녹으면서 벗겨졌고, 내 본래 얼굴이 드러나고 말았다. 그러자 매기는 마구 화를 냈다. 그리고 무시무시한 마녀로 변하더니 나를 잡아먹으려고 달려들었다. 나는 무서워서 필사적으로 도망을 치다 겨우 잠에서 깨어났다…….

한번은 훔쳐보기를 하다가 기절할 정도로 놀란 적도 있었다. 그날따라 방에는 아무도 없고, 매기만 혼자 있었다. 그때 예기치 못한 일이 벌어졌다. 큰 거울 앞에서 몸을 이리저리 비춰 보던 매기가 블라우스 단추를 천천히 풀기 시작한 것이었다.

순간 심장이 무섭게 쿵쾅거리고, 입이 말랐다. 나는 마른침을 삼키며 간신히 마음을 가라앉히고, 눈앞에서 펼쳐지는 진기한 광경을 지켜보았다. 매기는 드디어 입고 있던 하얀 블라우스를 벗어던지고는 브래지어만 걸친 채 거울 앞에 섰다. 뽀얀 피부에다 적당히 균형 잡힌 몸매가 어린 눈에도 몹시 아름답게 보였다.

나는 놀라서 숨을 크게 들이마셨다. 꽁무니가 화끈거리면서 입안이 바짝바짝 타들어 갔다. 매기는 긴 금발을 풀어헤치고 모델처럼 다양한 포즈를 취하기 시작했다. 두 팔을 벌리고 활짝 웃는가 하면, 화가 난 듯 얼굴을 잔뜩 찡그리기도 했다. 그러다가 마침내 브래지어마저 풀어 버리자, 흘러내린 머리칼 사이로 봉긋한 가슴과 젖꼭지가 그대로 드러났다. 비록 십대 초반의 나이였지만, 미국 여자아이라서 그런지 나이보다 훨씬 성숙한 몸이었다.

'아, 아!'

나는 숨이 막혀 죽을 것만 같았다. 머릿속이 하얗게 변하면서 정신이 아득해졌다. 그날 밤 나는 잠을 거의 이루지 못했다. 잠시 눈을 붙였다가도, 매기가 벌거벗은 몸으로 가까이 다가와 내 몸을 누르는 바람에 가위에 눌려 소리를 지르며 깨어났다. 그리고 꿈속에서 아랫도리가 아리아리하면서 무언가가 급격하게 부풀어 오르다가, 급기야 짜릿하면서 이상한 쾌감이 찾아왔다. 처음으로 경험한 몽정이었다.

그 후 나는 충격에서 헤어나지 못하고 며칠 동안이나 넋이 나간 사람처럼 병원 주위를 배회하며 지냈다. 학교에 가면 수업 시간에 선생님 얘기가 한마디도 귀에 들어오지 않았다. 노는 시간에도 친구들과 어울리지 않고 멍하니 허공을 바라보기 일쑤였다. 그러다가 마치 세상의 비밀을 다 알아 버리기라도 한 듯 괜히 헛웃음을 짓기도 했다.

'난 이제 너희들과 달라, 히힛!'

매기는 2년 정도 우리 동네에서 살다가 미국으로 돌아갔다. 어린 시절 매기에 대한 감정은 첫사랑이라기보다 괜히 혼자서 좋아했던 짝꿍에 대한 가슴앓이 비슷한 것이었다.

어쨌거나 그 후로 오랫동안 뒷동산에 피어 있는 하얀 찔레꽃만 보면, 흰 원피스를 입고 깔깔대며 웃던 매기의 얼굴이 떠오르곤 했다. 그리고 누나들이 〈매기의 추억〉이라는 노래를 부를 때 남몰래 눈물을 흘리기도 했다.

영 혼 의 　성 장 통 　3 　– 　희 생 양

중학교 2학년 무렵에 내가 하늘 같은 아버지와 닥터 개부슨에게 크게 대든 사건이 있었다. 당시 시골에서는 자아넨 산양을 기르는 집이 더러 있었다. 어머니는 집안일과 텃밭 일을 하는 틈틈이 돼지도 키우고, 어미 양 한 마리를 길렀다. 그리고 저녁마다 젖을 짜서 사이다 병에 담아 몇 군데 배달을 하고, 남는 것은 식구들이 먹었다.

나는 시간이 나는 대로 양을 돌보았다. 집 근처 풀밭에 매어 놓았다가 저녁 무렵에 끌고 오는 일도 나의 몫이었다. 오가는 길에 또래 여학생들을 만나면 약간 창피하기도 했지만, 마치 대단한 양치기 목동이라도 된 듯 으쓱한 기분이 들기도 했다.

어미 양은 우리 집에 온 지 얼마 지나지 않아서 눈이 부실 정도로 새하얗고 솜처럼 보드라운 털을 가진 새끼를 한 마리 낳았다. 새끼 양은 너무나 예쁘고 앙증맞았다. 그래서 형제들도 틈만 나면 서로 갖고 놀려고 다투곤 했다. 그렇게 몇 개월이 지나자 새끼 양은 살도 토실토실 오르고 울음소리도 제법 우렁찬 것이 숫양의 모습을 조금씩 갖추기 시작했다. 나도 수시로 먹이를 갖다 주고 털을 빗겨 주는 등 더욱 정성을 기울였다.

그럴 즈음, 선교단체의 우두머리인 세계적인 유명인사가 병원을 방문하기로 예고되었다. 병원에서는 최고의 귀빈인 만큼 최선을 다해서 접대 준비를 했다. 그런데 한 가지 커다란 고민에 빠졌다. 그가 새끼 양 요리를 좋아해서 하루에 한 끼는 꼭 먹어야 하는데, 시골이라 구하기가 쉽지 않았던 것이다. 드디어 태어난 지 3, 4개월 된 새끼 양을 반드시 구해 오라는 특명이 직원들에게 떨어졌다.

"이거야 원, 아닌 밤중에 홍두깨라드니 참말로 환장하것네!"

"근디 그 대장인가 뭔가 하는 냥반, 식성 한번 되게 별나구먼."

"그나저나 양 새끼를 어디 가서 구한대?"

직원들은 모이기만 하면 걱정을 하면서 쑥덕거렸다. 그런 와중에, 늦게사 얘기를 전해 들은 아버지가 의기양양하게 소리쳤다.

"걱정들 마시우! 우리 집에 양 새끼가 한 마리 있으니께!"

"뭐유? 그기 참말이유?"

"허허! 등잔 밑이 어둡다더니, 참말로 잘 됐수, 잘 됐어!"

직원들은 모두 손뼉을 치며 기뻐하였다.

"까짓거 내 기꺼이 희사하리다!"

아버지는 내친김에 흔쾌히 새끼 양을 바치기로 약속하였다. 그렇게 해서 그토록 애지중지하며 키우던 새끼 양이 그야말로 희생양이 되고 말았다.

며칠 후, 그런 사실을 까마득히 모르고 있던 나는 학교에서 오자마자 새끼 양한테로 갔다. 하지만 우리는 텅 비어 있었다.

"어머이, 새끼 양 어디 갔어유?"

나는 이상한 생각이 들어서 부엌에서 저녁밥을 짓고 있는 어머니를 찾았다.

"글쎄…… 아부지가 바람 좀 쐬이려고 끌고 나간 거 같은디……."

어머니가 말꼬리를 흐렸다.

"그래유? 어디로유?"

"밥이 거진 다 됐으니께, 해찰하지 말고 어여 들어가서 밥이나 먹어라."

어머니는 딴청을 피우며 억지로 내 등을 떠밀었다. 하지만 신경이 곤두서서 그런지 밥맛이 전혀 없었다. 저녁밥을 다 먹고 한참이 지나도 아버지는 돌아오지 않았다. 문득 불길한 생각이 든 나는 방에서 슬그머니 빠져나와, 나도 모르게 병원으로 발걸음을 향했다.

날이 벌써 어두워 캄캄했다. 병원에 도착하니, 온통 불을 환하게 밝힌 가운데 내일 올 귀빈 맞을 채비로 분주하였다. 그리고 잘 아는 직원으로부터 조금 전에 닥터 개부슨의 사택에서 아버지가 새끼 양을 잡는 것을 봤다는 얘길 들었다.

순간 가슴이 철렁하면서 눈앞이 캄캄해졌다. 그리고 두 다리에 맥이 빠져 그 자리에 주저앉고 말았다. 곧이어 지금껏 전혀 경험해 보지 못한 엄청난 분노가 가슴 밑바닥에서 치밀어 올라왔다.

나는 두 주먹을 불끈 쥐고 벌떡 일어섰다. 이미 제정신이 아니었다. 두 눈에서 뜨거운 분노의 눈물이 흘러내렸다. 이제 아버지고 닥터 개부슨이고 전혀 안중에 없었다. 나는 닥터 개부슨의 사택 주변을 맴돌며 고래고래 소리를 질렀다.

"야, 이 나쁜 놈들아!"

"내 새끼 양 내놔라!"

"어글리 맨!"

"어글리 개부슨!"

그러나 아무리 고함을 질러도 누구 하나 대꾸하지 않고 철저하게 침묵으로 대응했다.

나는 그렇게 한 시간가량을 미친 듯이 울부짖었다. 그리고 화를 참지 못해 밤늦게까지 동네를 맴돌다 집으로 돌아와서 아버지를 정면으로 쏘아보았다. 하지만 아버지는 아무 말 없이 돌아앉아서 담배만 태웠다.

나는 윗방에서 서럽게 흐느껴 울다가 잠이 들었다. 그리고 잠결에 아랫방에서 어머니와 아버지가 나누는 얘기를 어렴풋이 들었다.

"쟈가 저리 날뛰는 거 첨 봐유. ……괜찮을까유?"

"허허, 참! 그깟 노무 양 새끼 한 마리 가지고 뭘 저리 유난을 떠는지, 원!"

"그래도 쟈가 그리 이뻐했는디, 맘이 많이 아프것지유."

"쯧쯧, 사내놈이 저리 용해 빠져서 어따 써먹을랑가 모르것네!"

"어른들한티 욕하고 대들었다고 너무 나무라지는 말어유."

"괘씸하긴 하지만, 홧김에 그런 거니 워쩌것어. 그라고 시간이 좀 지나면 괜찮을 테니께 걱정 말어. 다 그러다 마는겨……."

하지만 그렇지가 않았다. 그때의 분노와 배신감과 허탈감은 아주 오랫동안 가슴속에 남아서 나를 괴롭혔다.

남명희

초콜릿 한 개

할미바위

지피에스

남명희

2008년《서라벌문예》에 수필〈할머니의 쌀과자〉로 등단했다. 2014년《문학나무》에
〈이콘을 찾아서〉로 소설부문 신인상을 수상했다. 은행·증권사 등 금융기관에서 오랫동안
인사·기획 업무를 맡았으며, 지금은 사회복지사와 서울성곽 해설사로 활동하고 있다.
미국 The Wharton School of The University of Pennsylvania, Philadelphia
최고경영자(AMP) 과정을 졸업했다.

초콜릿 한 개

비행기가 고도를 낮추며 착륙 자세에 들어갔다. 나는 습관처럼 불안하고 초조해졌다. 랜딩기어 내려가는 소리가 들리고, 동체가 균형을 잡으려고 좌우로 기우뚱거렸다. 그럴 때마다 나는 더욱 불안했다. 비행기는 이륙할 때보다 착륙할 때 중력과 가속도가 더 붙는다. 대부분 항공기의 랜딩기어가 버틸 수 있는 한계 항복하중降伏荷重은 800톤이란 걸 언젠가 인터넷에서 본 적이 있었다. 엄청난 무게와 속도를 버티지 못하고 바퀴가 부러지기라도 하면 큰 사고로 이어질 건 뻔한 일이었다. 나는 만일의 사고에 대비하여 운동화 끈을 다시 묶었다. 안경도 벗어서 안경집에 넣었다. 그리고 눈을 감았다.

그러자 인천공항을 이륙할 때의 불안했던 생각들이 되살아났다.

서서히 뒷걸음질치며 계류장을 빠져나간 비행기는 활주로 앞에 멈춰 서서 관제탑의 이륙 신호를 기다렸다. 그러나 '신호'를 기다리고 있다는 스튜어디스의 멘트만 간간이 흐를 뿐, 한참을 기다려도 비행기는 움직일 것 같지 않았다. 한없이 그렇게 기다리고 있어야 할 것 같은 막막한 어느 순간, 갑작스런 기장의 멘트가 나왔다.

"기체에 결함이 발견되어 우리 비행기는 다시 계류장으로 되돌아가겠습니다."

하지만 기장도, 승무원들도, 그 누구도 무슨 결함인지를 말해주지 않았다.

"뭐, 별일 아니겠죠? 여자 기장이라 더 꼼꼼히 챙기나 봐요."

"아마, 그런 것 같은데요."

옆자리의 남자가 지나는 말로 묻기에 나도 가볍게 대답했다. 그러나 내 속내는 그게 아니었다. 사전에 정비를 했을 텐데, 그렇다면 큰 사고를 일으킬 어떤 치명적인 문제라도 있는 게 아닐까, 라고 걱정을 하며 나는 태연한 척 신문을 펼쳐들었다.

두 시간 후, 수리를 끝낸 비행기가 다시 활주로 앞에 섰다. 천천히 활주로를 선회하던 비행기가 점차 속도를 올렸다. 덜컹, 타이어가 무언가에 걸려 둔탁한 소리를 내었고, 동시에 동체가 잠시 흔들렸다. '심각한 결함은 아닐 거야. 수리를 마친 기사가 보란 듯 미소를 지으며 손을 흔들었잖아.' 나는 혼잣말로 중얼거리며 보던 신문을 접고 다시 눈을 감았다. 이번 백두산 여행에서는 불안한 마음이 더했다. 작년 미국 샌프란시스코 공항에서의 아시아나 항공기 추락 사고가 떠올랐기 때문이었다. 나는 신문을 펼쳐들거나 눈을 감거나 하면서 계속 겉으로는 태연한 척하려 했지만 더욱 불안하고 두려웠다. 기내에는 기침 소리 하나 들리지 않았다. 물속과 같은 적막감은 깊고 무거웠다. 비행기가 이륙할 때까지 나는 눈을 뜨지 못했다.

비행기가 점차 고도를 더 낮추었다. 나는 두려움을 떨쳐 버리기 위해 앞좌석에 부착된 모니터의 전원을 켰다. 오른쪽 검지로 '비행쇼' 버튼을 터치한 다음 비행경로를 보았다. 서해를 건너 중국 위하이爲海로 향하던 비행기는 방향을 오른쪽으로 바꾸어 창춘長春을 지나 계속 중국의 하늘을 날았다. 강릉을 거쳐 동해에서 바로 북쪽으로 올라갈 것이라는 내 예상은 완전히 빗나갔다. 나는 잠시 혼란에 빠졌다. 인천에서 옌지延吉까지의 직선거리는 610킬로미터. 여객기가 지상 10킬로미터 높이에서 순항할 때의 속도는 평균시속 900킬로미터라고 한다. 족히 한 시간 이내에 닿을 수 있는 곳이다. 구태여 다른 나라의 하늘을 빌려 두 시간을 가야만 하는 현실에 더욱 조바심이 났다.

동체가 갑자기 심하게 흔들리며 엔진 소리가 시끄러웠다. 창밖을 내다보니 비행기 날개를 덮고 있는 작은 조각들이 바삐 움직이고 있었다. 옌지 공항의 활주로가 내려다보였다. 고도가 낮아지며 귀가 먹먹해졌다. 내 좌석은 29F. 나란히 세 명이 앉는 자리의 창가자리다. 왼쪽으로 부부인 듯한 중년의 남녀가 앉았다. 여자는 진한

갈색 선글라스를 끼고 있어서 잠을 자고 있는지 알 수 없었다. 하지만 맥없이 고개를 떨구고 있는 걸 보아 자고 있는 게 틀림없을 것 같았다. 그리고 나와 몇 마디 얘기를 주고받던 옆의 남자도 어느새 고개를 떨어뜨렸다. 나만 불안해하는 것일까. 남들은 전혀 불안해 보이지 않았다.

나는 창 쪽으로 윗몸을 약간 기울여 창밖을 내다보았다. 활주로를 이리저리 갈라놓은 노란 선 위로 TV에서 보았던 아시아나 사고의 장면들이 다시 스쳤다. 승객들이 줄지어 슬라이드를 타고 탈출하고, 여객기에서는 시커먼 연기가 계속 솟아오르고 있었다. 나는 그 기억들을 애써 지워 버리려고 온 신경을 눈앞의 모니터에 집중했다. 인천에서부터 비행경로를 따라 실선이 그어진 지도 밑에 '남은 비행시간 50초'라는 글씨에 내 시선이 꽂혔다.

그런데 비행기가 곧 착륙할 것이라는 승무원의 멘트가 나오자 모니터의 지도와 글씨들이 순식간에 사라져 버렸다. 그 순간, 나도 저것들처럼 흔적도 없이 사라질지 모를 거라는 생각을 했다. 다시 땅을 밟을 수 있을까, 하는 두려움과 함께 내 머릿속에는 또다시 아시아나 사고 여객기에서 슬라이드를 타고 막 탈출한 여자 승객이 인터뷰하는 모습이 떠올랐다. 짧은 바지를 입은 그녀는 신발이 벗겨진 채 땅바닥에 주저앉아 있었다.

"창밖으로 바다를 보고 있었어요. 그때 비행기가 아주 낮게 날고 있다는 걸 느꼈어요. 그런데 갑자기 비행기가 땅에 꽝 부딪치며 확 뒤집어지는 것 같았어요. 그다음엔 어떻게 된 건지 잘 모르겠어요. 정신을 잃어버렸거든요."

순간, 나는 온몸에 소름이 돋는 걸 느꼈다. 나는 두 손으로 귀를 막고 눈을 질끈 감은 채 고개를 숙였다. '살짝, 바퀴가 활주로에 잘 닿기만 하면 돼.' 나는 이 말을 무슨 주술처럼 여러 번 속으로 외었다. 비행기가 옌지 공항에 착륙했다는 여승무원의 멘트를 듣고서야 나는 비행기의 랜딩기어가 활주로를 달리고 있다는 사실을 알았다. 나는 고개를 들고, 눈을 떴다. 바로 그때였다. 29D의 여자가 화급히 손가방에서 뭔가를 꺼내 입에 넣었다. 내가 바라보자, 그녀는 가방에서 뭔가를 또 꺼내 나에게 주었다. 그것은 '자유시간' 미니 초콜릿 한 개였다.

할 미 바 위

여자는 '느림서원'을 찾아가고 있었다. 그러나 어디에 있는지 좀처럼 기억이 나지 않았다. 여자는 그 생각을 하면 할수록 관자놀이가 뻐근해졌다. 자동차에는 내비게이션이 없었다. 하지만 여자는 길눈이 좋았다. 한번 가본 길은 결코 놓치지 않았다. 아반떼는 아스팔트를 굴러다닌 지 9년이나 되었다는 사실을 모르는 듯 부드럽게 달렸다. 어디였더라? 여자는 강원도 어디에 있는 서원이란 것 외에는 생각나는 게 없었다. '어디에 있지? 그리고 지금, 내가 왜 거기로 가는 거지?' 기억이 날 듯하다가도 금세 머릿속은 하얗게 비어 버렸다.

여자는 한참을 생각하고 또 생각했다. 그리고 마침내 여자는 언젠가 '나를 찾아가는 역사기행'이란 티브이 다큐멘터리 프로그램에서 보았던 곳이란 걸 가까스로 기억해 낼 수 있었다. 200여 년 전 정운봉이란 유학자가 강원도 두타산에 자신의 호인 '느림'을 따서 지은 서원이란 것도 기억이 났다. 여자는 조금씩 떠오르는 기억의 조각들을 맞춰 보았다. 마지막으로 운봉 선생의 말이 떠오르며 그제야 여자는 왜 느림서원으로 가려 했는지 확실하게 알 것 같았다.

"느림서원에는 선생이 없다. 서원은 자연 속에서 달팽이처럼 느린 마음으로 자신을 뒤돌아보는 수행의 장소다. 자기를 가르치는 가장 훌륭한 선생은 자기 자신일 뿐이다."

서원은 두타산성 아래 계곡을 끼고 있다고 했다. 42번 국도를 타고 가다 이정표가 보이면 바로 오른쪽 길로 들어가면 될 것이었다. 아반떼가 치악산 자락에 막 들어서는데 '구룡사 주유소' 간판이 보였다. 그곳에 들러 기름도 넣고 길도 물었다. 그러나 주유소 직원은 그런 서원은 처음 듣는다며 머리를 가로저었다. 아반떼는 계속 달려 평창을 지나 정선과 두타산을 잇는 국도와 만났다. 불에 타서 시꺼먼 속살을 드러낸 나무들이 장승처럼 자리를 지키고 있었다. 여자는 처음 보는 그러한 풍광이 무척 낯설었다. 산에서 흘러나온 질퍽한 물 자국이 아스팔트를 가로질렀다. 타이어가 철벅철벅 소리를 내며 달렸다. 숲이 하늘을 가린 수목 지역을 벗어나 구불구불한 내리막길을 갔다. 여자의 몸이 심하게 흔들렸다. 여자는 등받이에 바짝 등을 붙이고 핸들을 잡은 손에 힘을 주었다.

여자는 남들이 하는 거 다 하며 살아 보고 싶었다. 사내와 결혼한 것은 자신의 꿈에만 너무 집착했던 탓일지도 몰랐다. 인생을 두 배로 사는 것도 아닌데, 여자는 늘 무언가에 쫓기듯 바쁘게 살아온 자신에 대해 생각했다. 결혼 후, 사내가 묵묵히 있어 주기만 했어도 그녀의 가슴이 지금처럼 찢어질 듯 옥죄지는 않을 것이었다. 어떻게든 시간을 갖고 흐트러진 마음을 추슬러 보려고 애를 썼을 것이었다.

"자밀, 당신 나라에 결혼한 여자를 둘이나 두고서 왜 날 속였어?"

"그건 오해예요. 우리 파키스탄에서는 네 명까지 아내를 가질 수 있어요. 어제 어머니가 전화했어요. 새 신붓감이 있으니 곧 귀국하라고 했어요."

그 말을 들은 여자의 눈에서 새벽 바다처럼 싸늘하고 푸르스름한 빛이 쏟아졌다.

이정표가 보였다. 할미바위↑, 느림서원→ 갈림길에서 아주 짧은 순간, 여자는 망설였다. '아니야, 내가 갈 곳은 느림서원이 아니었어.' 여자는 가속페달을 밟은 다리에 힘을 주었다. 아반떼는 할미바위 쪽을 향해 질주했다. 그 길의 끝은 동해와 맞닿은 절벽이었다. 바다가 내려다보이자, 여자는 액셀을 힘껏 밟았다. 끼이익! 바퀴 타는 냄새가 맡아졌다. 여자는 더욱 세게 액셀을 밟아 속도를 올렸다. 엔진룸에서 펑, 펑, 소리가 났다. 비행기가 음속을 돌파할 때 나는 소리 같기도 했다.

그날 밤, 티브이에서는 동해안에서 있었던 승용차 추락 사고를 '특보'로 내보냈다. 여자가 기억하는 방송 내용은 대충 이랬다.

"차에 타고 있던 운전자는 30대 중반의 여자였다. 할미바위 절벽으로 돌진한 차는 그대로 바다에 추락했다. 바다로 추락한 아반떼 승용차는 하트 모양의 흰 포말 위에 둥둥 떠 있었다. 차는 거짓말처럼 계속 하트 위에서 맴돌았다. 운전자는 긴급출동한 해양경찰대에 의해 무사히 구출되었다. 운전자는 강릉의 한 병원에 입원 중이며 건강은 양호한 상태다. 경찰에서는 도저히 믿을 수 없는 이번 자동차 추락 사고의 경위에 대해 면밀히 조사 중이다."

여자는 강릉제일병원 특실에서 티브이 뉴스를 보고 있었다.

"정말로 한 군데도 다친 데가 없어요?"

내가 여자에게 물었다.

"예, 아무렇지도 않아요. 하얀 구름이 둥둥 뜬 파란 바다는 하늘이었어요. 난 자동차가 계속 하늘을 날고 있는 줄 알았어요."

여자는 침대 시트를 갈고 있는 나를 쳐다보며 씩 웃었다.

지 피 에 스

샌프란시스코로 출장을 갔다. 나는 늦은 점심을 먹으러 산타크루즈 워프의 한 레스토랑으로 들어갔다. 클램 차우더와 새우튀김을 시켰다. 레몬을 뿌려 소스에 찍어 먹는 새우튀김의 고소한 감칠맛에 포도주가 어울릴 것 같았다. 나는 그 식당의 하우스 와인을 주문했다. 흑인 웨이트리스가 싱글거리며 다가왔다. 그녀는 250시시 잔에 와인을 가득 따랐다. 그녀가 움직일 때마다 뭉글뭉글한 비계덩이의 허리가 리드미컬하게 물결쳤다. 나는 와인 한 잔을 단박에 들이켰다. 오크통에서 바로 내온 것이어서 적당히 차갑고 신선했다. 나는 연거푸 석 잔을 마셨다. 잔을 비울 때마다 흑인 웨이트리스가 싱글거리며 가득 잔을 채웠다.

식당을 나온 나는 왼편으로 태평양을 끼고 1번 도로를 따라 달리고 있었다. 갑자기 미니밴 한 대가 거칠게 앞으로 뛰어들었다. 실리콘밸리로 들어가는 17번 도로의 갈림길을 10여 분 남겨두었을 즈음이었다. 나는 운전자의 얼굴을 보고 싶은 호기심이 발동하여 액셀을 밟았다. 미니밴이 더 빠르게 달아났다. 미니밴은 나의 경쟁심에 불을 붙였다. 나도 속력을 올려 추월했다. 엔진룸에서 꽈르르, 깨지는 소리가 났다. 나는 운전대를 꽉 잡고 오른쪽 다리에 더욱 힘을 주었다. 언뜻 미니밴 운전자의 옆모습이 스쳤다. 여자였다. 어깨까지 내려온 머리를 귀밑쯤에서 고무줄로 서너 번 친친 둘러 묶었다. 운전대를 잡은 팔뚝은 뼈마디가 보일 정도로 가늘었다. 동승자는 없었다.

나는 미니밴을 골탕 먹이고 싶은 객기를 누를 수 없었다. 미니밴을 앞서기 위해 액셀에 힘을 주었다. 미니밴을 스칠 때, 나는 피에로 같은 익살스런 표정을 지었다. 그러나 미니밴도 속도를 높여 나를 추월했다. 예상하지 못한 돌발적 행동이었다. 나는 혼다를 미니밴의 왼쪽에 바짝 붙여 겁을 주었다. 미니밴이 주춤하며 옆으로 밀렸다. 나는 엿 먹어라, 하고 소리치며 미니밴을 향해 가운뎃손가락을 치켜세웠다. 순간, 미니밴이 빠르게 질주하며 오른쪽으로 다가왔다. 그리고 여자의 손에 들린 38구경 리볼버가 불을 뿜었다. 나는 급히 브레이크에 발을 올려놓았다. 동시에 핸들을 갓길 쪽으로 꺾었다. 보닛 한가운데에 뱀의 혓바닥 같은 예리한 탄흔이 선명했다. 아스팔트 위에는 스키드 마크가 괴물의 시체처럼 길게 드러누워 있었다. 앞서 달리던 미니밴은 100미터쯤 더 가서 섰다.

캘리포니아 경찰차가 내 차의 꽁무니에 바짝 다가와 섰다. 그때까지 타이어 타는 역한 냄새가 주변에 맴돌았다. '지금 당신의 차량은 지피에스로 추적을 받고 있습니다' 팻말을 볼 때마다, 참 웃기는 녀석들이야, 겁을 준다고 믿을 사람이 누가 있을까, 하고 나는 코웃음을 쳤었다.

그러나 경찰이 도착한 것은, 권총 소리가 난 후 꼭 3분이 지난 시각이었다. 사이렌 소리도 없이 경찰차가 나타난 것은 순식간이었다. 나는 성희롱과 음주운전 현행범으로 경찰에 체포되었다. 미니밴 운전자가 나에게 다가왔다. 40대의 중년이었다. 나이가 들었지만, 그녀는 내가 어릴 적 보았던 단발머리의 여학생이 틀림없었다. 나는 엉겁결에 한 발짝 뒤로 물러섰다. 잠에서 깬 내 손에 땀이 흥건했다.

단발머리의 여학생은 토끼처럼 동그랗게 눈을 뜨고 무언가를 뚫어져라 응시하고 있었다. 교복의 흰 깃이 유난히 빳빳했다. 우체국에 편지를 부치러 갔다가 주운 지갑 속에 그녀의 주민등록증과 현금 2만 원이 있었다. 나는 마귀와 싸웠다. 한참을 싸우는데, 뭘 그렇게 오래 생각해. 마침 넌 영어 참고서가 필요하잖아. 이번 모의고사에서는 1등 자리를 다시 찾아야지. 마귀가 날 보고 웃으며 손짓을 했다. 나는 그녀의 주민등록증만 우체통에 넣었다.

그 후, 나는 그녀의 꿈을 꾸면 꿈속에서도 쿵쾅쿵쾅 심장이 뛰었다. 2만 원을 돌려주지 못한 죄책감은 두고두고 나를 괴롭히는 가슴앓이가 되었다. 10원짜리 동전이 떨어진 것만 보아도 나는 깜짝 놀랐다. '지금 당신은 지피에스로 추적을 받고 있습니다.' 그 팻말은 정말이었다. 나는 늘 지피에스의 추적 반경 안에 있었다.

노 순 자

불안은 없다

풍경

마침내 자유인

노순자

1974년 여성동아 장편소설 공모에 당선되고 현대문학 추천을 완료했다. 쓴 책으로는 소설집 《타인의 목소리》, 《몽유병동》을 비롯해 《산울음》, 《진혼미사》, 《누이여 천국에서 만나자》, 《백록담 연가》, 《초록빛 아침》, 《마음의 물결》, 《기억의 향기》 등이 있다.
한국소설문학상, 펜문학상, 월간문학동리상, 손소희문학상, 한국가톨릭문학상 등을 수상했다.

불안은 없다

단편 한 편(심아진, 〈불안은 없다〉)을 읽었는데 나는 풋풋한 시절에 가 있었다. 근래 나는 완전한 이중생활자였다. 내 집에 들어서는 순간부터 무표정 무감정의 기계 비슷한 존재가 되어 최소한의 움직임으로 숨을 쉰다. 그런데 소설 하나를 읽고 짜라투스트라의 니체와 키에르케고르 등 실존주의가 대세이던 스무 살 무렵으로 돌아간 것이다. 나는 단편 속의 유쾌발랄한 화자만큼이나 상큼하게 그 거장들에게 대단한 연민을 느끼고 있었다.

"신은 죽었다"라니! 오죽이나 신의 존재가 시시각각 걸리적거리고 고통스러웠으면 그랬을까? 그런데 왜 신은 없다가 아니고 죽었다람. 죽는 건 고약하지만 없는 것은 미지이다. 없음, 무. 미지는 인간이 어찌 해볼 도리가 없다. 그런데 그에게 신은 미지, 무無가 아니고 죽었다. 아마도 그에게 신은 한몸인 듯, 아니면 한 영혼인 듯 의식이 있는 내내 존재 자체에 스며 있으면서 이물감으로 자각되었는지 모른다. 감히 없다라는 생각은 해볼 수도 없이 절실하고 명료하게 의식되었는지 모른다. 그래서 신이라면 왜 고만큼밖에 못하느냐고 전지전능이 아니었느냐고 불만을 터뜨리고, 먹는 것, 자는 것, 사소한 말, 행위 모든 것에서, 또 정신세계의 갈피갈피 구석구석에서 신의 간섭을 느끼다 못해 "신은 죽었다"라고 내팽개치듯 절규한 것일까.

그 시절 스무 살 안팎의 나는 그에게 대단한 연민을 느끼면서도 겨우 "누가 뭐래?" 퉁박을 주는 게 고작이었다. 그리고 고개를 돌려 "신은 하늘에 있고 인간은 땅에 있다"는 키에르케고르에게로 사뿐히 마음을 옮겼다. 사람들은 그게 그거라지만 나에게는 죽었다보다 신은 하늘에 있고 인간은 땅에 있다는 것이 차이가 아주 미미해도 안도감을 주었다. 그럼에도 두고두고 니체의 처절함은 안돼 보이면서 가까이 하고 싶지는 않은, 가끔은 따져 보거나 달래 주고 싶은 미련을 남겼다.

"불안하다……"로 시작되는 단편이 마음을 끈 것은 단정적이지만 죽었다가 아닌 데다 그 대상이 거대한 신이 아닌 인간의 근원적 감정이기 때문인지 모른다. 첫 문장과 상황부터가 저속한 흡인력을 지니고 있어 내 은밀한 취향을 자극하였다. 여러 여자를 동시에 사랑하는, 혹은 사랑이란 이름의 관계로 유지하는 나(화자)가 동시에 사랑하는 그 여러 여자들에게 둘러싸여 가지가지 곤경을 연출한다. K는 공부를 잘했고 지금도 잘하는, 사시 1차만 합격하고 2,3차를 통과 못해 아직도 고시촌에 머무는 어릴 적 친구. Y는 쉽게 들뜨는 열정적인, 사람들은 헤프다고 말하지만 화끈하고 아름다운 여인. 손톱 장식이 화려하고 말을 냉정하게 하는 J. 따듯하고 소박한 U.

그런데 나가 카페 조하르로 불려 나온 그 아침은 하필 나의 아버지가 유방암 판정을 받고 입원한 날이다. 직업군인인 아버지는 늘 초긴장 상태로 남북관계의 심각성을 우려하는, 그 세대가 대부분 그러하듯 직업이 삶의 전부인 성격인데 마침 북한은 개성공단 문을 닫고, 남북불가침조약을 파기하고 비핵화공동선언도 백지화한다는, 판문점 연락 채널조차 폐쇄되어 남북 사이가 극도로 악화되어 있는 새 정권 초기의 긴장된 시기였다.

결국 소동이 일고 나는 단추를 뜯기고 욕을 듣고 U가 말없이 일어서 나가고 K가 경멸의 눈초리로 사라지고 Y가 오렌지주스를 쏟아 붓고 가버리고 마지막 남은 J에게 나는 아버지가 암이라고 주절거린다. J는 비교적 담담하게 얘기를 들은 후 사라지고 카페를 나오려다 L과 마주치면서 화자는 너로구나 한다. 여자들을 불러모은 것이 누구인가 계속 궁금했는데 L을 보는 순간 스르르 의혹이 풀린 것이다. 비대한 L은 사수생이고 나이도 많이 어리다. L은 무시무시한 힘으로 따귀를 때리지만, 나름의 능력을 가진 수학학원 강사인 나는 아버지의 암 얘기를 하고 병원으로 돌아온다. 어머니가 전하는 치료 방법은 아버지의 여성호르몬 과잉을 막기 위해 고환을 수술해야 한다는 것.

화자는 어머니가 종무원으로 일하는 절에 가서 시주함의 돈을 슬쩍하면서 절을 하다가 카페에 나왔던 여인들의 사랑스러운 면모를 하나하나 떠올린다. 나는 편의점 아르바이트를 하는 U를 찾아가 아버지의 암 얘기를 한다. 머리핀 하나에도 기뻐하는 U는 아침 일을 오히려 미안해한다. 나는 U의 방세 보증금 오른 금액이 든 봉투를 쥐어 준다. 세상의 향기를 다 가지고 싶어 하는 Y가 군침 흘리던 향수를 사들고 나는 Y를 만나러 백화점으로 간다. 다음은 K가 머무는 고시촌. 울음을 터뜨리는 K를 달래 준다. 그날 병원으로 비대한 L이 찾아오고 L이 돌아간 뒤 U에게서 병원으로 오고 있다는 문자가 오는 것으로 일상을 회복한 나는 P와 H, N과 S 등에게 문자를 보낸다. 아버지가 유방암이래. 고환을 수술해야 한대…….

결국 아침의 저급하고 기이한 소동도 일상의 한 요소인 것. 화자는 평화롭게 불안 같은 게 무슨 상관이냐는 듯 삶의 궤도를 회복한다.

이 유쾌한 소설은 읽는 내내 소설의 오락성을 충분히 제공하고서도 다 읽으면 아주 통쾌한 웃음을 다시 터뜨리게 한다. 그 유쾌한 웃음 속에서 동시에 여러 사람을 사랑하는 것과 평생 한 사람을 사랑하는 것에 대해 자신도 모르는 사이 아주 깊이깊이 생각하는 자신을 발견한다. 그러면서 애처롭도록 힘겹고 고지식하게, 고통스럽도록 열심히 진지하게 살아가는 K의 삶, 거친 손의 U, 손톱에 뿐 아니라 전신의 외모에 최선의 공을 들이는 J. 예쁘고 귀여운 Y.

그 외의 여인들이 지닌 아름다움을 떠올리며 가슴이 저릿해진다. 소설의 현실성과 비현실성까지도 유쾌하게 공감하고 관조하고 애정의 미래 형태를 내다보다가 인간의 속성과 한계를 생각하게 되는 소설이다.

살얼음판 위를 걷듯이 살면서 불안은 없다라는 화자에게 잠시나마 유쾌함 줘서 고마워, 그래 너는 유쾌하면서도 공감과 미학을 지녔어, 중얼거린다. 그리고 쓰다가 중단한 글이 어느 폴더에 들었던가 파일들을 불러내 검색을 시작한다. 이미 몇 번이나 시도했다가는 말고 말고 했지만 이번만은 쓰는 것까지도 무의미하게 여겨지는 무감각 무감동 무의욕의 병통이 씻은 듯까지는 아니더라도 꽤 많이 나아질지 모르겠다. 그 유치한 사람 불안은 없는 세계에 살고 있는 젊은 남자를 생각하면 아직도 웃음이 나므로. 정말로 웃음이 난다.

풍 경

“네 어미가 너만 할 적에는 말을 참 잘 들었다. 요즘 아이들은 당최 말을 안 들어. 아니 가만. 네가 연이 딸이 아니라 연이 딸 지은이의…… 그러니까 연이 손녀로구나?”

아흔네 살 여인이 네 살 아이의 손을 잡으려 하자 아이가 물러선다. 아이 얼굴은 울상인데 주름살 속의 흐릿한 눈빛은 말할 수 없이 간절하고 애틋하다. 굵은 주름 가득한 노인의 손이 굼뜨게 움직여 말랑하고 오동통하고 오목조목한 어린 살에 닿자, 아이는 겁먹은 얼굴로 물러선다.

“증조할머니야, 슬기야. 네가 예뻐서 그러시는 거야. 뽀뽀해 드려. 우리가 할머니 할아버지 뵈러 비행기 타고 왔잖아.”

슬기가 제 엄마를 바라본다. 그 타이름이 연이에게는 왜 기계적으로 느껴지는 것일까. 아이에게 이만큼 타일렀으니 제 할 일은 다 했다는 듯한. 저에게는 조모이고 아이에게는 증조모인 하얀 노인에게 아이가 다가가건 말건 그것까지는 자기 소관이 아니라는 듯한 싸한 느낌.

연이가 의자에서 내려와 아이 뒤로 다가앉는다. 아이에게 내민 손이 눈에 들어온다. 낯설다. 굵은 주름이 큰 나무 밑둥 껍질을 연상시킨다. 손등의 검버섯 때문일까. 꺼칠하고 뭉툭한 손이 나무꾼의 손 같다. 그러고 보면 환갑 진갑 지나도록 나무꾼을 본 적이 있던가. 보지도 못했으면서 꺼칠한 손이라면 나무꾼이라고 입력되어 있는 것은 무슨 까닭인가. 마침내 그 뭉툭하고 거뭇거뭇하고 투박한 손이 겨우 네 번째로 여름을 맞이하는 연하고 앙증맞은 손을 잡자 울음이 터진다.

"얘는 왜 노인만 보면 우는지 몰라. 얘 때문에 서울서도 노인복지관 앞을 못 지나가고 빙 돌아서 아파트 뒷문 쪽 먼 길로 다녀야 한다니까."

지은이가 해명을 하는데 연이는 딸을 물끄러미 본다. 딸이 아주 멀게 느껴진다. 사실 연이는 지은이의 설명이 나오기 전에 아이를 안아 올리려다 자신도 모르게 어머니의 나무 등걸 같고 본 적도 없는 나무꾼을 연상시킨 아흔네 해의 연륜을 살아낸 손을 잡았다. 그 손은 젊은 날 선녀 날개 같은 무용복을 만들어 주고 까치설빔을 만들어 주고 온갖 맛난 것을 만들어 준 엄마, 내 엄마의 손인 것이다. 지난달만 해도 소리소리 지르면서라도 전화 통화가 가능했는데 이달 들어서는 안 된다. 연이가 전화를 걸면 누구세요? 누구야? 연이냐? 전화를 걸었으면 말을 해. 서울이지? 수유리냐? 연희동이냐? 전화가 왜 이래. 여보 우리 전화 고장났나 봐. 고장 신고 해줘요.

그렇게 끊기고 몇 분쯤 지나면 어김없이 핸드폰이 운다. 환갑이 지나면서부터일까, 어머니의 번호가 뜨면 연이는 속으로 '우리 엄마' 뇌며 되도록 외진 곳을 찾아간다. 목청껏 고함을 질러야 어머니가 알아듣기 때문이다. 그러나 이제 어머니는 전화를 받았는지 아닌지조차 구별을 못한다. 아무리 고함을 질러도 완전 일방통행이다. 연이야, 엄마다. 전화 받았냐? 엄마야 바빠서 못 받니? 바쁜 건 좋지만 몸 상할라. 엄마 아버지는 잘 있어. 잘 먹고 잘 자고. 연우가 효자라 아침저녁 들여다보고 아버지 면도시켜 드리고 물건 사들이고. 얘 글쎄 엊그제 복날은 보신탕까지 사왔지 뭐니. 나가서 잡숫재는 걸 아버지가 귀찮대서 안 나갔더니 글쎄 통으로 그득하게 사왔더라니까.

연이는 엄마의 그 목소리를 조용히 들었다. 눈물을 흘리면서. 아무리 악을 써도 엄마가 못 알아들으신다는 걸 알고도 처음부터 조용히 듣지는 못한다. 이번에는 혹시 소통이 될까 전화를 받았는지 아닌지는 구별을 하실까 싶어 번번이 고함을 질러 본다. 그리고 어느 날인가 어머니는 점잖게 안부를 물은 후 중얼거렸다. 하느님은 뭘 하시느라 이렇게 우릴 안 데려가신다니. 이제는 들리지도 않고 보고 싶은 내 새끼들 볼 수도 없는데.

연이는 만사를 제쳐놓고 비행기를 예약했다. 출장간 아들네에게는 차마 전화를 못 하고 그래도 만만한 딸에게 월차를 내든 휴가를 받든 이번엔 주말 끼어 시간 내라고. 대체 외할머니 언제 뵈었어? 할머니가 너 길러 주신 거 잊었어? 나중에 엄마는 안 와봐도 되니까 너 길러 주신 외할머니한테는 참참이 가봐랬잖아? 독한 말을 퍼부으며 칼에 벤 상처는 나아도 말에 벤 상처는 안 낫는다는데 심한 거 아닌가 속으로 그런 생각까지 하면서 잔소리를 해가지고 데려온 게 아니라 모셔온 딸내미 가족이다.

바락바락 눈물도 없이 울던 아이는 제 어미가 스마트폰을 쥐어주자 발딱 일어서며 딱 그친다. 그리고 번개같이 빠르게 증조할아버지 할머니에게 찡그린 얼굴의 억지웃음을 보여주고 역시 번개처럼 억지 뽀뽀 시늉을 하고는 소파에 올라앉아 그 앙증맞은 손가락으로 스마트폰을 주무른다.

"할머니, 장모님 어렸을 적 얘기 좀 해주세요. 슬기가 장모님 닮았어요?"

눈치 9단 사위가 매직펜으로 달력 뒷장에 커다랗게 써서 하얀 노인의 코앞으로 들이민다. 사위는 보청기가 제 역할을 못할 때부터 고함을 치는 대신 필담을 한다. 연이는 오늘따라 사위의 그 우아한 대화법도 화징머리가 난다. 어떻든 글씨를 알아본 어머니의 얼굴은 오글오글 밝아진다.

"그럼 그럼 똑 닮았어. 팔판동에 소문이 파다했지. 집 잘 보고 말 잘 듣는 아이라고. 대문간에 앉혀 놓고 장에 갔다 오면 한 시간이고 두 시간이고 소꿉을 놀았는걸. 제 사랑 제 등에 지니는 법이야. 그게 그렇게 말을 잘 들을수록 내 가슴에는 피멍이 졌네. 평생 입에 안 담았어. 무덤까지 가져갈 피멍이야. 연이 너만 알아둬. 너는 내 딸이다. 밖에서 들여온 자식 아니고 내 딸이야."

하얀 노인의 비장한 어조 때문일까. 집안 공기가 무겁게 가라앉았다. 지은이가 제 남편을 바라보다 연이를 보고 사위의 눈도 연이에게 쏠리고 연이의 눈은 아버지를 찾는다. 말을 잃은 지 오래인 아버지의 얼굴이 실룩거린다.

"느이 엄마가 망령이구나. 치매다 치매야."

마침내 자유인

전철역의 9-2 탑승 위치는 계단 바로 옆이었다. 마침 지하철이 환하게 들어오는 중이었고 친구는 뒤쪽 의자에서 기다린 듯 금세 다가온다.

"무슨 일이야? 연재 들어간 사람이 웬 야외로 점심을 먹으러 가재?"

웃기만 하던 정유는 전철에 올라 자리를 잡고서야 맹기를 입에 올린다.

"일생일대 용단을 내렸다고 점심 하재서. 너도 반구정 처음이지?"

장소야 서울 벗어나서 나무 흙 바람 있으면 됐지 싶은데 사람은 낯설다.

"박맹기 내가 알 만한 사람이야?"

"너를 보고 싶대."

"누구길래? 우리 동창? 동업자? 남자인 건 분명한데."

"수많은 직업 중 가장 수명 짧은 게 소설가라는 통계 봤어?"

정유가 말을 돌린다. 이 친구를 만나면 연이는 덩달아 문제작가가 되는 기분이다. 정유는 스스로 유명인사이고 문제작가여서 화제도 당차다.

"그 얘기 나온 지 한참 되지 않았어? 수명은 짧고 만족도는 높다는."

"그 유네스코 통계가 십여 년이나 순위가 바뀌지 않는다네. 근데 만족도 높다는 건 황당하지 않니?"

"왜? 소설이라는 게 읽기는 떡 먹듯이 쉽고 쓰기는 목숨 줄일 만큼의 진이 빠지는 거 사실이고, 또 세상하고 덜 부대끼고 지 세계 속에서 부대끼는 거니까 만족도 높은 것도 그럴 만하지 않아?"

"그럼 나만 이렇게 죽을 맛인가? 글쟁이 직업이 수명 짧다는 건 알겠는데 만족도 높다는 건 뒤통수 맞는 거 같아서 말야. 뭐 좋아한 가지쯤 통계하고 달라도. 나는 중요한 작가니까."

정유는 스스로에게 다짐하듯 쿡쿡 웃는다. 연이도 따라 웃는다.

만족도는 별개로, 쓰는 일이 아니면 어떻게 살았을까 생각해 보면 아득하다. 그래도 쓰는 일이 있어 아침에 눈 뜰 때마다 소중한 하루의 시간 뇌며 마음을 모을 수 있는 것 아닐까. 계속 노력할 수 있다는 것은 더 괜찮고.

"나는 그렇다. 시간도 사람도 끊임없이 움직이는데 어제보다 나은 걸 쓰고 싶은 희망이 살아 있는 한 계속 존재해 준다는 건 대단한 거야. 그 점에서 만족도도 높은 거 아닐까라는."

말을 끊으며 연이는 정유를 본다. 필경 또 그 지나치게 긍정적인 사고라는 핀잔이 튀어나오지 싶어서인데 잠잠하다.

"근데 우리 왜 쓰는 거니?"

"뭐? 너는 목구멍 때문이라며?"

정유는 소설가이기에 앞서 글쟁이 노동자라고 내놓고 선언한 터였다. 소설가는 쓰고 싶은 글만 쓰는 예술가지만 노동자는 쓰고 싶건 아니건 주어지는 일감을 주문대로 생산해 내는 글 노동자라는 주장이었다. 그래서 방송 원고, 교리 책, 인터뷰 기사, 여성사, 신앙체험기, 논픽션 등 소설 아닌 글들을 어지간히 써왔고 나이 먹으면 소설만 쓰리라고 별러 온 것이다. 막연하게 어느 정도 나이를 먹으면 무엇인가 좀 정돈이 되어 있을 것으로 기대했는데 마음속 사정이나 마음 밖 사정이나 늘 그 타령이라는 것이 정유의 얘기다. 나이를 먹어도 노동자에겐 노동이 주어질 뿐 좀처럼 우아한 예술가로 도약할 수가 없다는 것이다.

어떻든 연이는 정유 앞에서만은 게을렀다는 이유만으로 글 노동자 아닌, 소설만 쓰는 예술가이고 문제작가이고 유명인사이고 평소에 생각해 보지 않던 신분의 장치들이 번쩍거리는 듯한 느낌에 웃음이 나곤 하였다. 젊을 때는 멋쩍기도 했는데 나이가 들면서는 장난으로라도 유쾌한 시간을 보내게 된다.

연이들이 전철을 내렸을 때 1번 출구 밖에는 묘하게 표정이 해

맑은 초라한 중늙은이가 나와 있었다. 이름은 생소했는데 얼굴은 낯이 익다. 그 역시 정유처럼 나이는 연이보다 위인데 후배라 한다.

햇살은 투명하고 강하나 차 안은 쾌적하고 야산은 푸르름이 자욱하였다. 멀지도 가깝지도 않은 거리를 달리는 동안 화제는 진진하다. 정유는 목구멍이 이유인 노동자여서 왜 써야 하는가는 생각하지 않아도 되지만 연이와 맹기는 무엇 때문에 수명 단축시키는, 쓰는 일을 그만두지 못하는가? 왜 쓰는가의 고질적 병통 원인을 밝혀야 한다고 들이대었다. 맹기가 나선다.

"나는 이제야 써보겠다고 일생일대의 결단을 내렸는데 왜 쓰는 일을 그만두지 못하냐고? 나는 안 쓰면 죽을 것 같다. 이제 시작이지만."

"와, 좋아. 죽으면 안 되지. 근데 그대가 우리 유명인사 두 사람을 여기까지 초대한 그 일생일대의 결단은 뭔데?"

장어구이와 메기매운탕에 소주를 홀짝이며 정유가 추궁하자, 맹기가 시선을 돌린다. 창밖으로 보이는 물줄기는 임진강이라 한다.

"나 깔끔히 정리했다. 학교에는 사표 내고 집사람한테는 퇴직금하고 집하고 전 재산 안겨서 편히 살게 놓아 주고 나는 마침내 자유인이 된 거야. 왜냐? 소설 쓰려고! 등단만 하고 30년 다 되도록 가장과 남편으로 살았으니 이젠 나도 내 인생 살아 봐야 할 거 아니냐. 나 자네들에게 축하받고 싶어. 지도 편달도."

정유가 덤덤히 대꾸한다.

"미친 ○. 무슨 지도 편달씩이나. 자유인인지 마침내 미친 ○인지

일단 건배는 하고 보자."

연이는 문득 마침내 자유를 찾은 중늙은이의 얼굴에서 반짝임을 본다.

박 명 호

돈돈 1

돈돈 2 – 역학

돈돈 3 – 주눅

박명호

부산일보 신춘문예 소설 당선으로 등단했다. 작품집으로 《가롯의 창세기》, 《우리집에 왜 왔니》, 《뻐꾸기뿔》 등이 있으며, 공저로 미니픽션 작품집이 다수 있다. 2005년 부산작가상을 수상했다.

돈 돈 1

뭔가 간절히 원하는 바를
끈기로 버티면 결국 이루어진다는 위대한 철학을
나는 일곱 살 어린 나이에 몸으로 터득했다.

제법 많은 눈이 내리고 있는 설 대목장엔 눈보다 사람들로 더 붐비고 있었다. 어떤 청년이 그 복잡한 사람들 사이에서 뽐내듯이 동전을 저글하고 있었다. 그때, 나는 동전 여러 개를 연이어 던지면서 받아내는 묘기보다 이상하게도 그가 '꼭' 동전 하나를 떨어뜨릴 것 같은 기대감으로 충만해 있었다. 그래서 사람 사이를 헤치며 그 청년을 따라다녔다. 청년은 좀처럼 동전을 떨어뜨리지 않았다. 눈 내리는 장터 이 구석 저 구석을 얼마나 따라다녔을까. 남들은 어린 내가 그 묘기에 취해 따라다닌다고 여겼을 것이다. 아니, 그 청년도 그렇게 생각하며 한껏 어깨를 우쭐했을 것이다.

하지만 그때 나는 그런 한가한 구경이 아니라 젖을 동냥하는 어미 잃은 양처럼 그의 동전에 집착하고 있었다. 결국, 그가 동전 하나를 바닥에 떨어뜨리고 말았다. 나는 얼른 그 동전을 발로 밟고는 가만히 서 있었다. 다행히 장바닥에는 눈이 깔려 있어서 동전 떨어지는 소리가 나지 않았다. 동전 하나가 떨어진 것도 모르는 청년이 사람들 사이로 사라질 때까지 나는 그 자리에 그대로 마치 진지를 고수하는 병사처럼 밀려드는 사람들 사이에서 발을 떼지 않고 꿋꿋하게 서 있었다.

아, 눈 묻어 차가운 그 동전을
손에 넣었을 때 그 성취감은
마치 세상을 다 품은 것 같았다.

돈 돈 2 – 역 학

굼벵이도 구르는 재주가 있다.

지렁이처럼 굽은 돌담은 그렇게 길었다. 나와 휘팔이는 며칠째 집으로 가는 길에 돌담 구멍구멍을 꼭 쥐새끼처럼 후비며 열심히 눈알을 굴렸다. 늦은 봄의 따가운 햇살이 내 이마 위에 땀방울을 만들어냈다. 나는 금방금방 흘러내리는 땀방울을 소맷자락으로 훔치며 '삼십 원'이라는 큰돈이 숨겨진 구멍을 찾느라 안간힘을 다했다.

빙씨이 같은 놈. 그리 큰돈을 숨겨놓은 곳도 모리나.

그래도 나는 휘팔이를 욕할 수 없었다. 녀석이 내게 무슨 빚이 있어서 그런 것도 아니고, 단순히 내가 좋아서 그 큰돈을 주겠다는

데 그까짓 바보스러움 정도야 애교라 할 수 있었다.

버얼건 빛깔의 십 원짜리 종이돈, 그것도 세 장씩이나. 그것이 사흘이 아니라 열흘인들 수고하지 않겠는가. 또한 휘팔이는 나를 위해 마련한 돈이 혹시나 못된 장터 아이들에게 빼앗길까 염려해서 깊숙이 숨겼다는데 어찌 그 성의가 고마웁지 않으랴. 그러나,

비잉씨-

내 입이 조금씩 실룩거리기 시작했다. 어린 나의 인내에도 한계는 있었다. 돌담 그림자가 내 키보다 길게 누울 때까지 나는 돈이 든 구멍을 찾고 또 찾으면서 행여 휘팔이에게 싫은 표정을 보이지 않으려 애를 썼다. 저만큼 그 못난 휘팔이도 열심히 구멍을 찾는 듯했다. 날 늦은 뻐꾸기 소리가 그쪽으로 흩어져 내렸다.

장터 아이들이 아무리 못된 짓을 자주 한다지만 녀석이 그렇듯 겁쟁인가. 공부도 웬만큼 하는 녀석이고 보면 머리가 둔한 것도 아닌데 생고생시킬 게 뭐람. 자꾸만 불만이 불거졌다.

사실 나는 당시 장터에 살고 있었기 때문에 장터의 텃세를 별로 의식하지 못했다. 하지만 휘팔이처럼 십 리나 떨어진, 그것도 외딴집 홀어머니 밑에 살고 있는 그에게는 장터 아이들이 여간 두려운 존재가 아니었을 것이고, 실제 그들은 휘팔이 같은 아이들을 많이 괴롭혔다.

장터 골목대장 출신인 나는 작은 시골 학교에서 싸움 한번 하지 않고 같은 학년의 서열 1위가 되었다. 우리의 서열은 주로 비교우위에 입각하여 자연스럽게 결정되었다. 거기에는 물론 형들도 여럿

있었고, 공부도 잘했지만 무엇보다 '장터'라는 텃세가 알게 모르게 크게 작용했다고 볼 수 있었다.

그날도 나는 휘팔이에게 아무런 짜증을 부릴 수가 없었다. 그다음 날도, 아니 한 주 내내 집에 늦게 온다는 어머니의 꾸중도 감수하면서 그 버얼건 종이돈을 완전히 포기하는 순간에도, 아니 그 뒤 졸업할 때까지도, 사십 년 가까운 지금까지도 녀석을 미워할 수 없었다. 오히려 그때 자칫하면 내 속에서 부글거리던 짜증이 튀어나올까 봐 조심을 했었다. 그것은 내가 그의 채권자도 아니었고 아무리 큰돈이라 하지만 내 어린 자존심이 무너지는 것, 그것을 보이기가 싫었을 뿐이었다.

하기야 아무런 이유 없이 공짜를 바랐던 내 얄팍한 속을 내보이기는 했지만 도대체 휘팔이는 왜 내게 돈을 주려고 했을까. 장터의 불량한 패거리를 평정할 수 있는 정의의 사자로 받들고자 했을까. 어린 나이에 그 무슨 정의에 대한 추종이 있어서 그것도 한낱 같은 또래에게 기대할 것도 없잖은가. 설사 그것이 속임수라 한다면 꼬박 일주일을 돌담 뒤지는 수고를 사서 할 필요가 있었을까.

애초에 휘팔이는 돈이 없었다. 순수를 가장한 돈으로 인정人情을 볼모로 사기를 친 셈이었다. 그래서 그는 자신의 안전지대를 확보하려 했다. 내가 그를 미워할 수 없었던 것은 그의 순수를 믿었던 내 순수에 대한 상처, 곧 자존심 때문이었다. 그는 그것을 진작 몸으로 알고 있었다. 역학의 구도를 교묘하게 이용한 인생 고수라 할 수 있다.

돈 돈 3 - 주 눅

담임은 종례 시간만 되면 장학생인 나를 공납금 미납자와 같이 불러내 독촉했다. 장학생은 엄연히 공납금 면제자인데 나는 괜히 주눅이 들었다.

나는 없는 형편에 중학교를 대구로 유학했다. 시골에도 중학교는 있었지만 굳이 대구로 진학한 것은 국민학교 선생님이 내 재주가 아깝다며 대구 중학교에 시험이나 한번 치게 하자고 아버지를 설득했던 것이다. 입학시험 결과 수석은 못했지만 일 년치 등록금이 면제되는 장학생이 되었다.

상황이 그쯤 되니 아버지로서도 나에게 전면 투자를 아니할 수가 없었다. 하지만 형제가 많은 집안에 맏이도 아닌 나에게 모두 투자를 한다는 것은 누가 보아도 무리였다. 유학을 하자면 등록금보다는 생활비가 더 많이 들었다. 하여 나는 대구에서 공부하면서도 마음은 편치 못했다.

당시 담임선생님은 종례 시간만 되면 공납금 미납자를 불러내어 독촉했다. 그는 내가 장학생이라는 것을 아는지 모르는지 늘 미납자와 같이 불러냈다. 하지만 나는 왠지 장학생입니다, 라는 말을 참으로 하기가 싫었다. 그래서 마지못해 기어들어가는 소리로 장학생입니다, 라고 하면 선생님은 장학생이란 놈이 공부는 철떡같이 하느냐고 오히려 핀잔을 줬다. 그러면서 다음 납입기가 되면 또 불러내는 것이었다. 그것은 나에게 차라리 고문과 같은 괴로움이었다. 생각하면 나는 떳떳한 장학생이었고 하등 주눅이 들 필요가 없었다. 아무튼 나는 돈 이야기만 나오면 괜스레 목이 기어들어갔다.

학년이 바뀌면서 공납금 혜택이 끝나 버렸다. 매달 생활비에다 석 달에 한 번씩 공납금이 겹치면 부모님에게 손 내밀기가 너무 죄송스러웠다. 해서 결국 2학년 1학기를 마치고 학교를 그만두고 말았다. 혼자 공부를 해서 검정고시로 고등학교에 갈 자신이 있다는 말에 부모님도 별 반대를 하지 않았다.

그때 시골에는 상급 학교 진학을 포기하고 일하는 또래 아이들이 제법 있었다. 나는 그들과 종종 어울렸다.

한번은 종찬이가 영천에 놀러가자고 했다. 자기에게 돈이 생겼다며 나를 유혹했다. 나는 그를 따라 백여 리나 떨어진 영천읍까지 갔다. 거기서 우리는 극장도 가고 중국집에 가서 짜장면도 사먹고 했다. 며칠 뒤 종찬이가 지서에 잡혀갔다. 녀석이 장터 가게에서 돈을 훔쳤다는 것이었다. 애초 종찬이에게 많은 돈이 생겼다고 했을 때 평소 녀석의 손버릇이 좋지 않은 것을 잘 알고 있는 내가 그런 돈의 출처에 대해 의심을 하지 않은 것은 아니었다. 하지만 나는 애써 친척에게 돈을 받았다는 그의 말을 믿고자 했다. 그가 지서에 잡혀갔다는 날부터 그가 풀려 나올 때까지 근 한 달을 나는 불안 속에서 저녁마다 가위눌림을 당했었다.

돈을 악마의 금전이라 했는가. 그때 나는 돈에 너무 주눅이 들어 있었다.

배 명 희

첫사랑

불 꺼진 무대

정든 유곽

배명희

2006년 중앙신인문학상으로 등단했으며, 창작집 《와인의 눈물》이 있다.
동인집으로 《선녀와 회사원》, 《그와 함께 산다는 것》, 《롤러코스터》 등이 있다.

첫 사 랑

범죄를 저지른 것은 이십대 초반이다. 나는 돈이 필요했다. 그것도 당장. 그때 내 눈에 지갑이 들어왔다. 지갑을 향해 뻗는 손이 두려움에 떨렸다. 하지만 내 심장은 벅찬 기쁨과 흥분으로 마구 날뛰었다. 엄지와 검지 사이에 들어오는 지폐를 움켜잡고 나는 번개처럼 대문을 빠져나왔다. 골목 모퉁이에서 그가 기다리고 있었다. 서성이고 있는 그의 손목을 움켜잡았다. 억센 손이 금방이라도 머리채를 낚아챌 것 같았다. 그는 영문도 모르고 끌려왔다. 비스듬히 구부러진 긴 골목을 벗어나는 데 몇 초도 걸리지 않았다. 그날, 나는 100미터 달리기 세계 기록을 경신했을 거라 굳게 믿는다. 긴 머리칼이 등 뒤로 마치 철사처럼 팽팽하게 수평으로 날렸으니 말이다.

할머니와 동생 셋을 포함한 가족 여덟 명의 한 달치 생활비를 보름 만에 탕진한 후 나는 잡혔다. 그때 집으로 끌려오지 않았더라면 어떻게 되었을까? 생애 처음으로 충만한 시간을 경험했기 때문에 소매치기가 되었을지도 모른다. 깃을 세운 바바리를 입고 검은 선글라스를 낀 채 검지와 엄지 사이에 면도날을 감추고 사람들 사이에 서 있지나 않았을까? 긴 머리칼이 바람에 날릴 때마다 손에는 행복한 시간이 한 움큼씩 잡히고 말이다.

아버지 앞에 무릎을 꿇고 앉아 나는 목을 길게 늘어뜨렸다. 처분대로 몸을 맡길 작정이었다. 하지만 아버지가 그에게 작은 위해라도 가한다면 단연코 떨치고 일어설 생각이었다. 그와 함께 있는 한 무서운 것은 없었다. 왜냐고? 내가 주인공이기 때문이었다. 주인공이 죽는 소설이나 영화나 이야기는 없지 않은가. 꿇은 무릎에 피가 통하지 않아 감각이 사라졌어도 얼마든지 견딜 수 있었다. 앉은뱅이가 되어도 상관없었다. 아버지의 활활 타는 눈이나 엄마의 침통한 얼굴, 문 뒤에 숨어 벌벌 떨고 있는 동생들과 할머니의 긴 한숨이 내게는 사소해 보였다. 이 호연지기는 순전히 그의 덕이었다. 나는 꽃이었고 그는 바람이고 물이고 빛이고 꽃받침이었다. 그와 함께 있으면 나는 세상의 중심이었다.

내게 내일은 없었다. 아니, 그와 나에게 미래는 없었다. 오직, 지금 이 순간만이 존재했다. 그러니 지갑을 터는 일쯤은 아무것도 아니었다. 절도에서 시작된 범죄는 가출과 반항, 사기와 횡령과 같은 다른 범죄로 이어졌다. 아버지는 이 모든 것이 더 큰 악으로 발전하기 전에 결단을 내렸다. 자식을 사랑하는 마음에서였을까? 아니면 재개발지구에 한 채 달랑 남은 판잣집을 밀어 버리는 심정이었을까?

결혼을 허락할 때 아버지의 표정은 지금도 잊을 수가 없다. 쓰레기를 치워 버린 듯 홀가분함. 품속을 떠나는 새끼를 바라보는 짐승의 눈빛. 아버지가 원망스럽다. 왜 결혼을 허락했을까? 더 넓은 세상과 시간을 경험하라 권하지 않고 말이다.

살아 보면 삶이란 아무것도 아니다. 사랑이니, 열정이니 날뛰면서 주변 사람 힘들게 만들지 마라. 뭐 그런 것이었을까. 결단코 나는 아버지를 이해할 수 없다.

내게 절도를 사주한 첫사랑은 그렇게 사라졌다. 내일은 결코 존재하지 않을 강렬한 시간, 나를 중심으로 돌던 우주는 소리도 없이 소멸해 버렸다. 하지만 나는 오랫동안 내게 일어난 일을 깨닫지 못했다. 주인공에서 조연으로 동네 아줌마 1, 2, 3으로 내가 바뀌어 가는 것을 알아채지 못했다. 처음 나를 범죄로 인도한 첫사랑이 그립다. 내일이 없는 그 사랑. 어디에 가면 만날 수 있을까.

불 꺼진 무대

사방이 벽으로 막힌 공간. 그 속에서는 내가 주인공인 줄 알았다. 무대는 좁았고 출연하는 인물은 그와 나 둘뿐이었으므로 의심의 여지가 없었다. 그런데 문득 정신을 차리고 보니, 무대는 구석으로 밀려나 있었다. 유일한 관객인 그는 이미 객석을 떠나고 없었다. 그가 없는 나는 주인공도 무엇도 아니었다. 어쩌다 그가 객석에 있을 때도 나를 보지 않았다. 알아들을 수도 없는 말을 떠벌렸고, 수시로 전화를 걸거나 받고, 이도 저도 아니면 병든 닭처럼 졸았다.

화가 난 나는 걸레를 집어 던졌다. 걸레는 졸고 있는 그의 얼굴을 덮쳤고 그는 화들짝 놀라 깼다. 그의 얼굴은 머리카락과 먼지 뭉치와 악취 풍기는 음식찌꺼기로 범벅이 되었다. 그는 미안해하면서 용서를 빌었다. 바깥일이 너무 피곤해 깜박 졸았다며 얼굴까지 붉혔다. 그가 돈을 벌어 와야 아이를 키울 수 있기 때문에 나는 수긍했다. 그런 일은 번번이 반복되었다. 참다못해 나는 수저통을 날렸고 전기밥통을 던졌다. 아이가 가지고 놀던 쇠구슬에 이마를 정통으로 맞을 때도 그는 참았다.

어느 날, 내가 던진 식탁 의자에 맞아 그의 머리가 찢어졌다. 급히 응급실로 달려가 재봉틀로 박은 것처럼 꿰매었다. 담당 의사가 생명이 위험할 뻔했다고 했다. 급소를 피했기 때문에 많은 피를 흘리고도 살았다는 거였다. 그가 마음만 먹는다면 나를 폭행죄나 살인미수죄로 감옥에 보낼 수도 있었다.

하지만 그는 나를 고소하지 않았다. 대신 그는 내게 수갑을 채웠다. 특수제작된 수갑이라 그가 아니면 누구도 풀 수 없었다. 처음에는 불편했는데 편한 점도 있었다. 수갑을 차고 있어서 힘든 일은 하지 않아도 되었다.

나는 무대에 오를 수 없었다. 행동이 제한되었기 때문에 매혹적인 연기는 불가능했다. 그는 자신이 필요할 때만 내 손목의 수갑을 풀었다. 인간이라면 누구나 자유로운 손이 필요하다는 사실을 알지 못하는 것 같았다. 과중한 업무가 그를 저능아로 만든 게 아닐까 하는 의심도 해보았다. 그런 날들이 반복되었다. 십 년이 지나갔는지 이십 년이 흘렀는지 알고 싶지도 않았다. 시간은 이제 어떤 의미도 갖지 못했다.

어느 날, 저녁 식탁에 된장찌개를 올렸다. 뚝배기는 보글보글 소리 내며 끓었다. 된장찌개를 한 숟갈 떠먹더니 그가 말했다. 아,

맛있네. 딱 한 문장이었다.

나는 황급히 일어나 부엌에 딸려 있는 다용도실로 달려갔다. 등 뒤에서 문을 닫자마자 뜨거운 눈물이 걷잡을 수 없이 솟았다. 닦을 사이도 없이 눈물은 가슴으로 떨어졌다. 그에게서 이런 말을 들은 게 언제인지 기억도 나지 않았다. 어제 그제 그리고 몇 달 전, 몇 년 전부터 똑같은 된장을 끓였다. 그런데 이제 맛이 느껴진단 말인가. 분했다. 너무 늦게 인정을 받은 것 같아 서러웠다.

하지만 그에게 감정을 드러낼 수는 없었다. 나를 솔직하게 표현할 때마다 그는 내게 수갑을 채웠기 때문이다. 그에게 속을 날것으로 보이는 것은 위험했다. 수돗물로 얼굴을 말갛게 씻은 후 다용도실을 나왔다.

그날 이후 그는 수갑을 채우지 않았다. 나는 구석에서 먼지를 뒤집어쓴 수갑을 꺼내 닦았다. 창으로 들어온 햇빛을 받은 수갑이 표창처럼 빛을 반사했다. 비수에 찔린 것처럼 가슴이 아팠다.

이따금 가위로 립스틱 자국이 있는 그의 넥타이를 싹둑 자르면서 이게 그의 목이라면, 하고 생각했다. 그는 꿈에도 모를 것이다. 행인 1이 되어 버린 내가 앙심을 품고 자신을 죽이고 싶어 하는 것을. 속마음을 드러낼 정도로 나는 이제 어리석지 않다.

그런데 이게 현명해진 건가? 아닌 것 같다. 나를 폭행과 살인으로 인도하는 그 사랑이 여전히 그리운 것을 보면 말이다.

정든 유곽

그가 올 시간이다. 저녁 찬거리를 사러 집을 나섰다. 생각해 보니 굳이 장을 보지 않아도 되는 일이다. 냉장고에는 아직 봉지도 뜯지 않은 채소와 생선이 있었다. 노란 은행잎이 좋아 산책 겸 집을 나섰다. 가을빛은 쉬 약해진다. 휴일이라 거리는 한적하다. 그는 단풍을 보러 산행을 갔다. 나는 그가 외출을 해도 이제는 누구와 가느냐? 언제 오느냐? 묻지 않는다. 부부가 오래 살면 닮는다고 그도 마찬가지다.

언제부터인가 그와는 각방을 썼다. 가끔 그는 내 방을 기웃거린다. 내가 자비를 베풀듯 그를 향해 다리를 벌리면 그는 손님처럼 일을 치르고 방을 나간다. 화대는 한 달에 한 번 계산한다. 자비롭게도 그는 미루거나 깎는 일도 없이 꼬박꼬박 돈을 지불한다.

그가 내 방을 찾는 일이 점점 뜸해지더니 요즘은 통 오지 않는다. 하지만 그는 질이 좋은 손님이다. 내가 몸을 주지 않아도 화대는 지불한다. 어느 새 정이 들어 버린 건지 알 수 없다. 그러니 굳이 그를 유혹할 필요가 없다. 그를 위해 향수를 뿌리거나 머리를 감지 않아도 그는 불평을 않는다. 대신 그를 위해 밥상을 차린다. 그가 무엇을 좋아하는지 어떤 맛을 즐기는지 환하다. 그가 매일 집으로 돌아오는 것은 어쩌면 밥상 때문이 아닐까 싶을 정도다.

그는 등 푸른 생선을 즐겨 먹는다. 생선기름이 노화 방지와 장수에 좋다는 방송을 듣고부터다. 슈퍼에서 고등어를 샀다. 비린내가 검은 봉지 사이로 새나온다.

바람이 불자 은행잎이 나비처럼 날아오른다. 발밑에서 소리가 난다. 그 소리가 좋아 집으로 돌아가는 먼 길을 택했다. 이면도로라 조용했다. 키 큰 가로수가 줄지어 서 있는 도로는 원근법에 충실한 유화 같다. 기울어지는 해를 담은 하늘이 노란 은행나무 사이로 언뜻언뜻 드러난다. 집이 가까워지는 게 아쉬울 정도로 아름다운 날이다.

노란색 톤의 유화 속에 누군가 빨간 자동차를 그려놓았다. 펄떡이는 심장처럼 그것은 그림의 중심에서 조금 왼쪽에 놓여 있다. 잘 어울리는 풍경이다. 자동차는 이면도로 한편에 멈춰 서 있다. 사람의 얼굴이 식별될 정도로 가까이 갔을 때 자동차 문이 열리고 누군가 차에서 내렸다. 나는 반사적으로 은행나무 뒤로 몸을 숨겼다. 잠시 후 나무 뒤에서 얼굴을 감추고 눈만 내밀었다. 그는 차에 기대 유리창 안으로 몸을 반쯤 넣은 채였다. 마치 외국 영화의 한 장면을 보는 것 같았다. 그의 웃음소리와 달콤한 활기가 늦은 가을 공기를 뚫고 내게 전해졌다.

자동차는 좀처럼 출발하지 않았다. 나무 뒤에서 검은 비닐봉지를 들고 망연히 서 있었다. 몇 번이나 아쉬운 작별의 의식이 있고서야 앙증맞은 차는 꽁무니에 낙엽을 매달고 달려갔다. 그는 청년처럼 힘찬 걸음으로 길을 건너 아파트 단지로 들어갔다.

나무를 발로 툭툭 차며 한참을 더 그곳에 서 있었다. 생각해 보니 최근에 그에게서 오이 냄새가 나는 것 같았다. 좋은 기운이 감지되었고 덩달아 기분이 좋아졌던 것이다. 이제야 까닭을 알 것 같다. 그는 주인공으로 캐스팅이 되었던 것이다. 물론 그도 그 누군가의 향기로운 바람이고 물이고 빛이고 꽃받침일 것이다.

진심으로 그가 부러웠다. 주인공이 된 그를 축하해 주고 싶었다. 오던 길을 도로 돌아갔다. 빵집에 들러 작은 축하 케이크라도 살 작정이었다. 조그마한 양초도 부탁해야겠다. 하나? 둘? 어쩌면 여러 개? 발밑에서 마른 낙엽이 부서지고 있다.

문득 나를 늙은 창녀로 만든 먼 사랑이 그리워졌다. 나는 어떻게 살아야 하나? 늦은 가을 오후라 조금 쓸쓸해졌다.

백 경 훈

그림자

백경훈

시인, 여행작가. 2003년 계간《문학나무》시 부문 신인상을 받았다.
쓴 책으로는《마지막 은둔의 땅, 무스탕을 가다》,《신의 뜻대로 》등이 있다.

그 림 자

또 하나의 그림자.

사람이나 사물이나 그림자는 하나다. 조명으로 만들기 전에는 그림자는 하나일 뿐이다. 하나 내게는 그림자가 둘이다. 달리 말하면 나는 내 그림자 외의 그림자를 하나 더 업고 살던 '인간'이었다. 대여섯 살 때부터인가. 그로부터 20년 가까이. 그러니까 성격 형성기라는 유소년 시절부터 성인이 될 때까지 나는 원치 않는 그림자를 또 하나 달고 살았다.

지옥.

그림자의 모양은 주먹이었다. 수시로 몽둥이였다. 때로 귀신 형상이었다. 게다가 그 그림자가 술에 취하면 막무가내로 나를 부쉈다.

저항·반항은 존재할 수 없었다. 사람은 매에도 길들여지게 마련인가. 나이를 먹어 가도 나는 그림자에게 저항할 생각을 하지 못했다. 어느 때는 너무 아프고 괴로워 도망을 시도하기도 했다. 발걸음이 제대로 떨어질 리 없었다. 나는 이내 머리채를 잡힌 채 질질 끌려갔다. 그때마다 더 참담한 지옥이 나를 기다렸다.

이유.

그건 늘 그림자의 몫이었다. 그림자의 '판결'이었다. 그림자가 기분이 상할 때마다 나는 그저 그 화풀이 대상일 뿐이었다. 기도 안 막힐 일이었지만, 그랬다. 소설이나 영화에서도 찾기 힘든 경우지만 나는 그림자의 먹잇감인 속수무책의 인간이었다. 아무리 생각해도 잘못한 경우가 아니라도 무조건 빌어야 했다. 그래야 한 주먹이라도 면할 수 있었다. 울지도 못했다. 울면, 그림자는 더 미친 듯이 춤을 추며 내 몸뚱이와 혼을 으스러뜨렸다. 누구도 어쩔 수 없는 그림자와 더불어 보낸 무정세월, 그래 참 무정한 시간들이 내 곁에서 울먹이며 지나갔다.

탈출?

수시로 동네 뒷산을 찾아갔다. 까까머리 아이 때부터 나는 틈만 나면 산 위로 올라갔다. 나만의 비밀 장소에서 팔베개를 하고 하늘을 올려다본다. 이 모양 저 모양 구름이 흘러간다. 그 구름에 올라타 어디론가 가고 싶었다. 그림자 없는 곳이면 어디라도. 수십 수백 수천 번 그러했다. 엄마만 아니라면 나는 결단코 집을 떠났을 것이다. 그림자가 없을 때면 수시로 나는 엄마와 손을 부여잡고 울었다. 내가 죄인이다, 내가 죄인이다, 초점 없는 눈으로 이 말을 되뇌며 엄마는 가슴을 뜯었다. 그런 엄마가 나보다 더 불쌍해 나는 목이 쉬도록 울기만 했다.

싫지만.

정말 하기 싫지만 털어놓아야겠다. 그림자는 나의 바로 위, 형이다. 그림자도 엄마의 자식이다. 다른 형들도 있다. 아버지도 있다. 하지만 어느 누구도 나에게서 그림자의 광기를 떼놓지 못했다. 그러려는 순간부터 광기는 온 집안 온 식구로 퍼져 나갔다. 그림자는 그만큼 난폭했고 힘이 셌다. 더 큰 문제는 아무도 광기의 근원을 알지 못했다는 것이다. 그러니 해결책을 찾을 방도가 없었다.

울었다.

하늘이 조금은 덜 무심한 것일까. 내 나이 20대 중반, 그림자가 떠나갔다. 먼 타국 땅으로 이민을 간 것이다. 그날, 나는 구름을 보고 목놓아 울었다. 처음으로 마음 놓고 울었다.

악몽.

꿈을 꾼다. 아니다. 꿈이 꾸어지는 것이다. 언제 어디서나 전철이나 버스에서 잠깐 졸 때라도, 꿈이 나를 찾아온다. 그런데 단 한 번도 예외 없이 그건 악몽이다. 끊임없이 레퍼토리를 바꾸어 나타나는 악몽. 밤에 잘 때는 서너 가지 이상의 악몽 꾸러미 속에서 몸부림친다. 잠이라는 것을 자기 싫어 악몽 전부터 시달린 적 또한 얼마나 될까. 유년시절부터 시작된 이 지긋지긋한 되풀이. 그림자가 악몽으로 환치되어 나를 따라다니는 것일 테다.

여러 번 정신과를 찾아갔다. 신경과를 찾아갔다. 그럴 때마다 의사의 진단은 약을 먹으라는 것뿐이다. 나는 지금껏 약을 먹지 않는다. 이유는 없다. 그저 오기로 버티는 것이다. 20여 년 모진 세월을 버텨낸 독기라 할까. 그러면서 나는 단 하룻밤만이라도, 아니 단 한 번만이라도 악몽 없는 잠을 자고 싶어 한다. 그것이 50년 넘게 꾸고 있는 나라는 인간의 '꿈'이다.

소원.

40대 중반 어느 날, 엄마가 돌아가셨다. 엄마의 평생 소원은 나와 그림자의 화해였다. 성립조차 되지 않는 화해. 그래도 엄마는 그걸 원하셨다. 끝내 엄마는 그 소원을 뼈에 담은 채 차가운 땅에 묻히셨다.

기적?

기적이라 해야 할까. 40대 후반 어느 날, 나는 결심을 한다. 그림자를 용서하기로.

용서?

마음 어디에서부터 어떻게 그리고 왜 그런 마음이 일었는지 나도 모르겠다. 암튼 나는 마음을 다잡고 결심을 했다. 내 마음속의 지옥을 지우자. 그림자에 대한 분노와 증오를 어떤 이유도 달지 말고 걷어내자. 그렇게 해서 생겨지는 내 마음속 공간에 다른 것을 채워 넣어 보자. 그래야만 그 근거가 타당하다고 할지라도, 분노에 사로잡힌 '인간'에서 '사람'으로 바뀔 것이라고 생각했다. 기적처럼 이런 마음의 새순이 돋아났다. 그러려면 방법은 하나뿐, 그림자를 무조건 용서하는 것이었다. (사랑의 본질이 무엇인지 지금도 모르지만) 무턱대고 사랑하는 것이었다. 바보가 되는 것이었다. 그것만이 내가 분노의 감옥에서 탈출하는 유일한 방책이라고 여겼다. 어떤 조화인지 여태껏 나는 알 수가 없다. 아마 하늘에 계신 엄마의 간절한 소원이 나를 이끌었을 것이라고 짐작할 뿐이다.

하나.

때때로 엄마 산소를 찾아갔다. 그리고 그 앞에서 말씀드렸다. "'잘' 지내고 있어요. 제 마음 저 밑바닥까지 용서하고 있는지는 저도 잘 모르겠어요. 하지만 늘 제가 먼저 다가갑니다. 때때로 눈물이 나지만 죽는 날까지 이 마음을 끌고 가야겠지요. 다시 오겠습니다. 편히 계세요……."

돌아서는 발끝에 이어지는 그림자가 이젠, 어떻든, 하나다.

심 아 진

감자와 나

나를 안다고 하지 마세요

사이렌

심아진

1999년 《21세기 문학》에 〈차 마시는 시간을 위하여〉로 등단했다.
소설집으로 《숨을 쉬다》, 《그만, 뛰어내리다》가 있으며,
공저로 《그 길, 나를 곁눈질하다》와 《내 이야기 어떻게 쓸까?》가 있다.

감 자 와 나

내가 누구인지 궁금해하지 말기 바란다. 남자인지, 여자인지, 노총각인지, 노처녀인지, 지금 그런 걸 따질 때가 아니란 말이다.

나는 감자볶음 요리를 하기로 했다. '감자볶음'을 검색하고 찾은 인터넷 블로그에서 남편이 어쩌고 아이가 어쩌고 하는 설명이 한참 이어지다가 준비물이 나왔다.

감자 2개, 양파 반 개, 당근 반 개, 양배추 약간, 후추 약간, 양념간장 2, 참기름 1, 통깨 1.

어이가 없었다. 도무지 이해할 수 없는 재료들이 아닌가 말이다. 감자볶음에 양파는 왜 들어가며 당근에 양배추까지? 게다가 크기도 다른 채소를 놓고 반 개는 뭐며 약간은 또 뭐란 말인가. 아, 아까도 말했다시피 내가 왜 이런 반응을 보이는지 이상하게 생각하지 말아 달라. 어디까지나 나 역시 내 식대로 하루하루를 사는 '사람'이다. 그냥 내 기준에서 황당했다는 얘기다. 누구나 자신의 고유한 성격이 있고, 남들이 알지 못하는 트라우마 같은 게 있게 마련이다.

가령 당신은 내가 "부등식 $(x+y-4)(2x-y+3)\geq0$을 만족시키는 실수 x, y에 대하여 x^2+y^2의 최솟값은?"에 대해 이건 기본도 안 되는 문제라고 말했을 때, 황당하지 않을 자신이 있는가? 금방 풀었다고 하더라도 제발 너무 쉽다는 말은 하지 말아 주길 바란다. 숫자놀음은 우리의 본질이 아니다. 나는 어디까지나 요리를 해보고자 한 것뿐이다. 거창하지 않은 소박한 감자 요리 말이다.

검색창에 다시 한 번 감자볶음을 입력했다. 화면에 떠 있는 사진 중 감자의 허여멀건한 색이 두드러진 것으로 골랐다. 그러니까 양배추나 당근 같은 것은 없는 것으로. 내가 먹겠다는 것은 어쨌든 감자니까 말이다. 나는 곧 어디서부터 잘못되었는지 알았다. 내가 먹으려는 음식은 '감자볶음'이 아니라 정확히 '감자채볶음'이었다. 양배추나 당근이 재료에 없는 그 블로그에서는 그렇게 명명하고 있었다. 그렇다. 처음의 실수는 내가 '무엇'을 원하는지를 몰라서였음에 틀림없다. 감자와 감자채의 유의미한 차이. 나는 미묘한 차이 때문에 일이 완전히 달라지기도 한다는 것을 여러 번 경험한 일이 있다. 제발 감자볶음이나 감자채볶음이나 같은 거라고 말하지 말아 달라. 어떤 현상은 뭉개 버리고 모르는 체하지 않으면 살 수가 없다. 나는 살짝 이 부분을 넘어가고자 하니, 제발, 눈감아 주기 바란다. 아무튼 나는 성급하게 마우스의 스크롤바를 내렸다. 이 요리법을 올려놓은 사람 역시 여름이니 매미니 하는 얘기를 한참 떠들다가 겨우 준비물을 내놓았다.

감자 2, 양파 1/2, 대파 1/2, 굵은 소금, 포도씨유, 소금, 후추, 참기름, 통깨.

역시 만만치 않은 재료다. 나는 단 두 번의 검색으로 '간단한' 감자채볶음 같은 것은 깨끗이 포기하기로 했다. 오래 고집을 부리다가 낭패를 보는 것은 결국 감자도 뭣도 없는 나라는 것을 알기 때문이다. 이제 나는 채소의 크기 따위에도 신경 쓰지 않기로 했고, 여타 다른 식재료에 관해서도 순종하기로 했다. 내게 얼마간의 융통성이 있다는 것을 알아주기 바란다. 나는 여러 크기의 감자가 담겨 있는 바구니 앞에서 한참을 망설이겠지만, 결국 현명하게 제일 큰 감자와 제일 작은 감자의 딱 중간 정도 되는 크기의 감자를 고를 것이다. 일본인들에게는 잘 없다는 이 유도리ゆとり. 나는 순순히 양파니 대파니 하는 것들도 결국 감자채볶음에 들어가야만 한다는 것을 인정하였다. 아이에게 실험해 보라. 네 대를 맞을래, 두 대를 맞을래 하고 물어 보면, 사는 게 생각보다 거칠다는 것을 인정하는 평범한 아이라면 반드시 두 대라고 말할 것이다. 나는 당근과 양배추가 빠졌다는 사실만으로도 위안을 받았다. 두 대쯤은 기꺼이 맞아 줄 수 있다.

게다가 양파나 대파나 둘 다 파가 아닌가. 나는 작은 위안에도 만족하며 장을 보았다. 실제로 나는 양파 한 망 값으로 삼천육백 원을, 대파 한 묶음 값으로 이천팔백 원을 지불했지만, 그냥 묶어서 파 값으로 육천사백 원을 지불했다고 생각했다. 더할 나위 없이 편안한 마음이 되었다. 심플한 것들이 사람을 얼마나 위로하는가 말이다. 파 육천사백 원!

그러나 그다음 장벽 역시 만만치 않았다. 천일염, 구운 소금, 맛소금, 심지어 허브 맛 솔트까지 집에 있었지만, 결국 내게 필요한 것은 '굵은 소금'이라는 사실을 인정하는 데 꽤 시간이 걸렸기 때문이다. 나는 슈퍼마켓의 소금 진열대 앞에서 허리를 폈다 굽혔다를 반복했다. 소금의 화학기호 NaCl. 이온 결합시 음이온의 크기와 양이온의 크기로 결정의 모양이 정해지는데, Na+이온을 향해 Cl-이온이 소위 xyz 세 방향에서 붙어 있어야 안정된 형태를 띠게 된다. 결정이 굵어지려면 결정들이 모이는 시간이 어느 정도 주어져야 하기 때문에, 저온에서 오래 끓인 것, 즉 염전에서 구한 NaCl이 바로 '굵은 소금'이 되는 것이다. 찾았다. 일 킬로그램짜리 배추 절임용 소금. 나는 안도의 한숨을 내쉬었다. 이 킬로그램이나 오 킬로그램을 사야 했다면 정말 갈등했을 것이다. 이러면서까지 감자채볶음 따위를 먹어야 하는가, 하고 말이다. 이제 슬슬 지겨워진다고 말하지 말라. 뭐니뭐니해도 가장 괴로운 것은 나다.

내게는 아직도 포도씨유와 후추, 참기름, 통깨라는 거대한 관문이 남아 있었다. 그러나 건너뛰기로 하자. 당신을 배려해서가 아니라 내가 정말 말하기도 싫을 정도로 지쳤기 때문이다.

마지막으로, 쇼핑백을 가져오지 않았다면 쓰레기봉투에 담아 가야 한다고 말하는 점원과 한참 실랑이를 하다가 진이 빠져 돌아왔다는 것만 말해 두고자 한다. 사실 나는 오랜 사유와 번뇌의 시간 끝에 고른 음식 재료들을 쓰레기 취급하기 싫어서 계속 아니오, 라는 말을 반복한 죄밖에 없다. 그 쓰레기봉투가 그 쓰레기봉투인지를 몰랐을 뿐이다. 내가 점원을 무시했다거나 놀리려고 그런 게 정말 아니란 말이다.

그러므로 요리는 시작도 하지 않았지만, 나는 빗살무늬토기부터 굽기 시작해 단번에 인류의 요리 역사 전체를 경험한 사람처럼 피로해졌다. 뼈가 흐물거리고, 손이 떨려 이러다 정말 암이라도 걸리는 게 아닐까 싶은 생각이 들 정도였다. 하필 암이 떠오른 것은 감자가 항암 효과에 탁월하다고 들었기 때문이다. 아이러니하게도 그 항암 효과를 가졌다는 성분인 알파카코닌과 알파솔라닌은 감자의 껍질과 싹에 많이 들어 있는데, 조리시 거의 제거되어 버린다. 그럼 감자를 껍질째 삶아 먹든지, 생으로 갈아 먹으면 고생도 하지 않고 좋지 않았겠냐고? 지당하신 말씀이다.

하지만 사람에게는 비이성이나 억지라고만은 할 수 없는 성향 혹은 취향이라는 게 있다. 누군가는 반드시 모서리가 둥근 지갑이나 노트를 사야만 만족하고, 누군가는 꼭 문을 등지고 앉아야만 마음이 편하다. 앞머리를 내리지 않으면 불안한 사람이 있고, 단추나 지퍼를 모두 잠그면 답답해서 미치는 사람이 있다. 나는 무조건 감자채볶음이 먹고 싶다. 그러니 관심과의 구분이 몹시 애매한 간섭이라면 거두어 주시라.

아무튼 나는 감자를 내 식대로 먹기 위해 꺾이려는 허리를 곧추세우고 조리대에 섰다. 먼저 다루기 쉬운 과도로 감자를 돌려 깎았다. 푸르스름한 독은 보이지 않았는데, 보였더라면 얼마만큼 도려내야 인체에 득이 될지 해가 될지를 가늠하며 시간을 보냈을 것이다. 그러나 푸른 싹이 보이지 않았으므로 조심해야 할 필요가 없었는데, 이상하게도 그 때문에 약간 서운해졌다. 그렇다니까. 인간은 아주 약간이라면, 스트레스를 반기기도 한단 말이다. 무병장수하기를 바라지만, 한편으로 은근히 비운의 주인공처럼 요절하기를 바라기도 하는 게 인간이다. 맞고 싶지 않지만 한편으로 누가 좀 때려 줬으면 하고 기대를 하기도 하는 게 인간이란 말이다. 당신은 아니라고? 그래, 그래. 성향이니 취향 얘기를 한 것은 나니까, 이쯤에서 넘어가는 게 좋겠다. 요리를 계속하자.

나는 인터넷에서 시키는 대로 감자를 채썰었다. 굵게? 가늘게? 그냥 내 성향과 취향대로 썰었다. 그리고 잘 썰다가 내 손톱도 하나 둘 같이 썰었고, 급기야 살도 조금 썰었다. 물론 엄청나게 아팠다. 하얀 감자가 빨갛게 변할 만큼은 아니었고 그저 연한 살구색이 될 정도로 피가 났지만, 아무튼 꽤 따끔거렸다. 검지의 손톱 아랫부분. 한참 지혈을 한 후, 나는 도대체 감자를 어떻게 쥐고 칼을 어떻게 썼길래 베인 것인지를 알기 위해 동작을 재현해 보았다. 마치 범죄자가 범죄 현장에 다시 가는 것처럼, 나는 조금 전의 내 행동을 흉내 내보았던 것이다.

이해할 수 없는 상황에 대해 고민하고 탐구하는 것은 인간의 가장 숭고한 본능 중 하나다. 물론 일부러 확대해석을 하려는 것은 아니다. 멍청한 짓을 했다는 것은 나도 잘 알고 있다. 나는 단지 궁금했던 것이다. 어째서 납득할 수 없는 부위가 칼에 벨 수 있었던 것인지를. 그것은 도저히 그럴 수 없으리라 여겼던 후보가 대통령이 된 것만큼이나 이해할 수 없는 일이었다. 상처가 난 부위는 결코 상처가 날 만한 위치에 있지 않았다. 맙소사! 이런 때 드는 게 자괴감이다.

그러나 나는 언제나처럼 잘 잊는 유전자의 힘을 빌려 재빨리 상황을 정리하였다. 우선 밴드를 손가락에 단단히 감았다. 그리고 썰다 만 감자를 왼손에, 칼은 다시 오른손에. 나는 마음을 다스리며 칼질을 겨우 마치고, 안내문에서 시키는 대로 감자를 물에 담갔다. 녹물을 빼기 위해서라나 뭐라나.

다음으로 양파와 대파 썰기. 예상했겠지만 쉽지 않았다. 맙소사. 내가 흘린 눈물의 양을 봤다면 틀림없이 내가 양파와 파의 죽음을 애도해서 그렇게 울었다고 할 것이다. 나는 눈이 벌게진 채, 주방에서 가능한 한 먼 곳으로 이동해 티슈로 눈물을 닦아냈다. 사는 게 왜 이런지 생각해 본 적이 별로 없었는데, 눈물을 쏟고 나니 사는 게 왜 이런가 하는 생각이 절로 들었다. 울다 지친 인형처럼 그대로 잠들고 싶었지만, 물에 잠겨 있는 감자가 나를 불렀다. 야!

팬에 포도씨유를 두른 후, 물을 빼고 체에 건진 감자를 쏟아 부었다. 지지직. 소리만 요란한 게 아니었다. 기름과 물이 서로를 경멸하며 튀어오르는 힘이 엄청났다. 뜨거운 기름에 물이 닿으면 난리가 난다는 것을 모르지 않았다. 나도 본 바가 있는 사람인데, 왜 몰랐겠는가? 그러나 나는 너무 지쳐 있었고 지나치게 감자에 집중했기 때문에, 체에 걸렀다 하더라도 남아 있을 물을 간과했던 것이다. 눈두덩과 광대뼈 부근이 따끔거렸다. 피부가 살짝 벗겨졌을지 모른다는 생각을 하면서 나도 모르게 손으로 따끔거리는 부위를 비볐다. 곧 실수를 깨달았지만 양파와 대파의 유황 성분이 더 빠르게 손에서 눈으로 옮겨간 뒤였다. 눈이 아리면서 눈물이 쏟아졌다. 앞이 흐릿한 가운데 간신히 벽을 더듬어 욕실로 갔다. 비누로 손을 깨끗이 씻고 눈을 헹구고, 다시 손을 씻고 세수를 하고……. 세상이 순탄하지만은 않다는 것을 충분히 알고 있는 내게 왜 교훈 같은 것을 주려는지, 왜 시험 따위가 필요 없는 나를 자꾸 시험에 들게 하는지 세상에 따져 물으면서, 나는 비틀비틀 욕실을 나왔다.

하지만 내가 겪어야 할 악운이 아직도 한 줄 더 하늘에 쓰여 있었던 모양이다. 중불로 줄여지기를 초조하게 기다렸을 감자가 센 불에서 까맣게 타들어 가고 있었던 것이다. 기다림에 지쳐 흘렸을 감자의 눈물이 매캐한 연기로 기화되어 날아가고 있었다.

그래, 이제 그만하려고 한다. 감자채볶음을 먹지 못한 인간의 기력이라는 게 결국 이 정도밖에 되지 않기 때문이다. 원고지 30매. 마지막으로 질문하시라. 그 후로 감자채볶음을 다시는 하지 않았느냐고? 당연히 하지 않았다, 라고 답하고 싶지만 솔직히 그러지 못했다. 똑똑한 인간이라면 깨끗이 포기했겠지만, 똑똑하지 않은 나는 미련함과 도전 정신을 쉽게 구분하지 못했기 때문이다. 블로그 찾는 것은 두 번 만에 쉽게 포기하더니, 감자채볶음은 왜 그러지 못했냐고? 똑똑하지 못해서 그랬다니까 그러네. 그냥 상황 따라 쉽게 변하고 한없이 모순된 게 인간이라고 해두자. 뭐? 일반화시키지 말라고? 그래, 그래. 알았다. 개인의 특성이 군집의 특성을 능가한다는 데 언제나 동의하는 나다.

사실 이론상으로 남은 변수랬자 소금의 문제나 마늘의 문제 등 몇 개가 되지 않았다. 모든 재료에 일어날 수 있는 가능성의 수와 모든 재료의 수를 곱하면, 아니 숫자놀음은 하지 않기로 했지. 어쨌든 '그까짓 감자채볶음'이니까 말이다. 그리고 다시……. 알고 싶지 않다고? 나 역시 말하고 싶지 않지만 이야기는 끝을 내야 하니까 말이다. 이런 경우에 미국인들은 이렇게 말하곤 하던데. 블라블라.

블라블라, 모두 실패했다. 나는 결국 감자채볶음을 포기했다. 여섯 번째인가 일곱 번째인가쯤에 참다못한 감자가 채썰리던 도마에서 벌떡 일어나 내게 말했던 것이다.

이 감자만도 못한 인간아!

순간 나는 왜 썰린 감자채가 아니라 반쯤 남아 있던 감자 덩어리가 그렇게 말을 한 것일까 묻고 싶었다. 감자채들이 입을 모으는 것보다 묵직한 덩어리가 한마디 던지는 게 나아서? 아니면 감자채는 감자의 본질이 아니라서? 궁금한 것이 많았지만 나는 하얗게 질린 감자의 얼굴을 보고 조용히 입을 다물었다. 감자에게 감자만도 못한 인간이라는 소리를 듣고도 정신을 못 차렸다고 생각하면 안 된다. 마지막으로 분명히 말해 두지만, 나 역시 원해서 이렇게 생겨먹은 건 아니다. 감자에게 어찌할 수 없는 삶이 있는 것처럼 내게도 어찌할 수 없는 삶이 있을 뿐인 것이다. 이해하겠니, 못난 감자야?

나를 안다고 하지 마세요

조심해야 합니다. 발이 땅에 닿으면서 생기는 진동이 아기 지빠귀들을 깨우지 않도록. 귀 끝에서 떨어져 나간 무분별한 털 하나가 멀리 있는 어미 지빠귀의 코를 간질이지 않도록. 조용히 빠르게, 오솔길을 가로지릅니다. 언 땅을 뚫고 나오느라 녹지근하게 몸이 풀어진 풀들은 내 무게를 불만스러워하지 않습니다. 오히려 관심을 보이네요. 거기 좀 더 세게 밟아 봐. 그들 중 하나가 내게 특별한 주문을 하더니, 친근한 척 인사를 건넵니다. 봄이 왔네!

그러나 정신을 집중해야만 하는 나는, 아주 금방 여럿 중에 하나가 되어 버릴 그 풀에게 대답할 필요를 느끼지 못합니다. 나는 살아야 하고 살기 위해 새둥우리가 있는 나무까지 가야 하므로, 다른 것들에 눈을 돌릴 여유가 없습니다. 신중한 내 발걸음은 목표한 나무를 향해 흔들리지 않습니다. 이제 속도를 냅니다. 더 빠르게, 더 민첩하게!

아기 새들은 다급한 비명 한 번 제대로 지르지 못했습니다. 나는 겨우내 완전히 소진해 버린 단백질을 정신없이 보충합니다. 두 마리, 혹은 세 마리였을 텐데, 미처 세어 보지는 못했습니다. 나는 그들을 보지 않습니다.

이제 나는 입가에 묻은 붉은 피와 보드라운 깃털 몇 개를 닦아내며 만족스럽게 돌아섭니다. 하지만 돌아서는 바로 그 순간, 나는 벌써 불안합니다. 누가 나를 본 것은 아니겠지요? 아무도, 아무도 나를 보지 못했어야 합니다. 세상 온갖 일들을 뒤죽박죽으로 섞어 버리는 너도밤나무의 가지와 잎들은 증인이 되지 못할 것입니다. 저 아래 꽃들은 자신들에게만 관심이 있을 테니 보아도 보지 않은 것과 다름없을 것이고, 바람은 어차피 흘러서 흩어지는 노래만을 부를 테니 상관이 없습니다. 그래도 혹시 누군가가?

나는 나를 볼 수도 있는 수백 개의 눈들을 미리 두려워합니다. 당신들은 자주 내 꼬리털이 지나치게 기름지거나 야무져 보이지 않아 순수하다고 말하고, 까만 내 눈이 잔인하거나 어리석어 보이지 않는다고 칭찬합니다. 당신들은 내 근면함을 본받고 싶어 하고, 열심히 나무껍질을 갉는 모습을 보고 동정을 금치 못하기도 합니다. 인간들에게 나는 당근 조각이나 잣 등 피가 흐르지 않는 건전한 것만을 먹고 다니는 꿈같은 동물입니다. 당신들은 어찌나 나를 곱게 여기는지, 다음과 같은 사항을 권고하기도 합니다.

새끼를 발견하는 경우, 따뜻한 물병과 버찌씨 쿠션으로 따뜻하게 해주고, 꿀을 넣은 우유와 종합 영양 시럽을 먹일 것이며, 소화를 돕는 배 마사지를 해주시오.

그러므로 나는 당신들 앞에서 씨앗이나 열매, 버섯 등을 단정하게 안고서 기꺼이 사진에 찍혀 주기도 합니다. 하!

이제 당신들은 내가 무엇인지 알 것입니다. 그러나 당신들이 알고 있는 그것이 나라고 확신하지 마세요. 내 이름이 날다람쥐든, 청설모든, 프레리도그든, 슈거 글라이더든 그 어떤 것이라 할지라도 내 본질을 제대로 설명하지는 못할 것입니다. 나는 결코 당신들이 디즈니 만화영화 따위에서 그리는 작고 예쁜 인형이 아니기 때문입니다. 나는 사실 다정하지도 깜찍하지도 않으며, 맑은 이슬에 목을 축이지도 않고 초저녁 달빛에 몸을 씻지도 않습니다. 나는 생물학적인 계통을 밟았을 때 어김없이 '쥐'에 속할 뿐입니다.

그러므로 나는 아직 깃털도 마르지 않은 새끼 새나 이제 곧 부화를 시작하려는 알, 심지어 작은 도마뱀이나 개구리까지 아주 맛있게 먹어치울 수 있는 것입니다. 그렇습니다. 설치류에 속하는 나는 당연히 육식도 합니다. 도토리나 호두만을 굴리는 게 아니라 떨어진 에너지를 보충하기 위해 고기도 뜯고 피도 마십니다.

때로 나는 콧수염에 검초록의 진흙이나 다른 동물의 분비물 따위를 묻힌 채 음습한 골목을 누비고 다녔던 기억을 떠올리며 밤잠을 이루지 못합니다. 때로 나는 생선뼈가 비린내를 풍기는, 대수롭

잖게 잊힌 사체가 굴러다니는 시궁창에서의 끈적끈적한 밤을 그리워하기도 합니다. 당신들이 귀엽다고들 하는 표정으로 내가 무언가를 갉고 있는 것은 사실 끝없이 자라나는 아래위 한 쌍의 앞니가 턱이나 두개골을 뚫지 못하게 하기 위해서입니다. 6천만 년을 이어온 유전자의 확고부동한 명령 때문이지요. 그러므로 내게는 천형인 그 행위를 놓고 당신들이 귀여워 죽겠다는 표정을 지을 때, 나는 그저 허탈하게 웃곤 합니다. 오해를 이해로 바꾸려는 노력 따위는 더 이상 하지 않습니다.

이 모든 것들은 내가 원하지 않았어도, 또한 선택하지 않았어도 내게 있습니다. 그래, 그것이 바로 나입니다. 일정한 생활패턴을 유지하고 정해진 사유의 틀을 벗어나지 못하는 것은 내가, 다른 누구도 아닌 나이기 때문입니다. 나는 나입니다.

그러나 나는 여전히 내 앞에 아몬드나 해바라기씨 등을 들이밀며, 쯧쯧거리는 당신들의 편견에 찬물을 끼얹을 용기가 없습니다. 푸른 안개 사이로 고개를 내미는 나, 허공에 뻗은 나뭇가지를 따라 빠르게 이동하는 나, 슬프고 조용하게 귀를 쫑긋거리는 나를 아주 잘 안다고 자신하는 당신들을 조롱할 수 없습니다. 당신들의 평판이 내 근육에 붙어 있는 피부처럼, 이제 내 일부가 되었기 때문입니다. 피곤합니다.

하지만 사랑스럽게 나를 보는 당신들을 실망시키고 싶지 않아 나는 다시 앞니를 번쩍이며 커다란 알밤 한 알을 들어 보입니다. 미친 듯이 쳇바퀴를 돌면서 자학하지 않는 척, 즐거운 척 연기를 하기도 합니다. 우레와 같은 박수가 터져 나옵니다. 그 박수가 진심이라 나는 더욱 지칩니다. 달리 방법이 없어진 나는 엉덩이와 꼬리를 살짝 흔들어 준 후 쏜살같이 숲 속으로 사라지기도 합니다. 수줍은 내 모습을 찍은 사진이 인터넷에 돌아다닙니다. 나는 먹을거리를 잔뜩 모아 둔 안전한 내 동굴로 돌아옵니다. 동굴에 들어서는 순간, 나는 안심하고 늙어 버립니다. 그리고 다 먹지도 못할 비축된 양식들을 보며 비겁하게 혼자 뇌까립니다.

나를 안다고 하지 마세요. 나도 나를 알지 못한답니다.

사 이 렌

보도와 차도의 경계에서, 남자는 요란한 사이렌을 울리는 경찰차에 완전히 시선을 빼앗긴 채 걸음을 멈추었다. 파랑·빨강으로 점멸하는 경고등을 통해 금세기를 뒤흔든 미해결 사건의 전말이라도 캐겠다는 듯, 남자의 시선은 열렬했다. 하지만 곧 무심하나 끈질긴 도시의 소음과 풍경이, 공간을 장악했던 경찰차의 흔적을 없애 버렸다.

보행하는 사람들을 배려하며 천천히 우회전을 하던 내 눈에 남자가 들어왔다. 횡단보도를 건널 참이었던 그는 안간힘을 다해 후줄근함을 떨쳐내고 있는 청회색 양복을 입고 있었고, 닦을 날을 미루기만 했을 허름한 구두를 신고 있었다. 경찰차가 사라진 방향으로 아직도 소심하게 고개를 돌린 채 서 있는 남자는 돌아갈 길을 잃은 애완견처럼 불안해 보였다. 나는 쥘 이유도 펼 이유도 없어 보이는 그의 손가락들이 나른하게 흔들리는 것을 유심히 바라보았다.

그날 밤, 나는 남편과 잠을 자다가 누군가가 어깨를 흔들어 깨우는 바람에 일어났다. 이봐, 물 좀 줘. 남편과 비슷하게 생긴 그는 당당하게 말하는 것만이 기선을 제압할 수 있는 유일한 방법이라는 듯 거침없이 내게 요구했다. 나는 곧 그가 오래전에 돌아가신 남편의 아버지, 곧 내 시아버지란 것을 알아보았다. 자기 전에 켜둔 수면등이 비교적 선명하게 그의 모습을 비춰 내고 있었다. 정수기에서 물 한 잔을 받아 시아버지에게 건네주자 그는 급하게 물을 들이켜고 말했다. 생활이 나를 살렸다. 먹고살기 빠듯했으니까, 다른 것은 생각하지 않았어도 괜찮았단 말이다. 나는 남편이 자주 '생활'을 언급하곤 한다는 사실을 떠올렸다. 시아버지는 제자리를 찾지 못한 애정 따위를 다급하게 몰아내기라도 하려는 사람처럼, 물방울이 묻은 입언저리를 닦아내고는 남편 옆에 반듯이 누웠다. 잠이 깨서 다시 잠들기 어려워진 나 따위는 아랑곳 않는다는 듯, 시아버지는 금방 코를 골았다.

고단하기 짝이 없는 하루였다는 것을 떠올리며 나는 다시 잠을 청했다. 낮에 보았던 남자의 모습이 떠올랐다. 아니 어쩌면, 계절이 돌아올 때마다 억지로 안도하며 꺼내곤 하였을 옷과 신발이 생각난 것뿐인지도 몰랐다. 그것들은 모두 절망적인 빛깔을 띠고 있었다. 그리고 일순 순결해진 거리가 떠올랐다. 울퉁불퉁한 감정들을 다양하게 소통시키던 사람들은 경찰차가 대로를 거침없이 가로지르는 순간, 지극히 단순해졌었다. 하나의 거대한 소리가 자존심을 버리는 데 익숙한 사람들의 생생거리는 목소리를 한꺼번에 삼켜 버렸던 것이다. 나는 그 정적을 참을 수 없다고 느끼며 괴로워하다가 까무룩, 다시 잠이 들었다.

또 한 번 누군가가 나를 깨운 것은, 하염없이 신발을 벗었다 신었다 하는 꿈을 꾸고 있는 와중이었다. 소의 연골처럼 생긴 것을 무릎에 덕지덕지 바른 늙은 여자가 내 얼굴에 코를 들이밀고 있었다. 나는 그녀의 손에 묻어 있던 뽀얀 것이 내 잠옷의 어깨 부분에도 조금 묻었다는 사실에 신경이 쓰였다. 하지만 여자는 아픈 무릎이 자랑스럽지 않을 이유가 없다는 듯 득의에 찬 표정으로 내게 말했다. 배우지 않았기에 살 수 있었다. 세상이 어찌 돌아가는지 알았다면 애들을 키워 내지 못했을 거다. 그녀는 나를 미워하지 않는 척하기 위해 원래 자신의 표정을 잃어버린 내 시어머니였다. 남편은 늘 어머니의 무릎을 안쓰러워했었다. 나는 남편 옆에 잠들어 있는 시아버지를 곁눈질하며 아까처럼 물이라도 떠와야 하지 않을까 생각했다. 시어머니는 내 생각을 알았는지 차갑게 말했다. 냉수라면 마실 만큼 마셨다. 내 아들이 너와 결혼할 때부터 말이다. 시어머니는 거칠고 주름진 손으로 잠든 당신 아들의 얼굴을 쓸었는데, 그는 잠시 얼굴을 찌푸렸을 뿐 잠에서 깨지는 않았다. 시어머니는 남편과 시아버지의 틈을 비집고 들어가 그 사이에 누웠다.

나는 이제 더 이상 잘 수 없을 것이라 생각했지만 내 자리에 도로 누웠다. 침대가 너무 비좁았다. 그러니까 두 명이 자면 딱 맞는 침대에서 네 명의 어른들이 자고 있었던 것이다. 그 바람에 남편의 살이 내게 아주 많이 닿았는데, 그의 피부는 땀이 배어 나와 끈적거리고 있었다. 나는 극도로 예민해져서 누군가가 또 다가오고 있다는 것을 단번에 알아차렸다. 그는 시아버지보다 더 늙었지만 시아버지와 닮은 얼굴을 하고 있는 것으로 보아 시아버지의 아버지인 것 같았다. 뭐가 필요하세요? 나는 일어나 앉으며, 그가 나를 두드리거나 흔들지 않아도 내가 이미 깨어 있다는 것을 알렸다. 우리 시절엔 말이다. 그는 '우리'의 '우'자를 약간 세게 발음했는데, '우리'를 강조하고 싶어서라기보다는 그저 그렇게 말하는 게 더 익숙하기 때문인 것 같았다. 나는 침대에서 내려와 약간 다소곳해 보일 수 있겠다 싶은 자세로 섰다. 그러니까 어떤 명령이라도 달게 받을 수 있는 사람처럼 두 손을 앞으로 살짝 모으고 섰던 것이다. 하지만 시아버지의 아버지일 것이라 짐작되는 사람은 내게 아무것도 부탁하거나 명령하지 않았다. 우리는 고기도 낚았고, 장기도 두었고, 장례도 치렀고, 닭도 잡았다. 물론 가끔은 아편 같은 걸 하다가 패가망신하기도 하고 투전판에서 가산을 탕진하기도 했다. 아무튼 우리는 늘 우리였다. 나는 그가 강조하는, 그리고 평소 남편이 지나친 집착을 보이기도 하는 '우리'를 이해할 수 없다는 뜻으로 팔짱을 꼈다. 아마 다소 건방져 보이는 동작이었을 것이다. 하지만 그는 내가 공감하든 공감하지 못하든 상관없다는 듯 나의 자리,

곧 남편의 오른쪽을 차지하고 누워 버렸다. 우리였던 당신의 시절엔 늘 그렇게 하는 게 자연스러운 일이었다는 듯이.

졸지에 자리를 빼앗긴 나는 일렬로 늘어선 발을 바라보며 침대 아래쪽에 서 있었다. 하얗거나 붉거나 시커먼 발바닥들은 각자의 개성에 맞추기라도 한 듯 다양한 모양의 굳은살들을 보유하고 있었다. 나는 하릴없이 내 두 발을 비벼댔다. 달리 할 수 있는 일은 없어 보였다. 내 착각을 짚어 주지 않을 수 없다는 듯, 시아버지의 아버지는 잠들기 전에 잠꼬대처럼 한마디를 더 했다. 나는 네 시아버지의 아버지가 아니라 시아버지의 큰아버지다.

나는 잠을 아예 포기해 버리고 침대에 누운 네 사람을 바라보았다. 그들은 잠자는 연기를 하는 사람들처럼 아슬아슬한 표정이었는데, 정말 잠이 든 것인지 잠자는 척을 하는 것인지는 알 수 없었다. 나는 남편의 오른손을 잡고 있는 시아버지의 큰아버지의 왼손, 남편의 왼손을 잡고 있는 시어머니의 오른손, 그리고 시어머니의 왼손을 잡고 있는 시아버지의 오른손을 혼란스러운 기분으로 바라보았다. 그들은 앞사람을 놓치지 말라는 잔소리를 수도 없이 들은 유치원생들처럼 서로의 손을 꼭 부여잡고 있었다. 침대 양옆에 늘어진 시아버지의 큰아버지의 오른손과 시아버지의 왼손 중 하나를 내가 잡아 주어야 하는 게 아닐까 생각하고 있는데, 갑자기 두 사람이 나타났다. 그들 모두 사진으로 본 기억이 있었다. 제 남편의 선생님들이시죠? 그들은 기특한 제자를 바라볼 때 짓는 흐뭇한 표정으로 나를 보며 고개를 끄덕였다. 비록 내가 그들의 제자는 아니지만 제자의 아내라면 제자나 마찬가지라고 생각하는 것 같았다. 그중 머리가 벗겨진 선생이 피곤하다는 듯 손바닥으로 이마를 비비며 입을 열었다. 난 다 알려줄 수는 없었다. 나 역시 내가 배운 한도 내에서 가르칠 만한 것을 가르쳤을 뿐이다. 어쩐 일인지 나는 좀 화가 나서 따지듯 물어 보았다. 어떤 기준에서 가르칠 만한 게 있고, 가르칠 만하지 않은 게 있다는 겁니까? 다른 선생이 대머리 선생을 대신해 비감에 찬 목소리로 대답했다. 우리 역시 왜곡된 것을 왜곡된 것인지 모르고 배웠을 뿐이야. 우리는 그저 배운 대로 가르쳤을 뿐이라니까. 또 우리군요. 그들은 내가 왜 '우리'에 민감해하는지 알지 못했고, 알려고도 하지 않은 채 애원조로 말했다. 너무 피곤하구나. 자리를 좀 만들어 주면 안 되겠니? 나는 침대 왼쪽에 있는 붙박이장에서 이불과 베개를 꺼냈다. 두 선생은 침대 발치에 요를 펴고 나란히 누워 마주한 쪽의 손을 서로 잡았다. 침대에 가까이 있는 선생이 남편의 발에 손을 얹는 것을 보면서 나는 구석에 쪼그리고 앉았다. 그들은 남편의 발이라도 잡고 있다면 굳이 침대에 눕지 않아도 괜찮다고 생각하는 것 같았다. 스승들이 자신을 방문했다는 것을 알면 남편은 당장 술상이라도 봐야 한다며 부산을 떨었을 것이다. 나는 그가 깊은 수면 상태에 있는 것을 다행으로 여겼다.

잠을 자는 그들은 실로 다양한 소리를 냈다. 어금니를 갈거나 앞니를 딱딱거렸고, 한숨을 쉬거나 코를 골았으며, 또 가끔 쩝쩝, 입맛 다시는 소리를 내기도 하였다. 여기에 더하여 침대 시트와 이불들이 처량하고 고단하게 바스락거리는 소리. 이상하리만치 고요하게 여겨지는 그 소리들을 비범하게 찢을 수 있는 것은 아무것도 없을 듯하였다. 하지만 내 예상은 새벽 두 시를 알리는 시계 소리와 동시에 깨지고 말았다. 아까보다 더 많은 사람들이 남편과 나의 방에 들이닥쳤던 것이다.

이제 그 밤에 얼마나 많은 사람들이 남편과 나의 침실로 찾아왔는지 얘기하는 것은 지루한 일이 될 것이다. 남편의 힘센 고모와 간이 좋지 않았던 외삼촌, 또 함께 다락방을 들락거렸던 사촌형을 비롯해 담배를 나눠 피웠던 친구, 남편을 전혀 기억하지 못하는 남편의 첫 여자, 그리고 알리바이를 공유했던 직장 상사들까지, 남편을 찾아오는 사람들은 쉬지 않고 불어났다. 그들은 여럿이 소란스럽게 들어오기도 했고 슬그머니 혼자 들어오기도 했으며, 스스럼없이 내게 먹을 것이나 마실 것, 잠자리를 요구하기도 했다. 곧 냉장고는 텅 비었고, 내어줄 이불과 베개도 동이 났다. 방안은 사람들로 가득했다. 그들은 병렬 혹은 직렬로 연결된 꼬마전구들처럼 가로로 혹은 세로로 이어지다가 나중에는 정글의 넝쿨들처럼 지그재그로 얽혔다. 누군가는 원숭이마냥 가구 위에 올라갔고, 누군가는 인간 피라미드의 맨 꼭대기를 차지하기 위해 애를 쓰기도 했다. 신기한 것은 온 방을 빼곡히 메운 그 사람들이 어떻게든 남편의 머리카락 한 올, 옷깃 하나라도 부여잡고 있었다는 점이다.

사실 남편은 사람들 아래에 깔려 제대로 숨을 쉬고 있는지조차 알 수 없었다. 이제 쪼그려 앉을 수도 없게 된 나는 구석에 서서 수많은 사람들이 몸을 뒤척이거나 코를 골거나 잠꼬대하는 소리를 듣고 있었다. 나는 쏟아지는 잠과 피로를 주체하지 못하며 몽롱하게 중얼거렸다. 방문자들의 소리……. 문득 한낮에 대로를 장악했던 경찰차의 경보음이 다시 들렸다. 지극히 무례하게, 겹겹의 세상을 재빨리 열고 또 서둘러 닫아 버렸던 폭력적인 소리.

우회전 깜빡이를 넣으며 핸들을 꺾고 있던 나는 한 남자를 보았다. 그는 내가 잘 알고 있는 남자이기도 했고, 내가 전혀 알지 못하는 수많은 남자이기도 했다. 경찰차가 삐용거리며 사거리를 크게 돌았던 그 짧은 순간, 나는 남자가 자신의 방어적인 일상을 잠시라도 잊기 위해 일부러 호기심 어린 표정을 짓고 있다는 것을 알 수 있었다. 경찰차 소리에 몰입한 그의 모습은 길고 복잡한 역사를 고의적으로 단순해 보이게 만들려는 듯 작위적이었다.

그러나 나는 그에게서, 피가 뚝뚝 떨어지는 손으로 짧은 시간을 그러쥔 채 자신에게 엉켜든 것들로부터 간절히 자유롭고 싶어 하는 한 인간을 보았다. 그것은 썩 유쾌하지 못한 장면이었다. 사실, 이미 돌이킬 수 없이 후줄근해져 버린 청회색 양복이나 영영 닦지 못할 구두만큼 남루한 장면이었다.

액셀을 밟아 속도를 내면서 나는 내가 커다란 눈물 한 방울을 흘렸다는 것을 알았다. 내가 흘린 게 눈물 따위는 아니라고 변명하고 싶었지만, 결국 그럴 수 없었다. 남자는 내 남편이었고 또 수많은 다른 이들의 남편이었으며, 그리고 너무나 명백하게도 나 자신이었기 때문이다. 나는 소리가 난 쪽으로 목을 길게 뺐다가 매우 아쉽다는 듯 천천히 고개를 돌리는 남자가 백미러 속에서 점점 작아지는 것을 보았다. 세상을 여는 뻔뻔한 사이렌 속에 무언가 소중한 것이 숨어 있을지 모른다는 듯 남자의 표정은 진지했다. 쥘 이유도 펼 이유도 없어 보이는 그의 손가락들이 자조하는 소리가 크게 들리지 않은 것은 그나마 다행한 일이었다.

안 영 실

늑대가 운다

앵두

고추장과 나비

안영실

1996년《문화일보》에 중편소설 〈부엌으로 난 창〉으로 등단했다. 창작집으로 《큰 놈이 나타났다》가 있으며, 2013년에 프랑스 éditions Philippe Rey에서 공저 《Nocturne d'un chauffeur de taxi》를 출간했다. 현재 인터파크 도서 북DB에서 〈나는 힘이 세다〉를 연재하고 있다. 공저로 문화일보 동인집 4권, 미니픽션 동인집 6권이 있다.

늑대가 운다

해넘이가 되면 우리 산동네에는 늑대들의 울음소리가 들린다. 늑대들 우는 소리는 저마다 다른데, 힘이 넘치며 깊고 낮은 울음소리는 뒷집 개의 것이다. 동네 개들이 모두 늑대처럼 우는 일은 뒷집 개로부터 시작되었다. 놈은 늑대와 많이 닮았다. 잡종이라는데 시베리안 허스키 종 특유의 장점을 그대로 이어받아 몸매가 멋지다. 주둥이는 흰색이며 몸통은 짙은 회색 털로 덮여 있다. 놈이 주인과 함께 걷는 모습을 보면 어찌나 우아한지 나는 일부러 창밖으로 고개를 빼고 내다보곤 했다. 길고 늘씬한 다리와 탄탄한 몸통, 완강한 목덜미가 품위 있는 핏줄을 드러내고 있었다. 야무진 주둥이 사이에서 출렁이는 분홍색 혓바닥도 멋지지만, 이등변삼각형의 뾰족하고 당당한 귀는 수컷답고 완벽했다. 묘하게도 밝은 회색 눈을 둘러싼 검은색 털이 개를 슬픈 얼굴로 보이게 했다. 늑대들이 울어대는 시간은 내가 부엌에서 저녁을 준비하는 시간이었다. 처음에는 개들이 늑대처럼 운다고 생각했는데, 자주 듣다 보니 개의 탈을 쓰게 된 늑대들의 울음으로 들렸다. 어쩌면 놈들은 마녀의 저주에 걸린 진짜 늑대인지도 모를 일이다. 늑대들이 서로 신호를 보내듯 개들이 앞서거니 뒤서거니 울어대면, 이상하게도 나는 묘한 긴장감이 생기곤 했다.

수컷인데도 놈의 이름은 '숙희'였다. 주인의 이혼한 전 부인의 이름이었다. 고아로 자란 그는 새벽부터 밤까지 시장에서 부지런히 일만 했다. 일밖에 몰랐기에 그들 부부는 오랫동안 안을 시간이 없었다. 마침내 부자가 되었기에 그는 아내를 안고 싶어져서 선물로 멋진 집을 지었다. 그러나 그의 아내는 모르쇠로 살아온 십여 년의 세월을 극복하지 못했다. 그는 자신이 준비한 엄청난 선물을 왜 아내가 받아주지 않는지 이해할 수가 없었다. 분노한 그는 똥개에게 전 부인의 이름을 붙여 주었다. 밤이면 놈과 산책을 나선 그가 "숙희야, 숙희야……" 하고 부르는 소리가 들렸다. 어떤 날은 전 부인이 돌아온 것이 아닐까 의심할 만큼 다정하게 들렸지만, 또 어떤 날은 "숙희야, 왜 말을 안 들어? 너 맞을래?" 하며 몽둥이를 들고 쫓아다니는 소리가 들리기도 했다.

청과물 도매업을 하고 있는 그는 새벽에 나갔다가 늦은 오후에 들어왔다. 주인이 올 때까지의 긴 시간 동안 숙희는 홀로 집을 지켰다. 숙희는 마당을 뱅뱅 돌아다니며 끙끙거렸고, 나는 책상에 앉아 글을 쓴다고 끙끙거렸다. 낮에 숙희가 하는 일 중에 그럴듯한 일이 있다면 동네로 들어오는 낯선 차와 낯선 사람을 발견하면 짖어대는 일뿐이었다. 내가 글을 쓰고 정리하는 일 또한 크게 다르지 않아, 잘못된 문장을 발견하면 물어뜯어 없애고 옳거니 하는 문장에 침을 묻히는 것이었다. 숙희의 짖는 소리는 낯선 사람을 경계하는 소리와 주인을 반기는 소리가 잘 구별되었다. 숙희는 주인의 차가 언덕을 오르기도 전에 벌써 짖으면서 주인을 반겨 맞이한다. 나 또한 남편이 오는 소리가 들리면 잽싸게 일층으로 내려가서 반긴다. 물론 남편의 낡은 프라이드가 클클대며 언덕을 올라오는 소리와 뒷집 남자의 번쩍이는 랜드로버가 내는 육중한 엔진 소리쯤은 구별할 줄 알았다.

개를 싫어하는 남편 때문에 우리는 개를 키우지 않았다. 숙희는 개가 없는 우리 집도 자신의 영역이라 여기는 듯했다. 우리 집을 방문하는 낯선 사람에게도 맹렬하게 짖어대며 적의를 드러냈고, 우리 집 마당으로 들어와 영역 표시를 하며 돌아다녔다. 우리 가족도 자신의 가족이라 여기는지, 내가 부르면 꼬리를 살랑살랑 흔들면서 다가왔다. 숙희의 주인이 알면 성인병에 걸린다며 놀라 자빠질 일이겠지만, 나는 숙희의 입에 구운 돼지고기를 던져 주며 계속 꼬리를 흔들게 만들었다. 누군가 나를 위하여 저토록 친밀하게 꼬리를 흔든다면 무엇이 아까우랴.

어젯밤 숙희의 주인이 남편을 찾아왔다. 일 년 전 개를 판 주인이 숙희를 돌려 달라는 고소장을 제출했다는 것이었다. 똥개로 알고 산 숙희가 사실은 시베리안 허스키 정품이라고 했다. 직원이 다른 개와 이름표를 바꿔 붙이는 바람에 일이 생긴 것이었다. 다시 또 숙희를 잃어버릴 수는 없다며 억울하다고 으르렁거리는 그는 꽤 술에 취해 있었다. 이제야 이혼한 마누라가 진짜 시베리안 허스키임을 알게 되었다는 듯 그는 고릴라처럼 가슴을 쳤다.

하긴 마누라 숙희를 잃어버렸는데 또 개 숙희마저 잃게 된다면, 한 잔 걸치고 가슴을 칠 만한 일이긴 하다. 게다가 숙희는 리얼 시베리안 허스키가 아니던가. 늘 진짜 작가가 맞는지 스스로에게 묻곤 하는 나로서는, 숙희의 우아한 걸음걸이가 진짜 시베리안 허스키의 그것이었음을 알고 은근히 부러운 기분마저 드는 것은 어쩔 수가 없었다.

숙희가 밤이나 낮이나 늘 묶여 지내는 처지가 된 것은, 줄을 풀어놓았을 때 지나가는 사람들을 위협했기 때문이었다. 사실 숙희는 사람을 위협하거나 물어뜯는 타입은 아니었다. 덩치가 크고 검으니 사람들이 보고 지레 겁을 먹었을 테고, 놀란 사람이 뛰어가니 따라 뛴 것이었을 뿐. 시베리아의 썰매개 출신이니 사람들을 썰매에 태우고 광활한 들판을 향하여 달리고 싶었는지도 모른다. 그러나 동네에서는 문제를 제기했고, 숙희는 묶여 버렸다.

한 달쯤 지나고 해가 뉘엿뉘엿 기울어질 때였다. 숙희가 갑자기 하늘을 우러러보며 늑대처럼 울어대기 시작했다. 개들이 지루할 때 늑대처럼 짖는 하울링은 자주 목격되는 일이었다. 그러나 숙희의 하울링은 다른 개들과는 조금 달랐다. 거룩한 하늘을 향하여 외로움으로 경배 드리는 듯 단정하고 엄숙한 무엇이 있었다. 그뿐만이 아니었다. 숙희의 늑대는 집집마다 묶여 있는 동네 개들의 늑대를 건드렸다. 숙희가 외로움을 길게 토해내면 동네의 다른 개들이 차례로 외로운 노래를 따라했다. 노래라기엔 너무나 고통스럽게 들리는 쥐어짠 듯 비틀린 소리. 개들은 자신의 조상의 조상의 조상을 무수히 거슬러 올라가 보니 늑대의 피가 흐르고 있었다는 사실을 새삼 알게 되었다는 듯 진지하게 울어댔다.

오늘 해넘이가 시작되고 있을 때 나는 주방에서 가지찜을 만들고 있었다. 이상하게도 등이 후끈 달아올랐다. 무엇에라도 끌린 듯 나는 주방 창가에 성가 책을 펼쳐 세웠다. 그리고 노래를 하기 시작했다. 하필이면 가까운 곳에 성가 책이 있었다. 하늘을 향해 외로움으로 경배를 드리려면 성가보다 적합한 노래가 어디 있으랴. 그것은 천(天:하늘)을 향한 천(川:시내)의 노래이며 천(賤:천한) 것이 천(踐:밟을)하며 사는 땅의 천(穿:구멍), 혹은 그들이 천(闡:열)한 천(千:천)개의 노래가 아니던가. 내가 노래를 하자, 뒷집 숙희가 따라서 길게 우는 소리가 들렸다. 이어 다른 개들도 지독하고 긴 울음을 토해냈다. 그렇게 오늘 산동네에는 늑대들이 길게 길게 울고 있다.

앵 두

선생님, 지금 저 남쪽에는 태풍이 올라오고 있다고 합니다. 저는 며칠째 태풍을 대비한 준비에 분주했습니다. 토마토며 고추, 깻잎에 지지대를 세워 주고, 거름도 주었습니다. 비가 흘러내릴 도랑도 만들었습니다. 그리고 무엇보다 급한 일은 오늘 앵두를 따야 합니다. 청명에 수천 송이의 흰 꽃을 피워낸 앵두나무는 그 꽃자리마다 망종에 붉은 열매를 품었습니다. 복사꽃은 화려하게 꽃단장한 게이샤의 분 냄새를 풍기지만 앵두꽃은 처녀의 순한 살 냄새를 풍깁니다. 앵두꽃은 멀리서 보면 흰 꽃무리처럼 보여도 가까이 들여다보면 연한 분홍이 슬쩍 번져 있는 것을 알 수 있습니다. 앵두꽃이 음전한 처녀의 빗장뼈처럼 보인다고 말하면, 선생님께서는 앵두꽃에 쇄골이라니 엇박자라 하시겠지요. 그러나 아무리 음전한 처녀라 하더라도 저 춘심의 자맥질이야 모르지는 않을 테지요. 처녀의 쇄골이 드러내는 우물은 저 춘심보다 더 깊은 무엇을 담을 수도 있을 테니까요. 우물가에 심은 앵두나무 때문에 동네 처녀들이 바람나서, 물동이며 호미를 모두 팽개치고 저 대처의 휘파람을 따라 떠난다지만, 앵두나무처럼 조용히 앵두를 만드는 일만 열중인 나무도 있습니다.

다른 열매에 비해서 앵두는 무척 무르고 연합니다. 그래서 앵두를 딸 때는 조심스럽게 손가락을 놀려야 합니다. 무디고 거친 헛손질에는 앵두가 물러 터져 버릴 테니까요. 가지 속속들이 매달린 앵두를 다 따려면 품이 많이 들고, 끝까지 집중력을 유지해야 합니다. 저는 송이송이 열린 앵두들이 왜 모두 미니픽션처럼 보이는지 모르겠습니다. 처음 미니픽션을 쓴다고 했을 때, 선생님은 제대로 된 작품을 쓰지 못할까 봐 걱정하셨습니다. 큰 작품은 끈질기게 붙어서 물고 늘어져야 하는데, 짧은 글을 쓰면 그 에너지가 모두 작은 작품으로 새버릴 것이라고 충고하셨지요. 문학으로 일생을 살아오신 선생님의 충고는 문학과 제자에 대한 애정 어린 근심이었다는 것을 압니다. 어떤 친구는 단편이나 장편에 자신이 없으니 샛길로 샌다고 했고, 짧은 작품 하나를 쓰고 만족하는 사람들의 게으른 작업이라는 이도 있었습니다. 그러나 아이를 키우고 살림을 하면서 긴 작품에 몰입할 시간이 부족했던 저에게는 미니픽션이 최적의 장르였습니다. 짧은 시간에 응축된 에너지를 쏟아 부은 미니픽션엔 저의 혼이 고스란히 담겼습니다. 저의 앵두 한 알 한 알은 단편의 부분이고 또한 장편의 한 장면이기도 합니다. 아이가 대학에 들어간 지금, 저는 그 앵두 하나하나를 풀어서 단편도 쓰고 장편도 쓰고 있습니다. 물론 앵두 한 알이 완벽하지 않다는 말은 아닙니다. 오히려 앵두 한 알이어야만 완벽한 작품도 있는 것입니다. 제가 쓴 미니픽션을 읽는 독자들이 춘앵전의 극치에서 짓는다는 웃음, 무대판 염화미소라는 '미롱媚弄'을 보기를 기대한다면, 그것은 과한 욕심일까요? 모든 감정을 내보이며 활짝 웃는 웃음이 아니라, 한과 절망과 기쁨, 그리고 희망이 뒤섞인 변증법적 미소 '미롱'이야말로 미니픽션에서 보여줄 수 있는 극치의 미美라고 저는 믿습니다.

수박처럼 큰 것도 아니고 적어도 참외만은 해야지, 앵두는 참 먹을 것도 없다고 말하는 사람도 있습니다. 그러나 앵두나무에서는 앵두가 열리는 법입니다. 저 작은 열매를 드러내려고 앵두나무는 참외나 수박 못지않게 끈덕지게 물을 끌어올려, 이렇게 붉은 정열을 나무 하나 가득 품게 된 것입니다. 우리의 옛 어른들은 판소리 공연을 할 때, 공연자의 노래가 멋들어지고 그 사람만의 그늘 우거진 소리가 깃들었으면, 귀명창들은 '앵도를 똑똑 딴다!'며 무릎을 쳤다지요. 그때의 앵도가 바로 앵두이며, 구슬처럼 완전한 소리, 붉은 정열이라는 뜻이라 들었습니다. 붉고 동그란 앵두를 입에 넣어 보니 시고 달며 씁쓰레한 맛이 느껴집니다. 작품에 담아야 하는 뜻 또한 그러하지 않은지요. 시고 달며 쓴 그런 글 말입니다. 지금 저토록 붉고 화려하게 많은 열매를 달고 있지만 앵두나무에는 꽃이 피는 봄과 열매를 맺는 초여름만 있는 것은 아닙니다. 저 앵두를 맺기 위해서 나무는 지난하고 매서우며 두려운 겨울을 버텼다는 사실을 저는 기억합니다. 그러기에 오늘 저는 붉은 열매를 가득 달고 고요히 서 있는 앵두나무, 그 너머를 바라보게 됩니다. 참, 어둠이 내리기 전에 매실도 따야 한다는 것을 잊고 있었군요. 이번 태풍이 몰고 오는 비가 지나가면 참외며 수박도 무럭무럭 자랄 것입니다. 때가 되면 저도 앵두보다 큰 수박이나 참외도 수확할 수 있을 것입니다. 태풍 걱정은 하지 않습니다. 비와 바람에 열매 몇 개가 떨어질 테지만, 그것을 견딘 옹골찬 열매들이 꽤 남을 테니까요. 무엇보다 저는 비가 흘러내릴 도랑을 오랜 세월을 들여 넉넉히 그리고 깊게 파두었습니다.

이른 더위에 선생님은 건강하신지요. 선생님을 뵌 지도 꽤 오래되었습니다. 건강이 예전 같지 않으시다는 말을 듣고도 찾아뵙지 못했습니다. 제 앞가림하기에 바쁜 핑계로 무심하고 못난 저를 용서하세요. 작년에 비해서 올해는 앵두가 두 배쯤 더 열렸습니다. 앵두로 효소를 담아야겠습니다. 효소가 스스로 발효되어 익고 앵두의 붉음이 정열의 빛깔을 띠게 되는 날, 오랜 시간 쓴 장편소설이 탈고되는 날, 비로소 선생님을 찾아뵙겠습니다. 그동안 선생님, 몸 건강하세요.

고추장과 나비

해마다 초겨울이면 나는 어머니와 함께 고추장을 담근다. 봄 고추장이 좋다고 하지만 아파트에서는 늦가을에서 초겨울에 담그는 것이 좋다. 장은 담그기보다 간수하기가 어렵다. 간장이나 된장처럼 고추장도 햇볕이 중요하다. 겨울에는 해가 짧은 대신 볕은 더 깊이 들어오고, 날이 차가우니 고추장에 곰팡이 필 일이 적다. 겨울에 베란다로 들어오는 햇볕은 겨우 거북이 등짝만큼만 발을 들여놨다가 내뺀다. 그나마 해의 기울기에 따라 그 장소가 바뀐다. 그래서 우리 집 항아리들은 햇볕을 따라다닌다. 나는 햇볕의 방향을 따라 자주 항아리를 옮겨 놓는다. 장맛을 지키기 위해서는 항아리를 잘 간수해야 한다. 알맞게 익은 장은 밥상의 수준을 한 차원 높여 준다. 그러니 음식 솜씨를 탓하지 말고 장맛을 탓해야 한다.

해마다 고추장을 담그지만 어쩐지 어머니가 계시지 않으면 나는 고추장이 잘못될 것 같은 기분이 든다. 오늘도 어머니는 아침이 채 기지개를 펴기도 전에 오셨다.

"고추장 담가야 한다면서 여태 밥도 안 먹었냐?"

걱정스런 얼굴로 어머니는 엿기름을 걸러 놓은 함지박을 들여다본다.

"찹쌀도 불려 놓고 항아리는 볕에 잘 말려 놓았지?"

어머니는 이것저것 들여다보면서 지청구를 늘어놓는다. 어머니가 오셨어도 정작 고추장을 담는 사람은 나다. 어머니는 그저 내 뒤에 앉아 감독하고 잔소리를 할 뿐이다. 젊은 시절에는 어머니의 잔소리가 싫었는데, 이젠 도리어 어머니의 잔소리를 청해 듣는다. 이젠 그 잔소리가 묵은 장처럼 익숙하고 친근해졌다.

"눋지 않게 죽을 잘 저어야 한다."

죽을 젓는 내 뒤통수에 어김없이 어머니의 잔소리가 날아왔다. 찹쌀 알갱이가 끓는 엿기름 물 속에서 죽이 되고 있다. 날 벼린 칼처럼 예민하던 나도 끓는 죽처럼 분탕질해 대던 시절을 지난 후, 이제는 물러터진 죽처럼 흐물흐물해졌다. 찹쌀은 찰기가 없어질 때까지 죽을 끓여야 한다. 잘 삭고 물러 터져야만 저 고추처럼 매운 시련을 만나도 견딜 수가 있으며, 함께 무르녹아 고추장으로 익는다. 그렇게 익고 나면 신기하게도 고추장은 찹쌀 본래의 찰기와 윤기를 회복한다.

"사람은 몇 살쯤 되면 고추장처럼 반짝반짝하게 윤기가 돌까요?"

어머니에게 물었지만 듣지 못했는지 함지박만 들여다보고 있다.

"메주가루에 죽을 먼저 부어야지요?"

잘 알면서도 나는 다시 어머니에게 묻는다.

"그래야 잡균이 죽는 게다."

장(醬:된장)은 누룩을 발효시켜 만든다. 잡균이 들어가면 발효 과정에서 곰팡이가 피고 장맛이 변한다. 발효되지 못하고 곰팡이가 피거나 썩어 버리면 더 이상 장이 아니다. 글을 쓰는 일 또한 그러한 것이 아닐까. 장(章:문장)을 만들려면 장(腸:복부)에 장(藏:씩씩할)하고 장(長)한 칼을, 장(匠:장인)의 장(掌:손바닥)으로 장(粧:단장)하고 장(裝:꾸밀)해야만, 장(薔:장미)이든 장(丈:어른)이든 장(欌:장롱)이나 장(檣:돛대)이 될 것이며, 그래야만 장(壯:씩씩한)한 장(章:문장)이 되고 또한 장(醬:된장)이 된다.

"참 이상하죠, 엄마? 이렇게 뜨거운 죽과 섞이는데, 어떻게 누룩은 남아서 장맛을 낼까요?"

나는 어머니를 돌아다보며 말했다.

"그러게 선한 것이 더 강하다고 하지 않던?"

뜻밖의 대답에 나는 어머니를 바라보았다. 빙그레 웃고 있는 어머니의 머리 위로 노란 나비 한 마리가 펄럭거리며 날아올랐다.

"난 요즘 엄마가 왜 이렇게 예쁜지 모르겠어."

나는 고추장을 젓던 긴 주걱을 놓고 기어코 어머니의 볼을 꼬집었다. 어머니의 볼에 빨간 고추장이 묻었다.

"아이고, 숭해라. 다 늙어빠진 할망구가 이쁘긴."

볼에 묻은 고추장을 손가락으로 찍어 입으로 가져가면서 어머니는 기쁜 표정을 감추지 못한다. 요즘 나는 할머니들을 보면 그렇게 예뻐 보일 수가 없다. 허리가 꼬부라지고 백발이 되도록 자신은 끓는 죽이 되어, 고추처럼 매운 세상에서 살아남은 사람들이 보인다. 그런 생각이 들면 나와 상관없는 노인인데도, 이상스레 고마운 마음이 든다. 내게 어머니가 계셔서인지, 혹은 이제 나도 저 고추장 같은 세상맛을 조금 알아서인지 모르겠다.

"내가 얼마나 더 고추장을 담글지 모르겠구나."

"아유, 엄만. 십 년 전에도 그런 말 한 거 알아요?"

나는 짐짓 아무렇지도 않은 듯 농담을 한다. 그러나 아흔을 앞에 둔 어머니에게는 이 세상에서의 삶이 그리 길지는 않을 것이다. 요즘 어머니는 지하철을 타고 버스를 타고 무작정 여기저기 다닌다. 친구들은 모두 세상을 뜨거나 아파 누워 있으니 함께 다닐 사람도 없다. 어머니는 혼자 서울 '도심순환버스'를 타고 경복궁과 창경궁의 돌담을 지나고, 동대문과 청계천을 돌아온다.

"어디 다니실 때 조심하세요. 수술한 무릎이며 허리가 시원찮은데."

이번에는 내가 어머니에게 잔소리를 한다. 어머니는 익숙한 듯 달콤한 표정으로 그러겠다고 대답한다. 어머니도 나처럼 잔소리를 묵은 장맛으로 여기는가 보다.

"저런, 아직 뜨거울 때 소금을 넣어야 잘 녹는다고 몇 번이나 말했니."

다시 어머니의 지청구를 듣는다. 나는 간수를 뺀 깨끗한 소금을 뜨거운 고추장에 넣어 젓고 또 젓는다. 고추장을 담그려면 팔에 알이 밸 각오를 해야 한다. 아픔 없이 거저 얻어지는 것은 없다. 커다란 주걱으로 젓고 젓다 보면 어깨며 팔에 서러움처럼 피곤이 앉는다. 고추장이 나이 든 여자의 걸음걸이처럼 점점 되직해질 때까지 젓고 젓는다.

"얘야, 힘들 때는 그저 소금처럼 살아라. 지독하게 짜게 굴어야 돼. 녹록하게 굴면 시끄러운 것들이 곰팡이를 피우려고 덤벼들어. 그러지 않으려면 단속을 잘해야지. 그럴 땐 이 소금만 한 게 없는 거야."

어려움을 겪던 시절에 어머니가 해준 말이었다. 고단한 살림이었지만 어머니는 우리 사남매를 알뜰하게 키웠고 씩씩하게 살림을 했다. 어머니도 소금처럼 지독하게 짜게 굴었던 게 틀림없다.

"고추장에 혹독하게 매운 청양고추와 달콤한 물엿을 함께 넣는 이유를 아니?"

나는 대답하지 않는다. 어머니에게서 다시 날아오른 눈부신 노란 나비를 보며 배시시 웃는다. 징하게 맵고 지독하게 짠 세월을 살다 보면, 언젠가 내게도 저런 노란 나비가 날아오를 날이 올지도 모르겠다. 매운 고추장에 숨은 작은 달콤함처럼.

유 경 숙

그 가을의 전설
독한 년
일진 사나운 날

유경숙

1997년 창작수필 〈기우도騎牛圖〉로 신인상을 수상했으며, 2001년 농민신문 신춘문예에 단편 〈적화摘花〉로 등단했다. 소설집 《청어남자》와 미니픽션 작품집 7권을 공저로 묶었다.

그 가을의 전설

벌써 엿새째다. 노인이 미동도 없이 베란다에 붙어 있는 것이. 노인은 가끔씩 고개를 쭉 빼서 아파트 정문에 설치된 자동차단기를 노려본다. 들고나는 차량의 색깔을 확인하는 것이다. 검정 세단이 아닌 차들은 노인의 감시망에서 금방 풀려났다. 노인은 오직 검정색 승용차에만 관심이 쏠려 있다.

'저놈도 아닌개벼. 독감주사 맞으라고 우리 아들이 날 데리러 올 때가 돼얏는디…….'

노인은 혼잣말을 중얼거린다. 그러다 가늘게 실눈을 뜨고 창밖의 화단을 내려다본다.

"야, 야, 이리 좀 나와 봐라. 저 아래 화단에 황국이 푸지게 폈다. 벌떼가 마지막 꿀을 빠느라고 윙윙거리고……."

설령, 화단에서 벌들이 꿀을 빤다 해도 창문 너머로 식별될 거리가 아닌데 말이다. 황국黃菊은 이미 보름 전부터 피기 시작했고, 노인의 눈에만 오늘 처음 띈 것이다.

"느그 아부지 행상 나갈 때, 그 방죽 산지슭에 감국이 월매나 흐드러지게 피었던지 아냐. 나는 눈이 시렸어야. 그 가느다란 꽃대에 애기 손톱만 한 꽃들이 꼭 은하수를 뿌려 놓은 듯이 당알당알 달렸었지. 상여꾼들은 방죽 가생이 질이 좁아 시퍼런 물로 빠질까 봐 오금을 죄고 상여를 떠메고 가는디, 나는 뭔 귀신에 씌었던지 그 감국을 넋 놓고 바라봤어야. 진하디진한 향기에 홀렸는지, 황금색 꽃송이에 반했는지, 지금 생각해 봐도 모르것써야. 너그 고향에는 천지가 약초였느니라, 산이고 들이고 간에. 감기약이 따로 없었지야. 감국차를 뜨겁게 달여먹으면 오래된 해소 지침도 말짱하게 나았으니. 무서리 내린 날 아침에 이슬 마르기 전에 꽃을 따서 그늘에 살짝 말려 꿀에 재두었다가 감기약으로 썼었제. 우리 저 황국이라도 따다가 꿀에 재놓자, 내일 모레가 상강인디. 된서리 맞을라."

"엄마, 이 일만 끝내고 나면 보건소 모시고 가서 독감 백신 맞혀 드릴 테니 걱정 말아요. 저 꽃 따오면 동네 사람들한테 욕먹어. 우리 개인 화단도 아니잖아. 그리고 제발 거기 온종일 붙어 있지 말고 들어와 좀 쉬어. 오빠는 오늘도 안 와요……."

"아녀, 아녀, 너는 신경 쓰지 말고 어여 글이나 써. 그거 써야 돈이 나오잖야! 독감주사는 안 맞아도 돼야. 대파 뿌리에다 대추 넣고 달여먹으면 되지."

그해 가을, 노인은 사십 년 전 세월과 오늘을 동시에 살고 있었다.

나를 세상에 나오게 한, 그 좁은 문을 빌려준 이가, 마지막 가을을 그렇게 외롭게 앓고 있는데도 나는 책상머리에 붙어 앉아 원고 마감에만 급급하고 있었다. 노인은 작년에 가셨다. 노인이 떠나고야 그 가을이 얼마나 소중했던 계절이었는가를 알았다. 생生은 어찌하여 늘 이렇게 뒤통수를 치며 우리의 삶을 쫓는가. 지금껏 수도 없이 뒤통수를 얻어맞았건만, 왜 삶은 단단해지지 않는 걸까…….

독 한 년

#1. 햇볕은 쨍쨍 모래알은 반짝…

그야말로 땡볕이었다. 며칠째 쨍쨍 내리쬐는 불볕에 신작로가 자글자글 끓고 있었다. 숨이 턱턱 막히는 늦더위 햇볕을 이고 예닐곱 명의 계집애들이 제 키보다도 작아진 그림자를 끌며 신작로를 걷고 있었다. 계집애들 머리 위에는 하나같이 오동나무 이파리 두 장씩이 씌워져 있다. 햇빛 가리개용으로 나뭇잎 모자를 만들어 쓴 것이다. 꼭뒤에서부터 흘러내린 땀국이 목덜미를 타고 졸졸 난닝구 속으로 배어들었다. 새까맣게 그을린 얼굴에선 어둠 속의 고라니들처럼 눈동자만 반짝반짝 빛났다. 먼지조차도 일지 않는 한낮 신작로를 따라 그녀들은 산모퉁이로 사라졌다.

#2. 해야 해야 나와라 김칫국에 밥 말아 먹고 장구 치고 나와라…

도랫말 수심보에 도착한 계집애들은 누가 먼저랄 것도 없이 풍덩 풍덩 물속으로 뛰어들었다. 땀국으로 전 옷을 여기저기 던져놓고 알몸으로 뛰어들었다. 숙경이도 검정 부루마와 난닝구를 벗어 자갈 위에 펼쳐놓고 맨 꼴찌로 뛰어들었다. 수심보는 농수로로 물을 보내기 위하여 보를 막아 수심이 꽤나 깊은 곳이었다. 사시장철 시퍼런 물이 출렁거렸고 물숨구멍이 있다고 소문난 곳이기도 했다. 뱅뱅 휘도는 물결을 따라가다 보면 어느 지점부터는 갑자기 급물살로 소용돌이치며 빨려들어가는 숨구멍이 있었다. 구멍은 지하 깊은 곳으로 연결되었고 그 소용돌이에 빨려들면 흔적도 없이 사라진다고 했다. 그곳에 물귀신이 산다고 했다. 실제로 이곳에선 이삼 년이 멀다 하고 익사 사고가 발생하였다. 아이들끼리 물놀이를 가면 물귀신이 잡아간다고, 어른들은 잔뜩 겁을 주기도 했다.

영악한 계집애들은 그 숨구멍이 어디쯤에 있는지 다 알았다. 그래서 암벽 밑에 물돌이가 휘몰아치는 근처엔 얼씬도 하지 않았다. 얕은 곳에서 멱을 감았고 다슬기를 잡았다. 멱을 감다 지치면 다슬기를 잡았고, 다슬기를 잡다 지치면 물장구를 쳤다. 그렇게 한참을 놀다 보면 입술이 애가짓빛으로 변했고 몸이 오돌오돌 떨렸다. 그러면 물 밖으로 나와 강변에 쫄쫄이 늘어서서 몸을 말렸다. 잠깐 사이 흘러가는 뭉게구름이 그림자라도 드리우면 계집애들은 해를 불러내는 노래를 불렀다. 양손으로 볼기짝을 치며 장단 맞춰 합창을 했다.

"해야, 해야 나와라, 김칫국에 밥 말아 먹고, 장구 치고 나와라."

이미 태양이 서쪽으로 기울기 시작한 시각이었다. 몇 차례 물 밖을 넘나들던 아이들은 이제 배가 고팠다. 따뜻하게 달궈진 돌멩이 두 개를 양쪽 귀에다 대고 왼쪽 오른쪽으로 기울이며 귓속 물을 빼는 시간이었다. 그러면 귓속에서 또르르 소리가 났고 먹먹했던 귀가 뚫렸다. 귓속으로 들어갔던 물이 용케도 마른 돌멩이에 묻어 나왔다.

#3. 난감한 상황…

해가 이울고 집으로 돌아갈 시간이었다. 근데, 이게 어찌된 일인가. 얌전하게 벗어놓았던 숙경의 부루마가 없어졌다. 난닝구는 그대로 펼쳐져 바짝 말라 있는데 아랫도리 팬츠가 없어진 것이다. 혹시 바람에 날아갔나? 아이들이 총동원되어 멀리까지 찾아보았으나 어디에도 없었다. 감쪽같이 부루마만 사라진 것이다. 여덟살배기 숙경은 난닝구 한 장에 치마도 없이 달랑 부루마 하나만 입고 왔었다. 이를 어쩌면 좋을까! 어린것들이 머리를 맞대고 궁리를 해봤지만 묘책이 없었다. 이제 아이들 뱃속에서 꼬르륵 소리만 들렸다. 더 이상 배가 고파 참을 수가 없었다. 숙경은 난닝구를 얼마나 잡아 늘였던지 아랫도리가 가까스로 가려지긴 했다. 하지만 먼 신작로를 걸어가 아래뜸을 지나쳐 중뜸에 있는 숙경이네 집에까지 가는 길은 불을 보듯 뻔했다. 길게 뻗은 동네 고샅마다 남자아이들이 나와 놀고 있을 테고……, 팬츠가 없는 그를 발견하면 평생 놀림감이 되는 것은 물론이고 학교까지 소문이 퍼져 창피해서 학교도 못 다닐 형편이 될 것이다. 아무리 머리를 짜내도 방법이 떠오르지 않았다. 숙경은 단호하게 결심을 내렸다.

"너희들은 이제 돌아가. 난 여기서 산을 넘어 우리 집으로 갈 거야."

숙경이네 집은 산 밑에 울타리를 대고 있었다.

#4. 아, 아찔한!

숙경은 혼자 산을 타기 시작했다. 길게 늘어진 난닝구로 아랫도리를 아슬아슬하게 가리고……. 빽빽이 우거진 녹음을 뚫고 어디까지는 전진했다. 한데 맨살 허벅지가 따끔거리더니 어느 순간 불침을 맞은 듯 화끈거리기 시작했다. 이것은 여덟살배기 여자아이가 견딜 수 있는 고통이 아니었다. 독이 오를 대로 오른 풀쐐기에 쏘였던 것이다. 아랫도리가 금방 바늘 하나 꽂을 데 없이 콩타작을 해놓은 것처럼 부풀어 올랐다. 한데 말벌까지 윙윙거리며 그녀를 바짝 쫓아왔다. 숙경은 그 몸으로 어떻게 산마루까지 올라챘을까. 이제 내려가기만 하면 될 터인데, 때맞춰 해가 꼴딱 떨어졌다. 설상가상으로 온몸이 불덩이처럼 달아올라 더 이상 발걸음을 뗄 수가 없었다. 여전히 길은 보이지 않았다. 아직도 귓가에서는 말벌이 윙윙거렸고, 억새에 베이고 가시에 긁힌 다리는 피투성이가 되어 엉망진창이 되어 버렸다. 그때 멀리서 "숙경아!" 하고 부르는 희미한 소리가 들려왔다. 아버지 목소리였다. 천신만고 끝에 숙경은 아버지 등에 업혀 산을 내려왔다. 그리고 사흘 동안 혼수상태에 빠져 잠만 잤다고 한다.

#5. 독한 년

사흘 만에 눈을 뜬 숙경이 엄마가 떠먹여 주는 미음을 받아먹고 있다. 두어 숟갈 미음을 떠 넣어 주던 엄마가 눈을 흘기며 욕을 했다. "독한 년, 체면 때문에 어린 년이 겁도 없이 혼자 산을 탈 결심을 해. 그 산에 독사가 얼마나 우글거리는지 알기나 해. 아이고, 십 년감수했지. 독한 년!" 풀쐐기 독침보다 더 섬뜩한 느낌은 억새가 맨살을 사그락 긋는 것이었다. 숙경의 팔에 오소소 소름이 돋더니 몇 모금 받아 삼킨 미음을 다시 토하고 만다. 그녀의 검정 부루마는 도대체 어디로 사라진 걸까.

일진 사나운 날

방문을 열자, 향기로운 웅어(雄漁:곰과 생선) 내음이 코를 찔렀습니다. 녹설(鹿舌:사슴의 혀)과 표태(豹胎:표범의 태)가 상 중앙에 놓였고, 황석어(黃石漁:노란 조기)와 말린 팔대어(八帶漁 : 문어), 제곡(齊穀 : 껍질이 자색인 작은 조개)과 석화가 좌우에 펼쳐졌으며, 죽순절임과 제주도에서 가져온 표고와 삼척의 올미역도 보였어요. 죽엽청(竹葉淸 : 푸른 빛이 감도는 맛있는 술)에 취하고…….

이런 안줏감이 코앞에 펼쳐졌는데 술 생각 안 날 위인이 어디 있겠소? 그래서 참이슬 딱 한 잔만 한다는 것이 그만, 그 꼴이 되고 말았소이다. 정말로 면목 없습니다, 이 더위에 젊은 양반들 욕보게 해서.

펄펄 끓는 열대야로 밤잠을 설친 탓에 정오 무렵부터 선풍기 앞에서 꾸벅꾸벅 졸았나 봅니다. 중복을 며칠 앞두고는 저는 아예 노트북을 덮어 버렸지요. 작업이고 뭣이고 간에 때려치우고 몸 상하지 않고 여름을 나는 것만으로도 상책이라고. 이런 폭염엔 조용히 책이나 읽으며 보내기로 결심을 했죠. 그날은 대서와 중복이 앞뒤로 낀 날이었어요. 정오가 지나면서 벽에 걸린 온도계가 숫자 34°를 넘어섰지요. 얼마 전에 읽었던 백모 씨의 글 한 편이 생각났습니다. 여름엔 그저 세숫대야에 발 담그고 무협소설 한 편 읽는 것보다 더 좋은 피서 방법이 없노라고……. 그래서 나도 탁족을 즐기며 독서삼매에 빠져 보겠노라고 커다란 고무다라에 물을 찰랑찰랑 채우고 소파에 등을 기댄 채 발을 담갔죠. 아! 이 시원함. 왜 진즉 이 방법을 생각 못하고 그렇게 쩔쩔맸던가. 졸음도 한꺼번에 싹 가셔 버렸습니다.

때마침 인터넷서점에서 '여름맞이 세일'을 해준다기에 주문했던 책이 오전에 배달되었습니다. 김탁환이란 젊은 작가가 쓴 『나, 황진이』란 소설인데 겉표지의 질감이 까끌까끌하게 만져지는 것이 꽤나 감촉이 좋았고 디자인 역시 고전미가 담긴 책이었습니다. 제목에 반쯤 가려진 여인의 초상화도 어떤 고상한 의미가 숨어 있는 듯했고. 책장을 펼쳐 첫 문장을 읽는 순간부터 예리한 통증이 가슴을 긋고 지나갔습니다. 군더더기 하나 없이 깔끔한 문장에 감미롭기까지 한 고백체의 문체가 고절高絕하기까지 했습니다. 한 문장 한 문장을 떼어 읽어도 그대로 시구詩句가 되는 운율을 지닌 문장이었지요. 혀가 저절로 굴러갔습니다. 내 낭독에 내가 빨려들어 계속 소리를 내어 읽어 가게 되었죠. 책에서 눈길을 뗄 수가 없었어요. 위의 첫 단락에서 밝힌 바와 같이 그 대목(112쪽 중간쯤)에서 그만 발동이 걸리고 말았답니다. 그날 있었던 일은 전적으로 그 소설 때문이었다니까요. 믿어 주세요, 이 사람. 이 더위에 무슨 술맛이 난다고 여자 혼자 대낮부터 퍼겠습니까?

냉장고 문을 열었을 때 문 안쪽으로 세워졌던 풀잎 색깔의 술병들이 싱그럽게 피어나고 있었습니다. 촉촉하게 냉기를 머금고 간절히 외출을 기다리는 폼이었지요. 손끝에 닿는 유리병 촉감이 참으로 신선했어요. 한잔 두잔 홀짝거리며 개성 유수의 잔칫상에 올려진 안줏감들을 한 번씩 읽어 갔지요. 16세 황진이의 수궁(守宮 : 처녀 표적)을 지운 날, 연회석상에 차려진 산해진미 안주들을.

드디어 빈 술병 세 개가 나란히 줄을 섰습니다. 그리고 마지막 남은 한 병을 더 가지러 가기 위해 마룻바닥에 발자국을 찍으며 부엌으로 향하던 참이었지요. 그날은 몹시 일진이 사나웠던 날이었던가 봐요. 그만 물기에 미끄러져 넉장거리를 치는 바람에 잠깐 정신을 잃었죠. 그리고 뒤통수 세 바늘을 꿰매는 불상사가 그만……. 그래서 119 신세를 졌던 거예요. 어쨌든 죄송하게 되었습니다, 이 무덥고 짜증나는 날 바쁜 소방대원 아저씨들 달려오시게 해서…….

앞으로는 절대 혼자 낮술은 안 마실 게요, 믿어 주세요!

윤 신 숙

윤기 있고 신선한 숙녀의 옷 보따리 풀기 1
윤기 있고 신선한 숙녀의 옷 보따리 풀기 2
윤기 있고 신선한 숙녀의 옷 보따리 풀기 3

윤신숙

《한국산문》에 수필 〈클래식 기타와의 여행〉으로 등단했다.
한국산문 이사, 한국미니픽션작가회 회원이다.

윤기 있고 신선한 숙녀의 옷 보따리 풀기 1

"어머, 저 옷 참 예쁘다." 다섯 살쯤 된 나는 추석 전날 대구에서 올라온 한 살 아래 사촌 여동생이 입은 옷을 보며 감탄했다. 개미만 한 작은 구멍이 뽕뽕뽕 뚫린 병아리 털빛처럼 노오란 스웨터. 긴 머리에 얼굴도 하얀 사촌에게 그 옷은 너무 잘 어울렸고, 그 옷에 매달린 주홍빛 뿔사슴 액세서리는 스웨터와 금상첨화였다. 그 당시, 젊은 작은아버지는 사업 번창으로 부자였고 노처녀로 시집온 인텔리 작은엄마는 맏딸에게 최고의 옷을 사 입혔다. 오빠 둘에 언니 셋의 막내인 나는 내가 무엇을 입고 있었는지조차 기억나지 않지만 그때부터 상대가 입은 옷과 비교됨을 인식, 드디어 나의 옷에 대한 짝사랑이 시작되었다.

내가 중학교 때 작은어머니는 지병으로 40대 중반에 돌아가시

고 3년 후 작은아버지마저 작은어머니 곁으로 가셨다. 있던 재산도 몇 년 만에 다 소진되고 4남매의 사촌들은 어려움에 처했다. 할머니와 엄마가 수시로 대구에 내려가 어린 사촌들을 돌보긴 했지만 결국 사촌인 맏딸이 고등학교 때부터 가장 역할을 할 수밖에 없었다. 사촌 동생의 옷공주 역할도 막을 내렸다.

몇 년 전 사촌이 내게 전한 에피소드 한 가지. 학교 갈 때마다 새로운 옷을 입혀 주는 엄마에게 짜증을 부린 적이 있었다고 한다. 옷이 예쁘긴 했지만 학교 가서 불편했기 때문에 안 입는다고 징징댔더니 바로 가위로 잘라 버렸다고 한다. 에고~아까워라.

윤기 있고 신선한 숙녀의 옷 보따리 풀기 2

1963년 초등학교 1학년, 반 친구들의 여러 가지 특징 중 나는 옷 잘 입는 아이에게 관심이 쏠렸다. 황톳빛 얼굴이긴 하지만 갸름하고 예쁜 얼굴의 그 애는 초등학생 눈으로 보아도 예쁘다는 차원을 넘어 맞춤옷 같은 고급스러운 옷만 입고 다녔다. 외모와 옷차림과는 달리 이름은 조금 촌스러운 '길자'였다.

그 애가 어느 날 입고 온 옷은 50년이 지난 지금도 또렷하게 떠오른다. 쉬는 시간에 우리는 운동장에서 수건돌리기 놀이를 했는데, 길자는 청색 바탕에 자주색으로 포인트를 준 투피스에다 리본이 달린 빨간 반굽의 구두가 불편해 안절부절못했던 기억이 난다. 그 친구가 좋아 걔네 집에도 갔었는데 그 당시 귀한 전기제품이 거의 다 갖춰져 있었고, 자가용도 있었던 것 같았다.

나는 4학년 때 전학해 먼저 학교 친구들이 잊혀졌다. 1969년, 한국 역사 최초의 중학교 무시험제에 의해 들어간 신설 학교에서는 명찰을 달고 다녔는데 '길자'라는 이름이 스쳐갔다. 처음엔 동명이인이려니 했는데 몇 번 스치니 어렴풋이 길자의 얼굴이 떠올랐다. 살이 붙어 갸름했던 얼굴이 넓적해졌고 곱슬머리 두 갈래로 땋아 내린 머리는 귀밑 단발로 바뀌었고, 화려했던 옷차림은 평범의 도를 넘은 통일된 중학교 교복을 입고 있었으니 내가 알 턱이 없었다. 반이 달라 아는 척은 안 했지만 나중에 그 친구의 친구를 통해서 들은 이야기인즉, 아버지 사업이 파산해 어렵게 생활하고 있다고 전해 들었다.

시간은 사람 모습을 변화시키게 마련이지만 특히 체형과 옷에 의해 많이 달라진다는 것을 알게 되었다.

윤기 있고 신선한 숙녀의 옷 보따리 풀기 3

거실을 오가다 보면 장식장 안, 작은 액자 속에 1962년 엄마와 내가 함께 찍은 사진이 있다. 그 사진 속 나는 일곱 살, 엄마는 마흔다섯 살이셨다.

'내가 죽기 전에 막내딸과 사진이라도 남겨야지.'

엄마는 혼잣말로 중얼거리시면서 정성스레 한복을 다림질하셨다. 흑백사진이라 정확하진 않지만 사진 속 엄마의 저고리는 흰색이었고 치마는 연푸른 바탕색에 하얀 꽃무늬가 간간이 수놓아져 있었다.

나는 바로 위 셋째 언니 옷이었던 베이지색 넓적한 칼라와 가슴쪽에 커다란 리본이 달린 겨자색 원피스를 입었는데 내 옷이 아니라 헐렁했다. 엄마를 따라 미장원에서 고데기로 머리카락도 뒤집고

그 위에 큰언니가 떠준 주홍색 빵떡모자도 썼다.

그 당시 엄마로서는 출구가 없었다. 홀시어머니 봉양과 2남4녀의 자식을 기르기에 넉넉지 않은 살림, 맏딸 맏며느리로서 친척들의 왕래와 서울로 유학 온 조카들 뒷바라지에 힘겨워하셨는데 그보다 더 힘든 것은 아버지의 예술적 기질과 풍모가 엄마를 더 외롭게 했던 것 같다. 지금의 부부들처럼 힘들 때 서로 차를 나누며 오롯한 대화를 나눴다면 자식들을 두고 떠나고 싶은 마음이 없으셨을 텐데. 물론 엄마는 마음만 그러셨을 뿐, 바다 같은 모성애로 당신의 수명이 다한 아흔두 살까지 살아 주셔서 자식들 마음에 여한은 없었다.

나는 오늘도 거실에서 사진 속 엄마를 만나며 지금의 내 나이보다 열세 살이나 아래인 엄마를 껴안아 본다.

5000년 된 나무가 인간의 역사를 간직해 왔듯, 옷 또한 그때 그 시절마다 이야기가 분분하다. 예닐곱 살 때 추억의 옷들을 그림이나 사진으로 꺼내 보니 그 옷들은 시간을 초월하여 지금 내 귓가에 그 당시의 이야기들을 되새겨 준다.

이 성 우

소심한 반항

어떤 하루의 좌절

이성우

대학원에서 임상심리학과 명리학을 공부하고 오랫동안 병원에서
마음이 아픈 사람들과 함께했다. 좀 더 자유롭고 감성적인 사람이 되기를 바라며
지금은 문학치료를 공부하고 있다.

소 심 한 반 항

그해 여름 끝자락, 나는 소년에서 청년으로 한 단계 진화하기 위해 고군분투하고 있었다. 아니 좀 더 솔직히 말하면, 자기보다 힘센 강자를 만난 투우처럼 씩씩거리며 힘겨워했던 것 같다. 당시 선생님들은 고3이라는 지옥문을 통과하기만 하면 행복종합선물세트를 획득하여 바야흐로 주지육림의 세계로 들어서는 것은 물론, 출세와 이성교제가 보장되며 젖과 꿀이 흐르는 낙원의 길을 걷게 될 것이라고 꼬드겼다.

'그래, 그런 세상이 있다고 치자!', 나는 순진한 소년이라 뻔한 거짓말에도 상당한 기대감을 가졌다. 방바닥에 누워 있으면 내가 있어야 할 자리가 아닌 것 같아 영 마음이 편치 않았다.

그래서 밤이고 낮이고 항상 책상머리에 붙어 있거나 그 주변을 서성거리기 일쑤였다. 잠자는 시간이 줄어든 만큼 나의 모자란 실력도 쑥쑥 늘었으면 좋으련만 현실은 그렇지 않았다. 책상 앞에 앉기만 하면 졸음과 하품이 쏟아지고 쓰잘머리없는 잡생각들로 넘쳐났다. 소위 노는 친구들의 시시껄렁한 연애담이나 동시상영극장에서 몰래 보았던 변강쇠의 폭포수 같은 오줌줄기, 외계인에게 납치된 내가 변강쇠가 되어 돌아오는 상상 등 대체로 지옥문을 통과하기 위한 비기와는 무관한 것들이었다.

당시 지옥 문턱에 서 있던 나는 뭔가 정서불안이었고 그런 상태에서 하는 비기의 연마는 즐거움보다는 주로 고통을 동반하는 편이었다. 내공을 쌓는 시간은 마치 바늘방석에 앉은 것마냥 더디게 흘러갔고 잡생각에 빠져 시간을 허비했다는 자책 뒤로 얼굴이 화끈거리고 심장이 요동치는 부작용이 뒤따랐다. 그러나 다행히도 나는 이런 부작용을 완화시키고 정신을 재무장할 좋은 방법을 터득해 가고 있었다.

하숙집을 나와 골목을 조금 벗어나면 아파트 베란다를 개조해서 만든 작은 가게가 자리하고 있었다. 그곳에는 허름한 옷차림에 대개는 뭔가 먹을 것을 입에 물고 질겅거리고 있는 사람이 나를 맞이하였다. 그는 내가 다니던 학교를 몇 해 전에 졸업했고 지옥문 통과에 실패하여 아버지가 하는 가게 점원으로 일하고 있는 선배였다. 가끔 선생님들이 실패의 전형으로 그 선배의 예를 들기도 하였다. 그를 타산지석으로 삼으려는 나 자신을 꾸짖기도 했으나 별

달리 좋은 방법이 없어 마음이 심란할 때면 일부러 그 선배를 보러 가곤 했었다.

그날도 늦더위와 불쾌지수로 인하여 집중적인 내공 연마에 실패하고 상심한 마음을 안고 천천히 베란다 가게로 걸어갔다. 약간은 거리를 두고 파리를 쫓기 위해서인지 파리채를 이리저리 휘젓고 있는 그를 바라보며 느슨해진 나를 추스르려고 애를 썼다. 하지만 좀처럼 마음이 잡히지 않았다. 가게에서 죠스바 한 개를 사들고 학교로 이어지는 쪽문을 지나 천천히 운동장으로 걸어갔다. 선생도 학생도 없는 학교는 그야말로 적막했다. 멀리 우뚝 선 시계탑만이 운동장을 내려다보며 1분 1초가 소중하다고 째깍거리며 달렸다.

평소 같았으면 운동장 주변을 산책하듯 천천히 한 바퀴 돌다 집으로 돌아갔겠지만 그날은 곧장 운동장 중앙으로 거침없이 돌진했다. 아마도 그 순간 나는 세상의 중심이 되고 싶었고 온전한 나를 느끼고 싶었던 것 같다. 고요와 적막으로 뒤덮인 어두운 운동장 그 한가운데에 서자 나는 참을 수 없는 요의를 느꼈다. 천천히 바지를 내리고 운동장 중심을 표시한 표식에 강한 오줌발을 발사하기 시작했다.

그날 나는 변강쇠의 것보다 조금 더 강한 오줌발의 흔적을 운동장에 남기고 왠지 모를 쾌감에 젖어 집으로 돌아왔다. 속박된 시간을 견뎌내면 자유를 얻을까? 또 다른 속박이 기다리진 않을까? 투쟁 없는 삶에 자유가 있을까!

나의 소심한 반항은 그해(1988년) 뜨거운 여름을 보내고 찬서리가 내릴 때까지 지속되었다.

어떤 하루의 좌절

1989년 6월 10일, 나는 도로를 가득 메운 데모 행렬 속에 있었다. 우리는 아스팔트가 뿜어대는 열기를 견디며 금방이라도 지랄탄을 발사할 것같이 으르렁거리고 있는 페퍼포그 차량의 검은 그림자와 팽팽히 대치하고 있었다.

전경들의 대열이 앞을 막고 그 뒤로 백골단의 하얀색 헬멧들이 들개 무리처럼 분주하게 움직이고 있었다. 아무런 움직임도 없이 일정한 거리를 두고 맞서고 있는 두 무리의 중심에서 아지랑이처럼 열기가 끓어오르고 있었다. 건너편 도로에서는 수많은 시민들이 가던 길을 멈추고 그 살풍경을 주시하고 있었다.

어깨동무를 하고 구호를 외치며 기세 좋게 전진하던 데모 행렬은 공권력의 강력한 저항에 걸려 오도가지도 못했다. 그러자 데모 행렬 여기저기서 뭔지 모를 무질서한 술렁거림이 일기 시작했다. 그 술렁거림이 두려움과 공포로 뒤바뀌려는 순간, 선두 행렬을 이끌던 한 사람의 외침이 터져 나왔다.

"여러분! 오늘 우리는 죽기를 각오하고 이 자리를 끝까지 사수합시다. 주구들의 군홧발에 짓밟혀도 결코 물러나지 맙시다."

데모 행렬은 독재 타도를 외치며 일제히 그 자리에 드러누워 연와시위에 들어갔다. 수많은 사람들이 구호를 외치며 '님을 위한 행진곡'을 부르기 시작하자 사기가 한껏 달아올랐다. 데모 행렬의 기세가 공권력을 압도하고 있는 것처럼 느껴졌다.

그러나 하늘을 찌를 것 같던 기상도 잠시, 어디선가 후다닥 뛰는 발걸음과 소란이 일기 시작했다. 나는 앞서의 다짐처럼 결코 물러서지 않겠다는 굳은 각오로 옆 사람의 어깨에 의지한 채 곧 닥쳐올 고통을 예감하며 두 눈을 꼭 감았다. 잠시 시간이 흐르고 얼핏 눈꺼풀을 들어올렸을 때 저 멀리서 백골단과 전경들이 거센 파도처럼 밀려오는 것이 눈에 띄었다. 비장한 각오로 다시 눈을 질끈 감았다.

하지만 전세는 이미 뒤바뀌어 전경과 백골단과 데모대가 뒤섞여 그야말로 무림활극이 펼쳐지고 있었다. 선두 행렬을 이끌던 무리들은 모두 어딘가로 사라지고 최전선에 내가 누워 있었다. 당혹감에 어찌할 바를 모르고 있을 때 백골단의 거센 군홧발이 내 머리통을 밟고 지나갔다. 그러자 마지막까지 행렬을 이루고 있던 우리 행렬도 뿔뿔이 흩어져 도망가지 않을 수 없었다. 나도 벌떡 일어나 뒤돌아 뛰기 시작했다. 저 멀리서 한 마리 물찬 제비처럼 가볍게 날아올라 붉은 스카프를 목에 두른 청년을 이단옆차기로 걷어차고 있는 백골단의 우아한 몸놀림이 보였다.

'나는 어디로 가고 있는가?'

내 뒤에는 전경도 백골단도 없었다. 단지 내 앞에 전경과 백골단과 데모대가 뒤섞여 있을 뿐이었다. 나는 관객에게 외면당한 어릿광대처럼 몽롱해진 정신을 가다듬고 홀로 뒤돌아서 그냥 천천히 걸어갔다. 그리고 도로 건너편에서 데모대와 공권력의 한바탕 활극을 묵묵히 지켜보고 있던 시민들의 무리 속으로 들어가 나도 수동적이고 무심한 한 시민이 되었다.

어떤 이는 곤봉에 맞고 어떤 여학생은 머리채를 잡혔고 일부 대원은 보이지 않는 골목으로 슬금슬금 사라져 갔다. 굳센 의지와 저항의 깃발은 서슬 퍼런 군홧발 아래서 한낱 콩고물처럼 흩어지고 말았다. 6월 한낮의 열기를 뒤로하고 나는 쓸쓸한 발걸음을 집으로 돌렸다.

이 진 훈

언제든 돌아갈 자신이 있다

하루 세 끼가 꿀맛입니다

아들을 위한 청탁

이진훈

시인이자 미니픽션 작가. 구상문학상 운영위원이며, 구상선생기념사업회 사무총장을 맡고 있다.

언제든 돌아갈 자신이 있다

철민 애비, 몸은 좀 어떤가? 위세척을 단단히 했으니 곧 괜찮아질 걸세. 이 사람아, 살충제는 벌레 잡는 약이지 사람 잡는 약인 줄 아는가? 다행히도 철민이가 일찍 발견해서 119에 신고했기에 망정이지 하마터면 내가 자네 조의금 낼 뻔했네그려. 50대 중늙은이 조의금 내는 것보다야 술값 내는 게 아직은 낫지 않은가?

철민 애비, 자네 베이비부머라는 말 아나? 중학교 문턱은커녕 국민학교 졸업도 미처 못한 자네에게 영어를 써서 미안하이. 하긴 우리 국민학교 다닐 때 내가 자네 나머지공부 가르치지 않았나? 그러니 너무 고깝게 듣지 말게. 베이비부머가 뭐냐 하면 6·25 전쟁이 끝나자마자 그동안 낳지 못한 아이들을 줄줄이 낳았는데 그때 태어난 아이들을 일컫는 말일세. 1955년부터 1963년 사이에 태어난 세대들이 여기에 해당한다네. 자네나 나 모두 1956년생 잔나비띠이니 베이비부머 세대의 고참일세.

지금이야 우리 고향 김포를 수도권이네 신도시네 운운하지만 우리가 국민학교를 다닐 때만 해도 어쩌다 마을에 들어오는 자동차 매연 냄새를 생일날 얻어먹는 쌀밥 냄새라도 되는 듯 뒤쫓아 가며 맡아 댈 정도로 깡촌 아니었나? 그리고 그 시절 우리가 어디 사람대접 제대로 받기나 했나? 애를 낳아 놓고도 한두 해 지나서야 출생신고를 하는 것이 보통이었지. 자네도 호적에 생년월일이 제대로 되어 있지 않지? 그때는 위생 상태며 영양 상태가 엉망이라 애를 낳아 놓으면 죽고 또 낳아 놓으면 또 죽으니 아이가 돌이 지나도록 살아 있어야 출생신고를 하지 않았나? 심지어는 두 돌을 넘기고야 출생신고를 하는 아이들도 있었다네. 아이를 낳았다고 덥석 출생신고부터 해놓았는데 두어 달도 못 살고 바로 죽으면 호적에 잉크물도 마르기 전에 부랴부랴 사망신고를 해야 하는 번거로움이 귀찮았던 시절 아니었나? 열을 낳아 다섯 기르면 성공이라 할 정도로 신생아 사망률이 높던 시절이니, 우리가 환갑이 낼모레인 지금껏 목숨을 부지하고 있는 것만으로도 축복이 아니겠는가?

그런데 이 몹쓸 사람아, 그 소중한 목숨을 환갑도 되기 전에 끊으려 했단 말인가?

자네 어머님도 그러셨겠지만 우리 어머님도 여덟을 낳아서 셋을 잃으셨다네. 살아남은 다섯 중에 출생신고를 제대로 한 자식은 60년대에 태어난 내 막내 여동생뿐이라네. 우리가 어디 사람 대접 제대로 받은 세대들인감?

위로 누님 둘을 낳은 뒤에야 아들 귀한 집안에서 나를 얻으셨음에도 아버님은 돌이 지난 뒤로 출생신고를 미루신 바람에 그 후유증은 지금까지도 생생히 남아 동갑내기들과 술자리에서 형이네 아우네 입씨름하다가 급기야는 '민증民證 까자'는 상황까지 가게 된다네. 이런 사태가 종종 벌어지니 그때마다 아버님을 원망하는 불상사가 벌어지곤 한다네.

호적에 오르는 일부터 이렇게 뒤틀린 세대인데 우리가 무슨 먹을 복, 입을 복이 풍성했겠는가? 산전수전 다 겪으며 힘들게 산 자네에 비하면 나야 유구무언이기는 하지만 나도 만만치가 않았다네. 다행히도 아버님의 교육열 덕에 대처에 나가 중학교 공부를 하는 복을 누리긴 했지. 그러나 그것도 완전한 복은 못 얻어서, 서울로 중학교 유학을 가려는 길이 막혀 버렸지 뭔가? 뭐 누구의 아들이 중학교에 갈 나이가 되었는데 시험을 봐서는 명문 중학교에 갈 실력이 못 되어서 그랬대나 어쨌대나 서울이 무시험 뺑뺑이 첫해에 걸리는 바람에 울며 겨자 먹기로 인천으로 중학교를 갈 수밖에 없었다네. 중학교에 입학하면서 기어이 고등학교는 서울로 가리라는 당찬 각오를 했었는지 기억은 없지만, 하여튼 나는 중학교 졸업성적 상위 10%는 동일 고등학교로 가야 한다는 학교 방침을 거역

하고 서울의 고등학교 시험을 봤다가 보기 좋게 낙방을 했었지.

고입 재수는 서울에 있는 학원에 가서 해야 한다는, 일찌감치 서울 물을 잡수신 일가친척들의 조언에도 아랑곳없이 아버님은 나를 다시 깡촌으로 불러 내리셨지. 내려와서 동네 사람들에게 자네 소식을 물으니 서울 건설회사에 다니며 돈을 잘 번다고 하더군. 순간 자네를 따라 서울로 도망하여 나도 돈을 벌까도 생각했다네. 그때는 돈 버는 자네가 부러웠거든.

공부할 놈은 어디서든 하는 것이니 고향에 내려와 독학을 하라는 말씀이셨지만, 학교 등록금보다 서너 곱절 비싼 학원 수강료가 부담이 되어 그러셨을 것이라는 사실을 깨달은 것은 나도 세 아이의 애비가 된 뒤, 이미 아버님께서 돌아가신 한참 뒤였다네.

아무튼 하릴없이 깡촌으로 다시 내려온 나는 소를 끌고 이 산 저 산 다니며 풀도 먹이고, 사랑방에 들어앉아 공부를 하는 둥 마는 둥 세월을 낚다 보니 세월은 흘러 추석이 쏜살같이 다가왔지. 고등학교 입학시험까지는 불과 두세 달밖에 남아 있지 않았지만 내 실력은 뒷걸음만 치고 있었지. 집안 사정을 뻔히 아는 나는 서울의 학원에 가겠다고 떼를 쓰지도 못하고 처분만 기다리고 있을 즈음, 서울에서 구세주가 내려오셨다네. 추석을 맞아 이모부께서 내려오셔서 아버님을 설득해 주신 것이지. 애를 이대로 두었다가는 고등학교 진학은 생각도 마시라며 무조건 나를 서울로 데려가시겠다고 내 손목을 잡아끄셨지.

그러나 학원비도 학원비려니와 당장 서울'특별'시에 입고 갈 변변한 옷 한 벌이 없었다면 자네는 믿겠나? 칭얼대는 내게 어머니는 중학교 때 입던 여름 교복을 꺼내 오셨지. 바지는 그런대로 벗고 가는 것보다는 나을 정도가 되어 입기로 했지만 윗도리는 도저히 입을 수가 없었다네. 중학교 3학년 때 뒷자리에 앉았던 친구가 잉크가 묻은 펜촉을 휙 뿌린 바람에 등짝에 잉크 자국이 대각선으로 뚜렷이 남아 있었지. 벗고 가면 갔지 도저히 못 입겠다고 칭얼대는 내 등짝에 아버님의 손자국 서너 개가 선명히 남은 뒤에야 나는 그 교복 윗도리를 입고 서울로 쫓기듯 올라갔지. 공부고 뭐고 돈을 버는 자네를 따라가는 것이 낫겠다고 다시 한 번 생각한 순간이었다네.

그날 저녁 서울에 도착하자마자 맨 처음 한 일이 뭔 줄 아나? 이모를 따라가 시장에서 윗도리를 장만한 것이었다네. 그 옷 한 벌로 그해 가을을 버텼지. 40년이 넘는 서울 생활을 뒤돌아보면 거지나 다름없이 시작했지만 그래도 지금의 삶은 그 옛날과 비교해 보면 조선시대 임금보다도 나은 면도 있다네. 자네도 그렇지 않은가?

철민 애비, 자네 문병을 다녀온 뒤 자네에게 편지 한 통 쓴다는 게 내 이야기만 횡설수설했네. 자네를 만나니 문득 주마등처럼 흘러간 지난 시절이 떠올랐다네. 이젠 우리도 늙었나 보군. 요즘 내남직 없이 경제적으로 견디기 힘들어하는 우리 또래들이 많지? 우리 세대를 일컬어 '낀 세대'라고 하지 않나? 부모에게 효도하는 마지막 세대, 자식들에게 다 물려주고 버림받는 첫 세대라나 뭐라나. 부모와 자식 사이에 끼어 정작 자신은 빈털터리가 되는 세대. 좀 슬프기는 하지? 그 와중에 고통과 소외를 견디지 못하고 삶을 내려놓는 우리 또래들이 종종 있지 않나? 자네도 그 경우고.

그러나 생각해 보세. 불과 40~50년 전 우리가 어떻게 살았는가를. 물론 몇몇이야 그 시절에도 호의호식하며 살기는 했지만 대부분의 사람들이 먹을 것 입을 것 없이 하루하루를 연명하듯 살지 않았는가?

자네 다시 생각해 보게. 그 시절 삶이 나은지, 자네가 내려놓으려 했던 지금의 삶이 나은지? 우리 세대는 출생신고조차 유예된 삶을 살았고, 먹을 것을 찾아 산으로 들로 헤맨 사람들이 어디 한둘이던가. 점심시간이면 슬그머니 교실을 빠져나가 학교 우물가로 달려가던 아이들, 등교하여 교문 앞 양조장 술지게미를 한 주먹 훔쳐먹고 벌겋게 앉아 있던 아이들, 학교 건물 지을 벽돌을 날라 오면 그 보상으로 미국의 잉여농산물을 지원받아 만든 옥수수빵과 전지분유 가루를 받아먹으며 견디던 아이들이 우리란 말일세. 우리는 그 시절도 씩씩하게 이겨낸 세대들인데 하물며 이 풍요의 시대를 못 견디겠는가.

철민 애비, 다른 것은 다 말고 남과 비교하는 어리석음만은 말게. 잘살고 못사는 것은 하늘의 뜻이라 여기고 다시 힘을 내게. 까짓 마누라야 도망을 갔다 해도 그래도 애비 죽을까 봐 통곡하는 아들이 둘이나 있지 않은가? 거지나 다를 바 없는 삶을 살아 본 우리들이기에 언제든 저 옛날로 다시 돌아가도 꿋꿋이 살아낼 수 있다는 힘이 우리에게 있지 않은가. 자네는 아직 몸이 쓸 만하니 그 힘을 다시 쓸 곳을 찾아보게, 철민 애비.

하루 세 끼가 꿀맛입니다

"스님, 제가 그동안 모은 영치금 모두를 제 고향 고아원에 보내 주십시오. 이 돈이 그 아이들이 공부하는 데 조그만 보탬이라도 된다면, 가난 때문에 나쁜 길로 빠져드는 어린아이 하나라도 구제할 수 있다면 여한이 없겠습니다. 부끄럽지만 제가 오십 평생 살면서 처음으로 사람 노릇을 해보는 것 같습니다. 이렇게라도 해야 저를 옥중 상좌로 받아 주시고 아들로 삼아 주신 스님의 은혜에 보답하는 길이기도 하구요."

"여보게 길상이, 고맙긴 하네만 이곳에서도 쓸 데가 많을 텐데. 입맛 없을 때 주전부리라도 사서 먹든가 하지."

"아닙니다. 여기서 주는 밥만으로도 충분합니다. 제 평생 여기에서처럼 하루 세 끼 꼬박꼬박 챙겨 먹은 적이 없는 걸요. 그리고 제가 무슨 낯으로 입맛 밥맛 타령을 하겠습니까? 여기에서의 하루 세 끼가 정말 꿀맛인 걸요."

"자네가 이렇게 마음을 잡고 큰 보시를 해주니 이게 다 불은일세. 자네가 부처일세. 내가 맨 처음 자네를 만났을 때는 자네 눈에서 불길이 솟았었네. 분노의 불길이었지. 지금 자네의 눈에는 부처의 자비심이 가득하네. 이 날이 오기까지 잘 참아 주었고, 마음 닦는 일을 게을리하지 않은 결과일세. 고마우이."

"스님, 이젠 내일 불려 나간다 해도 괜찮습니다. 우리나라에서는 10년 넘게 사형이 집행되지 않았다 하지만 제 목숨이야 이미 죽은 것이나 다름없지 않습니까? 스님을 뵈온 지 벌써 10년이 넘었습니다. 이 세상에 태어나서 제대로 사람 대접을 받아 본 것이 스님에게서 처음입니다. 아버지는 아예 얼굴도 보지 못했고, 어머니는 우리 네 식구 목구멍에 풀칠하기 위해 밤낮없이 이리 뛰고 저리 뛰어야 해서 애들이 집 잠을 자는지 한뎃잠을 자는지 관심을 둘 틈이 없었지요. 그것뿐인가요? 학교를 갔는지 바닷가에 가서 하염없이 돌팔매질을 하는지 알려 하지도 않았지요. 준비물은커녕 숙제도 안 하고 학교에 갔다가 번번이 선생님께 매질을 당하고는 결국 학교 문을 박차고 뒷골목으로 빠져들었었지요. 스님, 저의 이 이야기도 이젠 귀에 못이 박히셨지요?"

"처음 자네가 말문을 열기 시작할 때부터 수없이 들었지. 이젠 그 이야기를 하면서도 아주 담담해하는구만. 자네가 사형이 확정된 뒤에는 자네를 부리던 조직의 선후배 누구도 면회를 오지 않는

다구, 나가기만 하면 모두 도륙을 하겠다고 얼마나 이를 갈았나? 나를 붙들고 제발 사형만은 면하게 탄원을 내달라구, 감옥에서 나가는 날 자네를 이 지경으로 만든 인간들을 반드시 죽여 버리고 죽겠다고 애원했던 것을 왜 모르겠누?"

"그랬지요, 스님. 아니 아버님! 그러나 이젠 여기가 제 꽃자리임을 깨우쳐 주신 아버님 덕에 마음이 아주 편합니다. 하루에도 몇 번씩 죽었던 제가 이제는 아침에 눈뜰 때마다 하루가 고맙고 기쁠 뿐입니다. 그토록 저주하고 싶었던 기억들을 모두 내려놓고 스님 덕에 새로운 마음으로 출발한 지 벌써 오 년이 넘습니다."

"길상아, 내가 더 고맙구나. 자네가 이렇게 철이 들고 깨우침을 얻었으니 나도 이 세상에서 뜻 깊은 일 하나를 한 것 같아 산 보람이 있구나."

"스님, 제 대신 제 고향 고아원에 꼭 가주세요. 가서 한 말씀만 전해 주세요. 그 누구의 삶도 한 번뿐이니 한순간 한순간 선택의 기로에 서거든 꼭 기도하고 결정하라고, 가난과 외로움에 슬프고 아프고 괴로울수록 기도를 통해 바른 선택의 삶을 택하라고 전해 주세요. 제가 수년간 모은 영치금으로 주전부리나 하고 내 몸 하나 더 편해 보자고 물건을 사는 것보다 어느 가난하고 외로운 아이 하나가 선택의 기로에 섰을 때 바른 길로 가는 데 도움이 된다면 저도 한세상 산 보람이 있을 것입니다. 이 모든 가르침이 아버님 덕이고 부처님 덕입니다. 이젠 정말 내일 불려 나간다 해도 기쁘게 당당하게 나갈 것입니다. 더 이상 누구를 탓하고 원망하지 않겠습니다.

스님 말씀대로 제가 지은 업業을 제가 풀고 가야지요."

"나무관세음보살!"

아들을 위한 청탁

2녀1남을 둔 나는 아들을 군대에 보내면 좁은 아파트에 방도 하나 나서 그 방을 독차지할 둘째 딸이 만세를 부를 것이고, 아침저녁 아들 녀석의 등교와 늦은 귀가 문제로 신경을 쓰지 않아 태평성대를 맞을 줄로 철석같이 믿었다. 논산훈련소에서 기초 군사훈련을 받는 한 달 남짓은 정말 행복했다. 아이들을 단속하는 일이 반의반으로 줄어든 것 같았다.

하지만 아들 녀석이 자대로 배치된 뒤에는 상황이 전혀 딴판으로 돌아갔다. 아들은 동부전선 휴전선 바로 밑, 철책선 경계 임무를 맡은 최전방부대로 배속된 것이었다.

그 소식을 듣고 순간 떠오른 생각이 아버지인 내가 군대 생활을 지나치게 편하게 한 것에 대한 국가의 보복(?)이 아닌가 하는 것이었다. 사실 나는 말이 군대 생활이지 실제 생활은 병원의 원무과 직원과 같았다. 쌍칠년도 시절 남녘 끝 국군통합병원의 인사처에 근무하였으니 울타리에 갇혀 있다뿐이지 공무원 같은 생활이었다. 그도 그럴 것이 최전방에서는 데프콘 3단계라나 2단계라나 하면서 완전군장에 실탄까지 지급했던 박정희 대통령 시해 사건 당시에도 나는 족구를 하며 유유자적하던 부대 출신이었다. 아버지가 이렇게 날라리로 군대 생활을 하였으니 네 아들은 좀 빡빡 기게 만들어 주겠다고 혹시 국가가 보복한 것이 아닐까 철없는 의심을 하게 된 것이다.

자대에 배치되자마자 아들은 낯선 환경에 겁을 집어먹었는지 하루가 멀다 하고 집으로 전화를 해댔다. 누나 둘을 둔 막내로 태어나 온 집안의 사랑을 독차지하다시피 했던 환경에서 살다가 갑자기 천지사방이 1000미터가 넘는 산들로만 둘러쳐진 산골짜기에 들어앉아 있으려니 겁이 나기도 단단히 났을 것이다. 거기다가 철책선 경계 부대에서 전설처럼 내려오는 이런저런 과장 섞인 이야기에 잔뜩 주눅이 들어 있었다.

이젠 제대로 사람이 될 터이니 잘 되었다 싶다가도 안쓰러운 마음에 면회를 갔다. 가도 가도 끝없는 황톳길이라는 시구처럼 가도 가도 끝없는 산봉우리들을 넘어 부대에 도착했다. 아들은 나를 보자마자 군대 생활에 대한 푸념부터 늘어놓았다. 이것저것 마련해 간 음식에는 별 관심도 없었다. 오로지 보다 편한 부대로 옮기고 싶다고, 사단장에게 소위 '빽' 좀 써달라고 졸라댔다. 그도 그럴 것이 아들이 배치된 부대의 사단장이 친구의 친구였고, 이 말을 녀석이 자대 배치 받고 첫 전화 할 때 한 것이 화근이었다.

그것은 절대 안 된다고, 군대는 네가 진정한 남자가 되는 마지막 교육기관이라고 잘라 말하고 돌아온 이후, 아들은 사흘이 멀다 하고 전화를 해서 막무가내로 졸라댔다. 급기야는 부적응 병사로 분류되어 별도 교육대대로 넘어가 적응 훈련까지 받아야 했다. 그곳에서조차 아들은 전화통을 붙들고 살았다. 안 되겠다 싶어 사단장에게 면담을 신청했다.

“아무래도 이 녀석에게는 특별한 조치를 취해야겠습니다. 누나 둘에 막내로 태어나 집안의 관심을 독차지하고 응석받이로 자라다 보니 이런 것 같습니다. 그러다 보니 군 생활에 적응하지 못하고 이리저리 빠져나갈 궁리만 하고 있습니다. 사단장님, 절대 이 녀석을 다른 곳으로 빼주지 마십시오. 점점 나약해져 가는 사내아이들에게 군대는 마지막 교육장이어야 합니다. 무슨 핑계를 대도 열외시키지 마시고 모든 훈련, 모든 경계 임무 철저히 하게 해주십시오. 여기서 이 녀석의 청을 들어준다면 평생 편한 곳만을 찾아 도피할 것입니다. 산을 만나면 산을 넘고 물을 만나면 물을 건너는 의지를 심어 주셔야 합니다.”

사단장은 긴장을 푼 얼굴로 내게 고맙다고 했다. 30년 안팎 군대에 있으면서 이런 청탁은 처음 받아 본다는 것이었다. 병사들 부모를 만날 때마다 보다 편한 곳으로 배치해 달라거나, 한 번이라도 더 휴가를 보내 달라는 청탁을 받게 되는 것이 항다반사恒茶飯事인데 오늘 이런 청탁을 받으니 고맙기까지 하다는 것이었다.

사단장과의 면담을 마치고 바로 아들의 부대로 찾아가 녀석을 만났다. 사단장에게 특별히 청탁하고 왔다는 말에 녀석은 만면에 희색을 띠었다. 나는 그 만면의 희색에 한 치의 망설임도 없이 찬물을 끼얹었다.

"사단장께 무슨 일이 있어도 열외를 시키거나 보직을 바꾸어 주지 말라고 했으니 남은 군대 생활은 주어지는 대로 해라. 네가 열외하거나 근무를 회피하면 그만큼 다른 병사가 고생해야 하는 것이니 그것은 옳은 일이 아니다. 아빠는 절대 네 청을 들어줄 수 없다. 이 뜻을 사단장께 전달했으니 알아서 해라. 20개월 남짓 짧은 군대 생활을 견디지 못하고 이리저리 도망할 궁리를 하면 이보다 열 배 스무 배 더 험한 인생길은 어디로 도망하고 누구에게 미룰 것인가?"

그 후 아들은 내게 더 이상 어리광을 부리지 않았고, 보직 변경에 대해 언급하지도 않았다. 제대한 지 2년 정도 흘렀지만 아직은 내게 이렇다 저렇다 말이 없다. 나는 아들에게 하나 더 약속을 했다.

"네가 결혼할 때 네 힘으로 결혼자금을 모아 오면 그 액수만큼 아버지가 지원해 줄 테니 알아서 해라. 네 결혼이니 반은 네 힘으로 책임지고, 내가 너의 아버지이니만큼 반은 내가 책임을 져주겠다"고 다짐을 받았고, 아들은 그러마고 답을 했다.

이 하 언

우리 집에 왜 왔니

황혼의 골목길

몽골, 그 끝없는 평원

이하언

2007년 《평화신문》 신춘문예에 〈달집태우기〉로 등단했으며, 같은 해 〈검은 호수〉로 토지문학제 평사리 문학대상을 수상했다. 소설집으로 《검은 호수》가 있으며, 공저로 《그 길, 나를 곁눈질하다》와 《내 이야기 어떻게 쓸까》가 있다.

우리 집에 왜 왔니

저녁밥 먹고 난 아이들이 하나 둘 골목으로 모여들었다. 전신주에 매달린 희미한 가로등 불 아래가 아이들이 모여드는 아지트였다. 모여든 아이들 숫자에 따라 그날의 놀이가 정해졌다. 술래잡기, 숨바꼭질, 사방치기, 수박장수……. 놀이는 무궁무진했다. 남자아이들은 이병이라는 전쟁놀이를 즐겨 했다. 군사 수가 적으면 여자애들도 끼워 주었는데 여자애들은 연탄재를 모아 주거나 진지를 지키는 임무가 부여됐다. 각자 정해 둔 몇 개의 진지가 있어서 그곳을 다 뺏으면 이기는 것이었다. 맨손으로 밀고 당기는 전쟁이지만 유일하게 연탄재는 허용이 되었다. 비록 연탄재이지만 무기까지 동원되면 전쟁은 더욱 실감났다. 거친 놀이여서 다치는 아이도 많았다. 안 잡히려고 도망치다가 무르팍이 까지는 것은 예사였고 옷이 뜯기거나 연탄재에 맞아 코피를 터트리기도 했다. 그러나 남자애들이 여자애들을 공격하는 것은 수치스럽게 생각하여 만일 그런 일이 생기면 자기 편 남의 편 할 것 없이 그 아이를 비난했다. 그래서 여자애가 다칠 일은 많지 않았다. 이병놀이가 끝나면 골목은 연탄재로 지저분했고 아이들은 골목보다 더 지저분해졌다. 어른들은 아이들이 이병놀이 하는 것을 싫어했다.

어린아이들과 여자애들이 많아서 '우리 집에 왜 왔니'를 하기로 했다. 두 편을 정해 편이 된 아이들끼리 손을 잡고 서로 마주보고 노래를 부르며 앞으로 왔다가 뒤로 갔다 하면서 상대편 아이들을 많이 빼오는 놀이였다.

우리 집에 왜 왔니 왜 왔니.

꽃 찾으러 왔단다, 왔단다, 왔단다.

무슨 꽃을 찾겠니. 찾겠니. 찾겠니.

○○꽃을 찾겠다, 찾겠다, 찾겠다.

리더 격인 아이가 나서 가위 바위 보를 해서 지목된 아이를 데리고 오든지 자기편을 도리어 빼앗기든지 했다. 그렇게 해서 사람 수가 적어진 팀이 지는 것이다. 아이들은 연방 까르르 웃음을 터트리며 신나게 놀고 있었다.

그때 검은 것이 별안간 눈앞을 스쳐지나갔다. 박쥐였다. "엄마야!" 아이들이 비명을 질렀다. 한 마리가 아니었다. 아이들 수만큼

되는 박쥐 떼였다.

"박쥐는 사람의 피를 빨아먹는대!"

누군가 겁에 질려 소리쳤다. 소년잡지에서 흡혈박쥐에 대한 글을 읽은 적이 있었다. 나도 아는 척 맞장구쳤다.

"맞아. 나도 봤어."

아이들은 혼비백산하여 숨을 곳을 찾아 우왕좌왕했다. 나이 어린 아이는 너무 무서워 달아날 생각도 하지 못하고 주저앉아 울음보를 터트렸다. 도망치던 나는 누군가와 부딪쳤다.

"이놈 와 기러는 거이가."

골목 입구에 있는 구둣방에서 아저씨가 나와 내 앞에 서 있었다. 한국전쟁 때 이북에서 피란 내려왔다는 아저씨는 강한 이북 사투리를 쓰고 있었다. 우리들이 이병놀이 하는 것을 제일 싫어하는 어른 중 한 명이었다. 이병놀이 하느라 연탄재가 구둣방을 덮치면 뛰쳐나와서 "이 거지발싸개 같은 간나이들, 전쟁은 놀이가 아니라마!"라며 호통을 치곤 했다. 아저씨를 보니 마음이 든든해졌다.

"박쥐가 우리 피를 빨아먹으러 왔어요."

고자질하듯 손가락으로 뒤를 가리키며 돌아보니 어느새 박쥐들은 사라지고 없었다. 아저씨가 껄껄 웃었다

"무시기? 그래서 이 새도래이 떨고 있간? 네놈들보다 박쥐가 더 놀랐겠다. 박쥐는 사람 피를 빨아먹지 않아야."

"아뇨, 책에서 봤어요. 사진도 있었는걸요. 이빨이 이렇게 무섭게 나서……."

나는 두 검지를 치켜세워 송곳니에 대었다.

"상구 그런 박쥐도 있겠지야. 대부분 박쥐는 그렇지 않아야. 사람도 나쁜 사람이 있는 거와 같다고 생각하라마."

"그럼 이 밤에 저 박쥐들이 왜 나왔어요?"

"너희들이 저녁을 먹었듯 박쥐들도 속이 클클해 개지구 나온 거이야. 원래 밤에 일하거든. 데세마니 가로등에 나방이 많으까네 그거 먹으러 나왔을 기야. 이 보라마, 밤새 일하는 나도 박쥐 아니간. 기러이 나 나쁜 사람이디?"

나는 아니라고 고개를 마구 저었다.

구둣방 아저씨는 정말 박쥐처럼 일했다. 낮에 주문받은 구두를 만드느라 수시로 밤을 새웠다. 일을 끝내고 아저씨가 뒤늦은 잠이 들면 아줌마가 가게를 지켰다. 이남에는 친척이 없다고 아버지를 아우로 생각한다며 우리들에게도 각별했다. 아저씨 집에는 아들만 둘이 있었는데 큰아들은 서울에서 대학교를 다녔고 작은아들은 오빠보다 한 학년 높은 초등학교 6학년이었다. 친척도 없지만 딸이 없는 게 더 쓸쓸하다면서 우리들을 귀여워했다. 아직 학교에 입학하지 않은 막내 여동생을 아버지에게 반 농담 삼아 자기 딸로 달라고 하기도 했다.

설날이 되면 구둣방에 세배를 하러 오라고도 했다. 우리는 세뱃돈 받을 곳이 생겼다는 것보다 남아선호가 판치던 시절에 여자애가 대접받을 수 있는 유일한 곳이라 신나서 달려갔다. 구둣방 아저씨는 자신의 집에 여자애들 목소리가 나는 것이 좋다며 세뱃돈을 두둑하게 주었고 아줌마는 맛있는 강정과 과일을 내놓았다.

구둣방은 우리 골목에서 유일한 이층집이었고 당시의 내가 아는 가장 부잣집이었다. 빈몸으로 피란 내려와 돈 되는 일이라면 안 해 본 것 없이 다 하다가 구둣방 일을 배웠다고 했다. 뒤에 텃밭도 가꾸었는데 늘 보면 내외 모두 밤낮없이 일을 하고 있었다.

겨울방학이었다. 아침 밥상에 식구들이 둘러앉아 있는데 누군가 우리 집 대문을 마구 두드렸다. 대문을 열러 나갔던 엄마가 새파랗게 질린 얼굴로 뛰어들어왔다.

"큰일 났어요. 구둣방이 연탄가스를 마셨대요."

우리는 밥 먹다 말고 우르르 마루로 달려 나갔다. 서울에 있다는 구둣방 큰아들이 파랗게 질린 얼굴로 마당에 서 있었다. 아버지가 황급히 겉옷을 꿰고 구둣방 큰아들 뒤를 따라 뛰어나갔다. 아버지가 갔을 때는 이미 두 사람은 모두 숨진 뒤였다고 한다.

이층 건물인 구둣방은 아래에 점포가 있고 점포에 작은 방이 딸려 있었다. 살림집은 이층에 있었고 방이 두 개 있었다. 그날 내외는 점포에 딸린 방에서 잤다고 했다. 새벽녘에 이층에서 자던 큰아들이 잠에서 깨어났다. 이상한 소리를 들은 듯해서 아래층으로 내려왔다. 방문이 반쯤 열려 있어서 갸웃이 들여다보았다. 아저씨는 방 안쪽에 누워 있었고 아줌마는 방문 쪽에 있었다. 늘 밤을 새우던 아저씨가 그날 밤은 겨울잠 자는 박쥐처럼 꼼짝하지 않고 잠이 들어 있었다. 열린 방문을 향해 누운 아줌마는 이불까지 다

차 던진 상태였다고 한다. 큰아들은 이불을 덮어 주고 방문까지 닫아 주고 나왔다. 잠결에 부모님의 신음 소리를 듣고 깨어났던 것을 나중에야 깨닫고 큰아들은 가슴을 쥐어뜯으면서 울었다. 게다가 아저씨는 몰라도 아줌마는 분명히 살아 있었다고, 자기가 이불을 덮어 줄 때 움직이는 걸 보았다고, 의식을 잃어버리기 전 마지막 힘을 다해 문을 열었을 텐데 자기는 도리어 닫아 주고 나왔으니 자기가 죽인 거라고 통곡했다.

큰아들을 더욱 죄책감에서 헤어나기 어렵게 한 것은 자신 때문에 그런 일을 당했다는 사실 때문이었다. 이층에서 형제 둘이 쓰던 방은 큰아들이 서울로 가면서 동생 혼자의 것이 되었다. 원래 작은 방에 동생의 덩치도 커지고 제 물건도 늘어나자 부모님은 오래간만에 온 큰아들이 편히 자라고 안방을 비워 주었다. 그리고 그동안 쓰지 않던 가게 옆의 방에 그날 처음 연탄을 넣은 것이었다. 결국 부모님을 죽인 사람은 자기라며 큰아들은 피를 토하듯 통곡했다.

도와줄 친척도 없으므로 모든 장례 절차는 아버지가 다 하여 무사히 치렀다. 그나마 큰아들이 어지간히 자라 다행이라고 아버지는 말했지만, 문이 닫힌 구둣방을 보면 구둣방 아저씨의 억센 이북 사투리가 생각나 울적했다.

봄이 되자 큰아들이 아버지에게 하직 인사 하러 왔다. 동생도 데리고 서울 갈 거라고 하였다. 여름방학이 되어도 큰아들은 내려오지 않았고 구둣방 문은 여전히 닫혀 있었다. 우리는 저녁밥을 먹으면 희미한 가로등 불빛 아래에 변함없이 모여 '우리 집에 왜 왔니'

를 하였고 이병놀이를 하였다. 불 꺼진 구둣방에 연탄재가 던져져도 "이 거지발싸개 같은 간나이들아, 전쟁은 놀이가 아니라마!"라던 아저씨의 호통 소리는 들을 수 없었다. 박쥐도 찾아오지 않았다. 대신 가로등에는 나방들이 극성이었다.

황혼의 골목길

아버님이 돌아가신 후 처음으로 어머님이 올라오셨다. 저녁밥이 될 동안 바람이나 쏘이겠다고 문을 나섰던 어머님이 이내 돌아왔다. 안색이 어두웠다.

"밖에서 무슨 언짢은 일이라도 있었어요?"

동희가 묻자, 어머님은 우울하게 중얼대었다.

"이 골목으로 가도 그렇고…… 저 골목도 그렇고…… 골목골목 모두 네 시애비와 같이 누비고 다니던 길밖에 없더라……."

어머님은 저녁밥도 뜨는 둥 마는 둥 하고 방으로 들어가 모로 누웠다.

돌아가신 아버님과 어머님은 동희 내외가 출근하면 딸아이를 유모차에 태우고 거의 매일 동네 산책을 다니곤 했다. 아는 사람이라고는 동희네 가족밖에 없던 낯선 서울 땅이라 대화를 나눌 동무도 두 분밖에 없었고 외로움을 나눌 수 있는 동반자도 두 분뿐이었다.

두 분이 서울로 올라온 것은 동희가 교편을 잡게 되자 딸아이를 봐주기 위해서였다. 사실 그것은 동희의 원래 계획과는 한참 거리가 먼 일이었다. 교사 자격증이 있던 동희는 딸아이를 낳고 난 후 가계에 보탬이 될까 해서 맞벌이를 결심했고, 운 좋게 한 학교에서 새 학기부터 출근하라는 연락을 받았다. 아직 돌도 안 지난 딸아이는 대구에 있는 친정 부모가 방학 때까지 맡아서 키워 주기로 하여 감당하기 벅찼던 육아 문제에서 해방되는 보너스도 얻게 될 듯했다.

그러던 어느 날 연락도 없이 옷가방 하나만 들고 시부모님이 불쑥 올라왔다. 잠시 놀러오신 거려니, 곧 내려가시겠거니 생각했다. 방 두 칸의 좁은 연립주택이라 시부모님과의 동거는 불편하기 짝이 없었지만 잠깐 계실 건데 그때까지 최선을 다해 모시자 싶어 동희는 빽빽 울거나 정신없이 설쳐 대는 아이를 업거나 안고 하루 종일 파김치가 되도록 뛰어다녔다.

출근할 날이 가까워져도 시부모님은 돌아갈 기미가 보이지 않았다. 언제 가실 거냐, 차마 물을 수가 없어 눈치만 보다가 결국 먼저 입을 뗐다.

"저, 어머님, 제가 곧 출근하기 때문에 아이를 친정에 맡기러 내려가야 하는데……."

그 순간 어머님이 싹둑 말을 잘랐다.

"그럴 필요 없다."

"네?"

"우리, 서울에서 살려고 온 거다. 네가 직장 다니게 되었다는 말을 듣고 네 시아버지가 그러더라. '우리 둘이 같이 애나 키워 주면서 이제부터는 막내아들하고 같이 살자'고."

동희의 남편은 막내아들이었다. 두 분에게는 동희의 딸아이를 빼고도 손자들이 열 명이 넘었다. 그러나 손자가 그렇게 많아도 아버님의 품에 안겨 본 아이는 동희의 딸아이가 처음이라고 큰동서가 말할 만큼 시아버님은 가부장적이었고 남자는 집안일을 해서도 안 되고 희로애락의 감정을 드러내도 안 된다고 생각할 만큼 완고했다. 어머님 또한 바쁜 농사일에 치여 안살림 거두는 데 재미 붙여 볼 겨를도 가져 보지 못하고 '난 집안일 하는 것보단 차라리 농사짓는 게 더 쉽다'고 말하곤 했다. 큰며느리도 일찌감치 보아 살림에서 손을 뗀 지 수십 년 되어 부엌에 들어가는 것을 낯설어했다. 그러다 보니 자식들은 물론 손자들도 품에 안고 정을 나눠 본 기억이 별로 없을 만큼 살가운 성격도 되지 못했다. 그런 두 분이 칠십을 눈앞에 두고 빨빨 기어 다니는 아기를 키워 보겠다고 낯선 서울행을 결심했다는 것이다.

동희의 직장 생활은 그렇게 시작되었다. 시장 보고, 반찬 만들어 두고, 엄마와 안 떨어지려는 아이와 놀아 주고 남편 챙기기, 시부모님 모시는 일 모두 출근 전이나 퇴근 후 동희가 해야 할 일이었다.

동희 내외가 출근하고 나면 시부모님은 딸아이를 유모차에 태워 동네를 돌아다녔다. 아이 키우는 것은 두 분이 다 서툴러 집안에서는 돌보기 힘들지만 유모차에 태워 돌아다니면 아이도 얌전해지기 때문이었다. 처음에는 어쩔 수 없어서 시작했겠지만 함께 보내는 시간에 두 분은 서서히 재미를 붙이셨던 것 같다.

아버님은 그 시간을 통해 아내와 손녀와 함께 나들이 비슷한 것을 해본 최초의 경험을 했고, 어머님은 도란도란 이야기 나누며 남편과 함께하는 즐거움이 어떤 것인지 알아 갔다.

빈 땅만 생기면 연립주택들이 들어서던, 늘 어디선가 공사 중인 동네였다. 골목길은 나무 한 그루 없이 삭막했고 날리는 먼지를 막으려 시멘트로 덮어 버려 풀 한 포기 볼 수 없었다. 그런 변두리의 뒷골목이었지만 다정히 어깨를 맞닿으며 평생을 해로한 부부가 같이 걷는 소박한 행복을 두 분은 처음으로 맛보고 있었다.

나무 우거진 시골에서 농사지으며 칠십여 평생 가까이 같이 늙어 왔지만 고된 일에 치여서, 남녀유별이라는 고정된 틀 때문에, 뻔히 아는 동네 사람들의 이목 때문에, 체온은 물론 제대로 부부의 정을 나누어 본 적 없이 삭막하게 늙어 온 부부였다. 아무도 모르는 낯선 서울이 두 분을 서로 의지하게 만들고, 뒤늦게 육아의 어려움도 함께 나누며 때늦은 신혼의 애틋한 추억을 새록새록 쌓아 가게 했다.

두 분이 가까워지는 만큼 동희 부부는 멀어져야 했다. 고된 하루 일과에 치여서, 남녀유별이라는 전통을 잇기 위해서, 어디서나 마주치는 시부모님의 시선 때문에, 밤새 보채는 아이를 동희 홀로 감당해 내며, 신혼의 달콤함은 보따리로 꽁꽁 안 보이게 싸매었다.

여름방학이 되자 두 분은 시골로 내려가셨다. 그러나 아버님은 다시는 서울로 돌아오지 못하셨다. 시골에서 바쁜 농번기의 일을 거들어 주다가 무언가를 잘못 드셨는데 그게 원인이 되어 자리에 누운 지 두어 달 만에 돌아가신 것이다.

홀로 등을 보이며 누워 계신 어머님의 뒷모습이 쓸쓸했다. 애정 표현을 금기시하며 평생을 살아온 노부부였다. 때늦게 부부간의 사랑이 무엇인지 처음으로 눈뜨기 시작했지만 그 시간은 너무 짧았다.

"음마, 또~옹~"

아이의 목소리가 동희의 상념을 깨트렸다. 황급히 아이를 향하는데 가스레인지 위의 냄비에서 연기가 피어오르는 것이 보였다. 내일 동희가 출근한 후 아이와 어머님이 먹게 될 반찬이 눋고 있는 것이다. 질세라 전화벨도 울렸다. 남편이 친구들을 데리고 집 앞에 와 있다고 했다. 동희는 눈치 없이 들어선 둘째로 불룩해진 배 때문에 헉헉대며 아이의 똥 처리를 하고, 냄비의 불을 끄고, 곧 들이닥칠 남편 친구들에게 욕먹지 않게 어수선한 집안을 치우며, 분명히 술들을 마실 텐데 안주로는 뭐를 내놓나 고민하느라 머릿속은 몸보다 더 분주해졌다.

몽골, 그 끝없는 평원

사람들은 외롭거나 슬프거나 쉬고 싶을 때면 강이나 바다를 찾는다. 물을 바라보며 편안함을 느낀다. 그것은 우리가 기억하지는 못하지만 어머니 뱃속 양수에서의 평화로웠던 행복을 무의식적으로 그리워하고 있기 때문이라고 한다.

무의식의 기억은 어디까지 거슬러 올라갈까. 그리고 내 핏속에 새겨진 기억은 얼마나 오래전까지 거슬러서 가야 할까. 내가 태어나기 전, 아버지의 아버지의 아버지…… 어머니의 어머니의 어머니…….

몸은 때로는 무의식도 기억하지 못하는 비밀을 말해 주기도 한다. 우리의 아기들은 몽고반점이라고 불리는, 엉덩이에 푸른 반점을 가지고 태어난다. 어머니의 따뜻한 뱃속에서 나가지 않으려 머뭇대는 아기에게 빨리 나가라고 삼신할미가 엉덩이를 때려 퍼렇게 멍이 든 거라고 한다.

2011년 여름 나는 우리처럼 삼신할미에게 엉덩이를 맞은 나라, 몽골에 있었다.

몽골 여행 직전 왼쪽 발목을 삐었다. 침도 맞고 정형외과에서 물리치료도 했지만 삔 발은 쉽게 낫지 않았다. 웅녀의 후손답게 우직하기로 했다. 마음먹은 기회를 놓치지도, 다음으로 미루지도 않았다. 약국에서 산 발목 아대만 믿고 몽골행 비행기를 탔다.

메일로 보내준 준비물에는 험한 길을 많이 걸을 것에 대비한 등산화도 들어 있었지만 두툼한 아대 때문에 운동화조차 신을 수 없었던 나는 동대문시장에 가서 부은 발을 위해 조절 가능하고 튼튼해 보이는 샌들을 샀다.

앞으로 15일을 같이할 일행은 모두 16명. 러시아 8인승 지프차 프로공 세 대에 짐들과 사막에서 끼니를 해결할 식량들과 함께 나누어 탔고 차마다 몽골인 가이드와 운전기사가 동승했다. 때 묻은 좌석 천이 너덜대는 차는 거친 사막을 이동할 만큼 튼튼하기는 한데 충격흡수장치가 좋지 않아 승차감은 기대할 수 없었다. 차 문은 여닫을 때마다 애를 먹이고 폐차장에 가도 진작 갔어야 할 만큼 낡은 프로공은 덜컹대며 사막을 달리다 차 천장에 수시로 우리의 머리를 박아 버렸다.

끝없이 펼쳐진 평원. 많은 시간을 차를 탔고 많은 시간을 걸었다. 걸을 기회가 주어지면 아대로 동여맨 발목으로 쉬지 않고 걸었다. 샌들은 발목을 잡아 주지 않아 걸음이 조금만 흔들리면 삔 발목에 극심한 통증이 왔다. 하지만 걷는 것을 포기하지 않았다.

차를 타면 염치불구하고 다리를 의자 위로 올렸다. 일행들은 먼지 뒤집어쓴 고린내 나는 발이 좌석 위로 올라온 것을 너그러이 이해해 주었다. 밤에 게르에 들어가 아대를 풀어 보면 발이 너무 부어 펑 터질 듯했다. 미련 떨다 앞으로 영 못 걷게 되는 건 아닌가, 살짝 걱정도 되었지만 다음 날이면 나는 몽골 초원에 나의 발자국을 하나라도 더 남기려 애를 썼다. 둘러보아도 모래와 자갈, 드문드문 마른 풀밖에 없는 거친 땅. 하루 종일이라도 걷고 싶었다.

어쩌면 나는 오래전 몽골 평원을 달리던 양치기였는지 모른다. 말도 낯설지 않았고 처음 타는 낙타도 친숙했다. 몽골의 대평원을 달리면 가슴이 탁 트였다. 그러나 처음 탔을 때 말은 등 위에 올라앉은 내가 아무리 가자 고삐를 당기고 배를 차도 완전히 무시하고 풀만 뜯어먹고 있었다.

"말이 간을 보고는 우습게 생각한 것 같은데요."

인솔 자격인 모씨가 놀렸다. 그의 말은 주인이 원하는 대로 움직여 주고 있었다. 위엄을 보여주기 위해 나는 말의 배를 사정없이 힘껏 찼다. 그리고 비명을 삼켰다. 으흑! 왼쪽 발목에 문제가 있다는 사실을 잊어버렸다.

말도 차츰 나를 받아들여 주었다. 몽골인 마부가 있었지만 잠시

만 감시의 눈길이 소홀해지면 불량 학생처럼 이탈했다. 거칠 것 없는 몽골 평원에서 나는 자유로웠다. 내가 낼 수 있는 최고의 속력으로 달렸다. 주인을 믿지 못하는 말이 제가 알아서 속도를 조절하지만 않았다면 말이다. 말을 달리게 하는 만큼 발목의 통증도 심해졌지만 엄살떨면 사고를 걱정한 일행이 나를 말에서 끌어내릴 것 같아 이를 악물었다. 으드득.

풀보다 흙과 자갈이 더 많은 거친 초원과 거칠 것 없이 지나가던 바람, 어쩌면 나는 그때 내 피가 기억하는 오래전의 어느 때를 찾아 다녔는지 모른다.

무엇이 그렇게 좋았던 거니? 돌아온 후 오랫동안 몽골을 그리워하던 내게 친구가 물었다. 나는 아련하게 그곳을 떠올렸다. 특별한 유적지도, 빼어난 경관도, 눈길을 끌 만한 볼거리도 없던 곳. 나는 대답했다.

아무것도 없어서 좋았어. 걸어도 걸어도 아무것도 나오지 않고 사방을 둘러봐도 보이는 것이 없어서 좋았어. 그 황량함에 내가 속해 있다는 사실이 가슴 저릴 정도로 행복했어.

임 나 라

끈은 눈물로 흐르고

강가의 하얀 호텔 체류기

시어머니, 그녀

임나라

서울신문과 대전일보 신춘문예에 동화로 등단했으며, 동화집으로 《하늘마을의 사랑》, 《무화과 나무집》, 《사랑이 꽃피는 나무》 등이 있다. 한국문인협회· 한국가톨릭문인회 회원이며, 《아동문학사상》 편집위원이기도 하다.

끈 은 눈 물 로 흐 르 고

네가 가던 길에 내가 있었고, 내가 가던 길에 네가 있었다. 그러나 서로 보이는 길은 아니었다.

****

무거운 흑청색 책가방을 들고 언덕길을 오르고 있을 때였다. 길가에 서서 수줍은 눈망울로 나를 올려다보던 사내아이가 있었다. 여섯 살쯤의 가냘픈 어린아이였다.

"마중 나왔니, 이 먼 길을?"

"예."

아이는 대답하며 이제 마악 눈 뜬 강아지마냥 뒤에서 소리 없이 쫓아왔다. 어쩌면 이른 봄날의 노란 나비 같기도 하고, 하얀 솜털 구름 같기도 하였다.

"너, 하나 둘 셋, 셀 줄 아니?"

"예, 누님."

"세어 보렴."

나는 입술에 풀이라도 붙인 듯 굳어져 말하기도 버거웠지만 아이의 측은함이 가슴으로 번져 와 무슨 말이라도 해야 할 것 같았다.

"하나아, 두울, 세엣, 네엣……."

"준이 아주 똑똑하구나."

뒤돌아보며 내가 뵐 듯 말 듯 살풋 웃어 주자, 아이가 함박 웃었다. 눈치만 보던 아이의 눈이 모처럼 해맑았다.

그리고 얼마 후 아이는 우리 집에서 떠났다. 아이의 큰댁 엄마인 우리 엄마가 아이를 보낸 것이다. 이유는, 하루 종일 잘 놀다가도 마당에 땅거미가 내려앉기 시작하면 제 엄마가 있는 산 너머를 하염없이 바라보고 있다는 데 있었다.

"지 에미 멀쩡히 살아 있는데, 저 어린 거 생이별시키면 죄 받지. 여기 지 아비가 살아 계시길 하나."

아이가 떠난 뒤, 하늘은 한동안 아득한 공간이 되어 내 여린 눈을 헤매게 하였다.

그리고 좀 더 세월이 흘러 아이의 큰엄마인 우리 엄마도 불의의 사고로 세상을 떠난 지 몇 해가 지났다. 부모 없는 고향집에 가는 일은 소태보다 썼다. 오빠네 식구들은 나를 어쩌다 들르는 손님

대하듯이 했다.

그런 고향집에 어느 해에 가니, 아이가 다시 집에 와 있었다. 중학교에 진학해야 하기 때문에 아이의 엄마가 본가로 보낸 것이라고 했다.

'본가는 무슨! 아이는 제 엄마가 키워야지.'

아이는 전보다 머리통도 단단해져 보였는데, 틈만 나면 나를 지그시 쳐다보곤 하였다. 측은한 마음이 들기도 했지만 무언가 애원하는 듯한 그 눈빛이 싫어 외면해 버리곤 서둘러 쓸쓸한 집을 나섰다. 아이는 말없이 나를 버스 정류장까지 바래다주었다. 아니, 그냥 쫓아왔다고 해야 할 것 같다. 차창 밖에 서 있는 아이의 눈빛은 여전히 나를 붙들고 놓아 주지 않았다. 가엾기도, 비굴해 보이기도 한 눈빛. 저 눈빛을 낳게 한 아이의 엄마에 대한 분노가 가슴을 눌렀다.

아이는 또 떠났다고 했다. 이번엔 형수한테 거짓말을 했다는 게 이유였다. 그 이야길 전해 들으며, 누구도 아이에 대해 너그러울 수 없음을 알았다.

그리고 아주 가끔 풍문으로만 소식을 들었다.

머리가 비상해 혼자 공부해서도 검정고시에 합격했다데, 성질이 고약해 제 엄마한테 걸핏하면 행패를 부린다 하데, S대 법대에 합격을 했다데, 입학만 해놓고 바로 사라졌다데, 양어장을 하다가 사기를 쳐 호주로 도망갔다데.

무성한 이야기 가운데에서 아이의 속마음을 이해하고자 하는 빛을 읽을 수는 없었다. 아이는 여전히 핍박의 대상이었다.

'이 세상 어디서라도 네 스스로 주인공이 되어 당당히 살아야 할 것을.'

가슴 언저리엔 늘 아이의 눈빛으로 끈끈했다.

****

아이는 장년이 되어 내게 나타났다. 머리칼은 듬성듬성 빠져 있었고, 두어 시간의 첫 만남에 준은 너털웃음을 열 번도 넘게 터트려 대화를 끊곤 하였다.

"넌 왜 진지하지 못하니?"

끝내 핀잔을 주고 말았다. 너털웃음의 깊은 바닥의 의미를 알 것 같아 두렵기도 했다. 준은 초라했다.

"누나, 누나한테 혼나니까 너무 좋다."

여섯 살 무렵의 아이였을 때에 작은 소리로 '누님'이라 부르던 아이가 어른이 되어 '누나'라 부르며 껄껄 웃고 있었다. 준은 여전히 끈을 갖고 싶어 했다. 그래서 눈빛의 끈을 놓지 않으려 내게 매달렸고, 이제는 너털웃음으로 내게 응석을 부리고 있었다. 준의 너털웃음은 그냥 웃음이 아니었다. 살아온 날들의 바람 빠진 풍선이 내는 소리 같았다. 번듯한 모습으로 나타났더라면 싶었으나 그래도 마음을 나눌 수 있는 손아래 피붙이를 다시 만났다는 생의 변화에 든든한 생각도 들었다.

몇 차례 더 만나는 중에 준의 가족사를 듣게 되었다.

"우리 엄마는 전생에 뻐꾸기였나 봐요. 남의 둥지에 새끼를 낳아 놓고는 당신은 훨훨 창공을 날아다니며 자유롭게 살았지요. 전요, 윤씨와 황씨, 각자 성이 다른 누나들이 학교도 빠져 가며 업어 키웠다 하대요."

껄껄껄. 준의 너털웃음은 민들레 홀씨처럼 사방으로 퍼져 흩날렸다.

그리고 얼마 후에 준은 내게로부터 자취를 감췄고, 일 년쯤 지나 뇌종양 말기 환자가 되어 무의탁 환자를 거두어 주는 국립의료원 병실에서 나를 맞았다. 준은 이미 의식이 오락가락하는 상태였다.

"준은 아버지의 피를 함께 나눈 막내 누나가 좋다고 입버릇처럼 말했어요."

누나들 중, 내게 연락해 온 셋째 누나가 곁에 다가와 말해 주었다.

'준은 왜 허공에서만 살았을까.'

가슴이 뻐근해 왔다.

"이 앤 평생을 스스로 엄마의 속죄양으로 살아온 듯해요. 가엾기 짝이 없어요."

준은 곧 눈을 감았다. 임종을 지켜본 의사의 말로는 평화롭게 갔다고 했다.

살아가는 날들의 톱니바퀴는 때로 매몰차게 돌아가곤 했다. 나는 준의 장례에 함께 하지 못했다. 여러 달 전에 예약해 둔 북경행 비행기를 타야 했던 것이다. 겉으론 부득이한 일이었노라고 말해 두었다.

준의 마지막을 끝까지 함께 해주지 못하고 도망치듯이 헤어 나와 하늘 저 멀리 날아오른 내 마음의 알 수 없는 무늬를 누구든, 어디선가 눈이 시리도록 지켜보고 있게 될는지도 모른다. 그 누군가가 바로 어쩌면 준일 수도 있을 것이다.

누나, 우리는 여기까지입니다. 굿바이. 길 저편에서 준의 음성이 들려오는 듯했다.

눈물이 곧 사라질 무지개 같은 끈을 타고 소리 없이 흘러내렸다.

강가의 하얀 호텔 체류기

1971년 5월. 막다른 골목 하수구 위에 서서 시도 때도 없이 허리를 굽혔다. 토악질하는 듯했으나 기실은 뭉클, 뭉클, 구름 같은 가래를 뱉는 일이었다.

약국에서 사흘치 감기약을 받아 먹고도 그 증상은 계속되었다. 약국 주인이 말했다. 큰 병원으로 가보세요. 표정이 어두웠다. 신기하게도 회오리바람 안에 갇힌 고요처럼 가슴이 평온해지는 듯했다. 의사는 오랜 연륜을 지닌 할아버지였다. 긴 병이 될 테니 요양할 데를 찾아봐야 돼.

가족들은 마지막을 거두어 주는 심정으로 피신처가 될 데를 수소문했다. 돌배기 피난 시절에 진작 명이 다할 줄 알았는데……. 어린 게 눈만 퀭하니 붙어 있어 몇 해 살 거 같지 않았더만. 넋두리

삼아 하는 말들 속엔 스무 살 남짓 산 것이 오히려 기적이었노라는 뉘앙스가 실려 있었다.

강가에 하얀 건물이 서 있어. 백사장도 정말 아름답단다. 정원엔 키 큰 나무들도 많아. 아침마다 주사를 맞고 스트렙토마이신과 신약이라는 아이나를 먹으며 친구에게 편지를 썼다. 친구는 멋대로 상상하며 꽃그림 카드에 답장을 보내왔다. 넌 멀리 여행 가서 하얀 호텔에 머물러 있는 거 같아. 지금쯤 하얀 가운을 입고 우아하게 침대에 누워 있겠지. 그리고 6월 어느 날 친구는 내 병실 문을 두드렸다. 헤어질 땐 긴 머리였는데 그새 상큼하게 커트를 하고, 빨간 티셔츠를 입어 더욱 발랄해 보이는 친구는 팔 가득 안개꽃을 껴안고 있었다. 친구가 말하는 하얀 호텔은 그녀에게 잠시 먼 이국의 여행지가 되어 주었다. 하지만 내게는 미래를 예측할 수 없는 어둔 병동일 뿐이었다.

조용한 독방을 주세요. 회진하는 의사 선생님께 청을 넣자 그는 껄껄 웃으며 말했다. 독방은 심심해서 안 돼. 그래도 막무가내로 내가 고집을 부렸다. 안 된대두. 병을 고쳐야지. 거구의 몸집인데도 바람 소리를 내며 그는 빠르게 병실 문을 나가 버렸다. 나는 독방에 대한 미련을 쉽게 버리지 못했다. 혼자서라면 하고 싶은 세상의 모든 것들을 다 해낼 수 있을 것 같았다. 독서욕과 글을 써야 한다는 강박관념도 한몫을 했다. 4병동. 산자락 아래 외따로 떨어진 고즈넉한 그곳. 내게는 독방의 혜택을 누리는 사람들이 머물 수 있는 신비의 별세계로만 여겨졌다. 먼발치에서 자주 그곳을 바라보곤 하다가 곧 새로운 사실에 나는 그만 쓴웃음을 짓고 말았다.

4병동은 죽음을 준비하는 생의 마지막 장소였다. 이 세상에서 더 이상 희망을 가져 볼 수 없는 죽음 예고자들만이 독방이라는 선물을 받는 것이었다. 나는 다리가 후들거려 다시는 그곳을 찾지 않았다.

폐 오른쪽 하엽에 있는 동공을 떼내야 할 거 같구먼. 수술이 잘 되면 아마 복학도 가능할 게야. 다시 학교에 갈 수 있다는 말은 북소리가 되어 내 가슴을 둥둥 울려 주었다. 강가로 나가 흐르는 강물을 바라보았다. 강물 위로 쏟아지듯 햇살이 내려와 반짝였다. 넌 살 수 있어.

회복실은 흡사 영화에서 보는 야전병원 같았다. 여기저기에서 터져 나오는 수술 환자들의 외마디 소리는 전쟁터를 방불케 했다. 조용한 내 신경들은 원색적인 그 소리들을 거부하며 미간을 찌푸리게 했다. 좀 참지, 참을성 없기는!

그리고 서서히 내 몸에도 미지근한 대야 물처럼 고통이 번져들기 시작했다. 난 이것쯤 견딜 수 있어. 타고난 의지의 여신이듯 침대 위에서도 꼿꼿했다. 하지만 고통으로부터의 예외는 없었다. 아, 아, 아~. 수 분 후, 아니 수 초 후에 마취에서 깨어나기 시작한 나는 이불을 걷어차며 울부짖었다. 참을 수 없는 고통은 용광로 같았다. 이 고통이 어쩌면 영원이 되진 않을까. 의구심이 나를 덮쳐 와 또 온몸을 버둥거리게 했다.

아픔은 곧 사라져. 철부지 아가씬 이제 용감하게 결핵균도 퇴치

했으니 세상에 나가면 젤 먼저 뭘 하고 싶나? 의사 선생님이 다가와 악수를 청하며 물었다. 세상 사람들처럼 창가에 앉아 커피를 마시고 싶어요. 전혀 아무런 일이 없었던 듯이.

창가의 커피숍, 그곳은 내게 상상만 해도 황홀한 신천지였다.

그리고 기적처럼 수십 번의 봄, 여름, 가을, 겨울을 보내며 살고 있다.

그건 아마도 세상을 향한 내 안의 '꽃물 같은 꿈'이 늘 일용할 양식이 되어 주고 있는 덕분이리라. 강가의 하얀 호텔은 때로 한 조각 그리움이 되어 주기도 한다. 삶의 한 소중한 징검다리였기 때문일까.

시 어 머 니 , 그 녀

이제, 나이가 든 이유 때문일까. 지금 정이는 시어머니, 그녀의 오래된 이야기에 잠자리 날개 같은 얇은 옷을 입혀 환한 거리에 내놓으려 하고 있다. 정이로선 전혀 생각지 못했던 참 별난 일이다.

“야야, 행여 내 얘기 소설로 쓰면 절대 안 되야.”

그때 정이는 아무 대답도 하지 않았다. 세상 안에서 일어나고 있는 자잘한 일보다는 어디에도 없는 보이지 않는 곳을 향해 치열하게 헛발질하고 있을 무렵이었다.

****

초로의 여자가 비탈진 텃밭에 서서 올라가는 정이를 내려다보며 어서 오라고 손짓을 했다. 시어머니가 될는지도 모를 여자는 몸집이 좀 부해 보이기는 했으나 멀리서도 피부가 백옥 같았다. 그녀는 정이가 다섯 걸음쯤 거리에서 멈추어 섰을 때엔 어린 상추 잎을 따서 5월의 맑은 햇빛을 향해 한 장 한 장 비추어 보고 있었다.

"벌레가 안 보이네. 물만 주어서 그런가."

여자는 천천히 정이를 돌아보았다.

"어서 와. 초행길에 고생했겠네."

정이는 가슴이 쿵쿵 뛰었다. 정이에게 여자는 신비의 섬이었다.

작은 읍 한복판에 있던 재빼기 시장에서 일어난 그녀의 이야기는 전설이 되어 바람보다 빠른 소문을 타고 옮겨 다녔다.

"별이 친엄마가 강물에 빠져 죽었대."

그런 여자를 정이는 지금 꿈결처럼 만나고 있는 것이다.

그녀는 상추와 파 두어 뿌리를 뽑아 정이 손에 들려 주며 낮은 대문을 밀었다.

"별이 여학교 친구라지? 몸도 약하고 부모님도 안 계시다고 해난 반대를……."

여자는 정이가 끌어안고 있는 가슴의 화인에 불을 대고 있었다.

"그럴 자격도 없는 에미지만……."

목소리가 잦아들어 끝엣말은 서서히 안개 사라지듯 멀어져 갔다.

"우리 집은 반찬이 별로 없어. 그저 매양 두세 가지 정도지."

꽃무늬 자개로 띠를 두른 작은 두레상엔 노란 계란프라이가 주인 노릇을 하고 있었다. 간장과 양념을 섞어 살짝 버무려 낸 상추무침은 도심 근교에서의 한적한 생활이라는 것을 대신 말해 주고 있는 듯했다.

낯선 자리에서 둘이 마주앉아 밥을 먹으며 정이는 여자의 숟가락질에서 오사이 다사무의 단편 〈사양斜陽〉에 나오는 주인공 카즈코의 어머니를 떠올렸다. 그녀는 어느 날 딸과 함께 식사를 하다가 밥알을 흘렸음에도 표정 하나 바꾸지 않고 천연스럽게 밥알을 주워 다시 입에 넣었다. 카즈코는 그런 모습에서도 전쟁 후 몰락한 가문의 어머니가 여전히 그 고귀함과 아름다움을 잃지 않고 있는 데에 어떤 숨길 수 없는 신비를 느끼게 되었다. 정이는 오래도록 그 장면이 잊히지 않았다.

마루 괘종시계 옆에는 갓 쓰고 도포 입은 할아버지가 잔디밭에 의자를 놓고 앉아 정중히 찍힌 빛바랜 사진이 액자 속에 들어 걸려 있었다.

"함경도 우리 집 옛 후원이지. 저 할아버지가 부모 없는 날 고이 키우셨는데……."

****

시어머니, 그녀가 위 수술을 받고 나서 퇴원 후 집에 돌아와 정양을 하고 있으니 와서 며칠 돌봐 달라는 기별이 왔다. 연락한 사람은 시어머니의 남자였다.

정이는 얼마 전 임대아파트에 당첨이 된 것을 기적으로 여기며 팔소매를 걷어붙인 채 이사를 하고 나서 쌀통에 쌀 한 말을 사다 부어 놓고 그만 주저앉을 찰나에 다시 일어나 아이와 함께 집을 나섰다. 아이 아빠는, 무슨 자격이 있어 사람을 부리려 하느냐며 볼멘소리를 했다.

그녀는 누운 자리에서 정이를 보고 반색을 했다. 나도 이렇게 부르면 올 사람이 있어요, 하는 당당한 표정이었다. 남자도 그런 그녀를 보며 빙긋이 웃어 주었다. 흐뭇해 보였다. 사람이 오가는 공기의 흐름은 그들을 비로소 고개 들고 숨을 쉴 수 있게 해주는 것인 듯했다.

남자는 날마다 퇴근해 오면서 소 내장과 천엽을 사 갖고 신문지에 싸서 들고 왔다.

"수술 환자에겐 이게 소화를 도와주어 좋아."

그는 면허증이 없으므로 병원에서 보조 의사로 일하고 있었다. 주변에선 누구에게나 매우 친절하고 간단한 수술도 잘하는 의사로 신뢰하고 있다 했다.

정이는 부엌 바닥에 쪼그리고 앉아 시간을 모른 채 오돌도돌한 천엽에 붙은 우윳빛 광대머리를 조각칼로 조각을 하듯이 하염없이 떼어내는 일을 했다.

천엽은 가늘게 채를 쳐서 참기름과 통깨를 넣어 조물조물 무치고 광대머리와 내장은 푹 고아 하얗게 즙을 내었다. 환자는 힘차게 마셨다. 부엌 바닥에서 보낸 시간에 비하면 눈 깜빡할 새였다. 정이는 잠깐 저도 모르게 눈을 감았다.

'산다는 건 징그럽게 질긴 거구나.'

그런 그녀가 가슴을 치며 장독대 계단에서 쓰러지는 사건이 생겼다. 낮은 대문을 통해 뒷방에 새로 세 들어 온 여자가 정신없이 소문을 날랐기 때문이다. 세 든 여자는 밖에서도 소문을 들고 와 정이에게 속삭였다.

"자식 넷을 낳고서 약방 노총각하고 바람이 나서 먼 데 도망가 살다 오신 거라면서요, 주인아주머니가? 그 소문 정말 맞아요? 여기 아들은 원래 첫 남편 자식인데 데리고 도망 나와 호적을 이쪽으로 옮겼다는 소문두요? 아이구머니나, 세상에!"

몸이 아픈 것도 잊고 세 든 여자의 대문 여닫는 소리에 촉각을 곤두세우던 시어머니, 그녀는 기어코 방에서 나와 장독대 앞을 기다가 혼절을 하고 만 것이다. 장독 항아리에서 고추장을 뜨고 있는 정이 뒤로 다가와 소곤거렸으나, '아이구머니나, 세상에!'에서 세 든 여자는 흥분해 목소리를 있는 대로 높이고 있었다.

시어머니, 그녀는 세 든 여자를 내쫓고도 하루에도 몇 번씩 냉수를 들이키며 '죽어야지, 내가 죽어야지'를 외쳤다. 정이는 그 모습을 처절한 심정으로 바라보았다. 수만 겹 포장을 치고 또 쳐도 소문은 막무가내로 신명을 내 춤을 추고 돌아다녔다. 그래도 정이는 소 내장과 천엽 다듬는 일을 멈추지 않고 계속했다. 동물의 비릿한 냄새 때문에 두통은 사라지지 않고 있었으나 시어머니, 그녀는 다시 얼굴에 화색이 돌기 시작했다.

'죽어야지, 내가 죽어야지' 소리가 빛을 바래 갈 무렵 정이는 집으로 돌아왔다.

****

기별이 왔다. 야반도주할 때 업고 갔던 젖먹이 아들이 마흔이 넘어 결국 길가 늪에 빠져 죽었다는 소식이었다. 가슴의 허허로움을 어찌하지 못한 채 엄마의 약점을 밑천 삼아 허랑허랑 살다가 간 그의 마지막에 정이의 시어머니, 그녀는 부드러운 미소로 몇 안 되는 문상객을 맞고 있었다. 오히려 정이는 꺼이꺼이 울부짖으며 장례식장 바닥에 나뒹구는 그녀의 헝클어진 모습을 환시로라도 보아야 할 것 같았다. 너무 깊은 슬픔은 타서 하얀 연기가 되어 사라져 버리는 것일까.

'산다는 건 끔찍하게도 질기디질긴 거구나.'

정이는 언젠가 '그 앤 내 자식이다' 한 시아버지에게 전화를 걸었다.

"삼촌이 스스로 세상을 등졌답니다."

전화기 너머에선 긴 침묵이 흘렀다. 침묵을 답으로 들으며 수화기를 놓으려는데, 마른기침 소리가 들렸다. 다시 수화기가 아래로 내려가는 순간 아득한 소리가 올라왔다.

"네 어머니 위로해 주어라."

****

아흔이 넘은 시어머니, 그녀는 여전히 낮은 대문 앞 텃밭에 나와 현미경인 양 어린 상추 잎을 햇빛에 비추어 보며 더러는 오가는 사람들에게 상냥한 미소를 건네기도 할 것이다. 애초, 오래전에 집을 지을 때 낮은 대문을 고집했다는 그녀는 건강하시라는 덕담에 '아이구, 이제 죽어야지' 하며 더욱 환하게 웃을는지도 모른다.

임 상 태

우럭

Qyd

내일의 정원

임상태

중앙대학교 연극영화학과를 졸업하고 동 대학원 연극학과와 성균관대 대학원 공연예술학과, 강릉원주대학교 대학원 미술학과에서 수학했다. 2011년《문학나무》겨울호에 미니픽션으로 등단했다. 1996년 기독교 미술대전에서 입상했으며, 여러 차례 전시회를 가졌다.
쓴 책으로는 경계선적 문학집《천국보다 낯선》이 있다.

우 럭

모든 것은 밀려왔다 쓸려간다. 태풍 메아리가 잦아들던 날의 바다도 그랬다. 사람들은 대포항은 알지만 그 아래 후진항이 있다는 사실은 잘 모른다. 기실 대포항보다 후미졌다. 나는 이곳에 도착했다. 후진항에 있는 해변 활어회센터의 문을 열고 들어선다. 드르륵- 문 여는 소리에 놀란 아줌마가 놀래미처럼 튄다.

"놀래미는 제철이 아니고요, 가재미가……."

"그냥 우럭" 하곤, 뚝뚝하게 자리에 앉는다.

장마에 때이른 태풍이라니……. 가정에 이상한 기류가 인지 하루 이틀이 아니었기에 이런 날씨에 익숙하다. 아내를 때려 피투성이를 만들어서일까? 경찰서를 나서며 외친 욕설- "씨버럴년 확 회쳐

부부싸움
2009 가을
안상태.

먹어 벌라!" 그래서인지 회가 역겹다.

"그냥, 구이로."

아줌마는 이내 우럭을 건져 펄떡이는 가슴선을 칼로 도린다. 드러난 속살이 마누라 처음 벗겼을 때 같다는 야릇한 상상도 해본다. 피를 씻어 넓게 펼친 우럭 한 마리를 물범 거죽 널듯 석쇠 위에 떡하니 엎는다.

시간은 흘렀고 잔은 비워졌다. 입안엔 초침처럼 군침이 돌았지만 타들어 가는 우럭만 바라보았다. 우럭은 제 한 몸 가른 두 몸을 맞대고 불 속에서 서로를 끌어안고 있었다. 타들며 뒤채고 당기며 일그러진 얼굴들. 동자에 맺힌 물기가 어쩌면 눈물일 수 있다는 사실을 시꺼멓게 그을린 녀석의 표정에서 알았다.

샴쌍둥이 같은 한몸이 눈물로 부둥킨,
우럭은 입맞춤하고 있었다.

Q y d

진창 술을 마셔 대고 있었다. 문학 공모에 다섯 번 최종심에 오르고 다시 낙방하던 날, 니미뽕이라며, 지미랄뽕이라며 병을 물었다. 옆에 앉은 선배는 말했다.

"표준말을 써 씨봉새야, 니미뽕이 아니라 니 어미 뽕이야."

귓속으로 스멀스멀 벌레 기어 다니는 소리가 들렸다.

'그래, 니 어미 뽕.'

결국 나는 나를 낳아 준 어머니의 자궁을 부정하는 것이 나의 길임을 알았다. 어머니 뽕 안에 머무른다면 편안하겠지만, 뽕은 결국 박차고 나가야 할 그야말로 '뽕'이었고, 차라리 난 어디론가 '뽕' 날아가고자 했다.

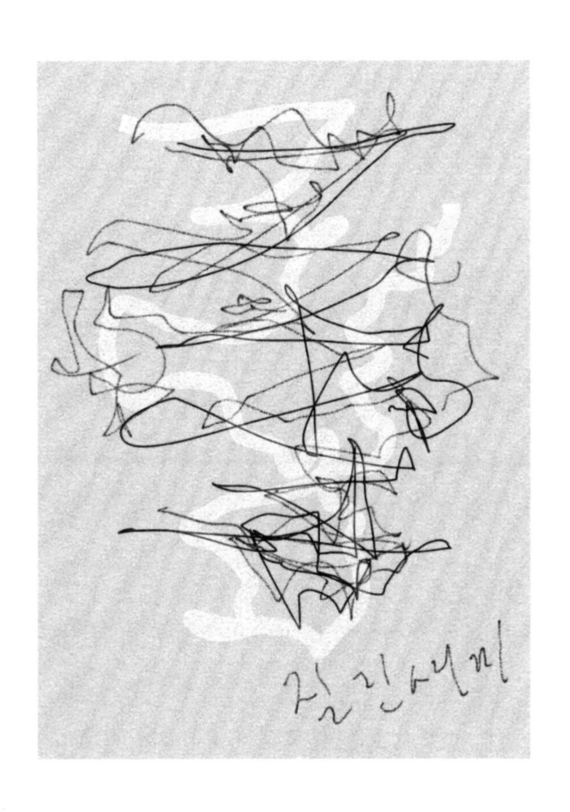

술청 위로 벚나무가 자랐다.

흐드러진 꽃 위에 하늘길이 열렸다. 날자,

다시 한 번 날자구나.*

* 이상의 〈날개〉에서 차용.

내일의 정원

대교大橋를 건너는 차 안에서 어머니가 약을 발라 주신다.

"어머니, 우리는 괜찮았어요. 내 친구네 집은 아침 밥상에 유리병이 날아들었대요."

차창이 흔들린다.
눈썹 밑 강물이 일렁인다.

고추

모든 식물은 꽃이 진 후 열매를 맺는다. 어머니가 일군 밭은 네 번의 꽃이 진 후 열매를 맺었다. 고추였다. 해거름 찬 강에서 몸을 건져내신 어머니. 힘든 몸을 곧추세우며 빨간약을 챙기셨다.

"나리나리 개나리 입에 따다 물고요."

정원

개나리 정원에 고추밭을 가꿨다. 참새가 날아들었다. 그즈음의 새들은 유난했다. 발톱에서 진딧물이 흘렀다. 허수아비를 세웠다. 그래도 참새는 날아들었다. 가끔은 다른 새도 찾아왔다. 카나리아가 노래했지만, 어머니는 노래가 시끄럽다며 귀를 막았다. 구관조가 춤을 췄지만, 아홉 색이 정신 사납다며 눈을 가렸다. 때로는 쫓는 손길에 정원이 다치기도 했지만 어머니는 모르는 듯했다.

어느 날 잉꼬 한 쌍이 안방 창가에 둥지를 틀자, 자신은 새가 아니라며 뒷마당에 홀로 움막을 쳤다.

'어머니 울지 마세요. 모든 기억은 무덤이어요.'

차 안엔 정적이 흘렀다. 누구도 말을 붙이지 않았지만, 아무도 모르는 사람은 없었다.

발병

어머니의 몸이 아팠다. 점쟁이는 손가락을 꼼질, 얼굴을 씰룩이며

Mother.

2011

[illegible]

신이라도 받은 듯 마당의 연못을 메우라고 했다. 이튿날부터 공사가 시작됐다. 일꾼들은 개나리꽃을 따 물고 노오랗게 물든 이빨을 제각끔 자랑했다. 참이 나오자 막걸리 사발을 들고 채 영글지 않은 고추를 따 한 입씩 베어 물었다. 개나리는 그렇다 쳐도 고추는 왜 땄냐며 어머니는 눈을 희번덕였고, 인심 사납다며 돌아선 일꾼은 자기네 집에도 콩나물은 키운다며 침을 뱉었다.

이상한 일이었다. 시월이 되어도 고추가 여물 생각을 안 했다. 진딧물 때문일 거라 생각했지만, 정확한 이유는 알 수 없었다. 어머니의 병이 도졌다는 소식이 들려왔다. 종양. 심인성이었다. 정원 일을 시작하며 돋아 오르던 것이 마음 한쪽 점점 자라, 고추가 크는 만큼 꽃이 만발한 만큼, 무수한 가지에서 뿌리내려 쇠잔한 발등 위로 약 알을 쏟아냈다.

어머니의 눈가엔 짓무른 고추만 어른거리고…….

미소

주름진 눈으로 한참을 바라보시다 엄지손으로 어르신다. 곪지 않게 조심하라며.

은행잎이 쏟아진다.
사금파리처럼 쓸려간다…….

'어머니, 그땐 정말 그랬어요. 모두들 상처에 고름투성이였어요. 숨가쁜 계단 발짝 소리, 깨진 창 새로 바라보던 잿빛 하늘, 문지방을 날름대던 시퍼런 이끼의 혓바닥이요! 경황이 없었어요. 빨간약이 있었지만 서로를 보지 못했어요. 모두가 잘못 영근 알이에요. 미운 오리 새끼처럼요.'

어머니는 숨을 가누셨다. 끊길 듯한 숨결 사이로 낮은 구름이 드리웠다. 문득 새가 스쳐갔다. 어머니의 입가에 미소가 배었다. 강 너머 태양 같은 정원이 떠올랐다. 잘 영근 대청마루에 놓인 수박 속살 같은 붉은 정원. 차창엔 꽃잎이 날아들었고, 저물녘 햇살은 강물 속 비늘 지듯 몸을 던졌다.

정 인 명

어떤 시선
잃어버린 6학년
고독한 자유

정인명

미국에서 전산으로 석사과정을 마치고 귀국해 소프트웨어 관련 일을 하다가 지금은 대학에 출강하고 있다. 사진과 음식에 관심이 많고, 여행을 좋아한다.

어 떤 시 선

카메라를 의식하고 취하는 포즈가 어색하고 부자연스러워 스냅 사진을 좋아하는 나로서는, 모임이나 행사 후 사진 정리를 하다 보면 버리는 사진이 많다. 초점이 안 맞아서 버리는 경우도 있지만 대부분은 사진에 찍힌 사람이 자신의 모습을 보고 싫어하지 않을까 하는 우려에서다. 누군가 이야기했듯이, 내가 찍은 인물 사진은 곧 나의 자화상이기에, 미루어 짐작하건대 그들 또한 사진에 찍힌 모습 그대로를 자신의 모습으로 받아들이길 원치 않을 것이다.

낡은 종이 상자 속에 차곡차곡 쌓여 있는 빛바랜 사진처럼, 기억 속에 묻혀 있는 얼굴 하나. 이름조차 기억에 없는 그 아이는 중학교 2학년이 되면서 나와 같은 반이 되었다. 우리는 키가 큰 편이어서 맨 뒷줄에 앉는다는 공통점이 있긴 했지만, 그 외에는 어떤 비슷한 점이나 공통의 관심사가 없었던 걸로 기억한다. 말 그대로 그 아이는 나에게 보이지 않는 존재였다.

그런 그 아이가 수업시간에 힐끔힐끔 나를 본다는 느낌을 받았고, 어느 날부터인가 나에게 편지를 주기 시작했다. 편지를 직접 건네주는 것이 아니라 반 전체가 자리를 비운 체육시간에 내 책 속에 끼워 놓으면, 나는 그것을 집에 가서 발견하는 것이다. 어떤 건강상의 이유가 있는지는 몰라도 그 아이는 체육시간엔 항상 홀로 교실을 지키고 있었고, 어느 누구와도 이야기를 한다거나 같이 노는 모습을 보지 못했다.

집착에 가까워진 그 아이의 힐끗거림과 편지는 드디어 미행으로 발전했다. 어느 날 하굣길에 멀찍이서 나의 뒤를 따라온 것이다. 나에게 말을 걸지도 않고 그렇다고 내가 말을 걸 수 있는 상황을 만들지도 않으며, 일정한 거리를 두고 바라보기만 하는 것이다.

그러던 어느 날 버스 안에서 여대생인 듯한 사람이 대뜸 나에게 자기 동생 친구 누구 아니냐고 물어 왔다. 소풍 가서 찍은 단체사진에서 봐서 내 얼굴을 알아봤단다. 버스를 타고 가는 잠깐 동안 난 그 아이의 언니로부터 자기 동생과 친구가 되어 달라는 부탁과 함께 대강의 상황을 들었고, 그런 그 아이의 행동이 조금은 이해가 되었다.

그 사건이 있은 후 얼마 되지 않아 그 아이는 다른 학교로 전학을 갔다는 소문을 남기고 학교에서 모습을 감추었다.

일방적 바라보기의 대상이 된다는 것, 그 느낌은 어린 나이였지만 참으로 이상하고 불편하고 공포스럽기까지 한 것이었다. 40여 년이란 세월이 흘러 희미한 윤곽으로만 남은 그 아이의 얼굴과 조금은 미안한 마음과 함께 기억되는 그 아이의 시선은 긴 시간이 지난 만큼 이제는 더 이상 불편함이나 공포가 아닌 아련한 추억이 되었다.

그동안 나의 일방적 시선의 포로가 되었던 수많은 사진 속 얼굴들……. 반짝이는 비늘처럼 촉촉히 빛나는 시공간의 편린들이 세월의 흔적과 함께 켜켜이 쌓여 빛바랜 추억의 사진이 될 즈음, 영원히 그곳에 고정되어 그림자가 된 그들 또한 흘러간 시간을 도란도란 이야기해 주는 아련한 추억이 되리라. 깃털처럼 가볍고 포근하고 친근한 추억이…….

잃어버린 6학년

10년째 이어지는 어느 모임의 송년회에서 각자 어렸을 때 사진을 공유해 보자는 제안이 나왔다. 덕분에 몇십 년 만에 오래된 사진첩을 뒤져 초등학교 5학년 시절 우리 반 단체사진 한 장을 골라내었다.

어릴 적 이사를 여러 번 가는 바람에 초등학교를 세 군데나 옮겨 다녔는데, 마지막으로 5학년 때 전학을 간 학교는 하와이에 있는 어느 초등학교였다. 한국과 미국의 학기가 달라 5학년 1학기를 서울에서 마치고 그곳으로 가서 9월부터 다시 5학년을 다니게 되어 5학년을 3학기 다니게 되었고, 서울에 돌아오면 한 학년 늦어질 것을 염려해 6학년을 건너뛰고 7학년으로 월반을 했다. 초등학교를 세 군데나 다녔지만, 결국 나에게 6학년이란 시기는 없었고,

결과적으로 초등학교 졸업이란 사건도 없었다.

세월의 먼지를 고스란히 뒤집어쓰고 누렇게 변한 묵직한 사진첩을 한 장 한 장 넘기며, 난 시간여행을 시작했다. 마치 시간이 정지되어 있었던 것처럼, 기억의 필름을 어느 한 구간 잘라내고 매끈하게 이은 것처럼, 조금도 어색하거나 생소하지 않게 그 시절의 느낌과 기억으로 곧바로 이어진다.

그렇다. 시간은 자연스럽게 흘러갈 뿐 아니라 살아 있어서 어느 한 시점을 불러낼 수도, 나를 어느 한 시점으로 불러들이기도 한다. 수많은 이미지와 느낌들로 버무려진 그 시절의 얼굴들과 기억들이, 어느새 문틈으로 스며든 매캐한 잿빛 연기처럼 그동안 잊고 있었던 시간과 공간에 대한 기억을 깨운다. 다들 어떻게 변했을까.

그 시절 난 환경이 바뀔 때마다 상당한 스트레스를 받았던 것으로 기억한다. 말이 전혀 안 통하는 환경에 갑자기 놓였을 때의 당혹감도 그랬고 다시 한국으로 돌아와서도 마찬가지였다. 그때만 해도 학교에는 외국에서 살다 온 아이들이 거의 없어서 아이들의 호기심의 대상이 되기 일쑤였고, 어떤 선생님은 나에게 권투선수 알리에게 보내는 팬레터를 쓰도록 주문하기도 했다. 아직 어린 나이였지만, 이곳저곳 학교를 옮겨 다니며 변하는 환경에 적응하고 살아남기 위한 나만의 노하우를 발견한 것도 그 시절인 듯하다.

그 노하우란 어떤 일이든 지나간 일은 빨리 잊어버리기였다. 그래야만 새로운 것들을 받아들이기 쉽고 편하다는 것을 일찍이 터득한 셈이다. 그 후 빨리 잊어버리기는 습관처럼 되었고, 본의 아니게 변화를 두려워하지 않는, 어떤 변화든 쉽게 적응할 수 있다는 배짱이 생기게 된 것 같다. 덕분에 긴 중년의 시기를 보내고 있는 요즘, 기억하고 있어야 할 법한 일들도 모조리 기억이 나지 않는 부작용이 종종 나타나긴 하지만, 변화를 즐기는 배짱으로 느긋이 삶의 모퉁이를 돌고 있다.

고독한 자유

어느 날 세수하다 갑자기 지독한 치통이 왔다. 잇몸에 번개가 치는 듯하다고 할까, 전기에 감전된 듯하다고 할까, 극심한 통증이 수 초에서 수 분간 지속되다 사라졌다. 이런 통증이 하루에도 몇 차례씩 반복되길 며칠, 신경외과를 찾아 여러 검사 끝에 나온 의사의 진단과 병명은 3차신경통이었다. 뇌신경 가운데 얼굴로 내려오는 신경을 3차신경이라 하는데, 그중 잇몸 쪽으로 내려오는 신경에 문제가 생긴 거란다.

그런데 답답한 것은 딱히 원인도 모르고, 치료 방법도 마땅치 않다는 것이다. 3차신경통은 완치 개념이 없는 난치병이지만, 대신 무통 기간이라는 것이 있어 며칠, 몇 개월 혹은 몇 년간 통증 없는 기간이 있다는 위로 아닌 위로를 하며, 항경련제를 처방해 주고 며칠 기다려 보란다. 진통제가 아닌 항경련제라는 말에 의아한 표정을 짓자, 워낙 통증의 강도가 높아 일반 진통제로는 효과가 없어서 항경련제를 쓰는 것이라고 한마디 덧붙이며 넉넉하게 한 달 치를 처방해 주었다.

문제는 처방해 준 약을 먹어도, 안 먹어도 일상생활이 안 된다는 것이다. 항경련제를 먹으면 온몸에 힘이 없고 몽롱해져서, 안 먹으면 극심한 통증으로 도무지 정상적인 생활이 어려운, 참으로 기막힌 상황이 벌어진 것이다. 그것도 어느 날 갑자기…….

한 보따리 받아 온 약을 먹으며 일주일쯤을 버텼는데 도무지 차도가 없었다. 아무래도 항경련제는 해결 방안이 아닌 것 같아, 다른 방법을 찾아보기로 했다. 한방 치료를 시작으로 기치료와 색채치료를 거쳐 인도 아유르베다, 태극권, 명상, 그림그리기로 이어지며 생전 처음 나에 대해 배우는, 나를 알아가는, 나를 찾아가는 시간이 시작된 것이다. 몸에서 마음으로, 물질에서 정신으로 차원을 넘나들며…….

고통은 그저 불편할 따름이지 나쁜 것은 아니다. 고통의 체험은 자신이 누구인지, 어떤 사람인지 알게 해준다. 도망갈 수도, 회피할 수도 없는 고통, 몸으로 오는 고통에는 어떠한 도피처도 없다. 그 순간만큼은 나만이 느낄 수 있는, 온전히 나 자신이 되는 시간인 것이다. 오로지 나 혼자 감당할 수밖에 없는 사건인 것이다. 침묵의 음성만이 들릴 뿐인 홀로서기의 사건인 것이다. 그런 의미에서 고통의 체험은 자유이다. 고독한 자유.

정 혜 영

참 좋은 친구

넋두리

낡은 사진을 보다

정혜영

가구·인테리어 관련 잡지 편집장과 발행인을 지냈으며,
지금은 중학교 국어 교사로 근무하고 있다.

참 좋은 친구

그녀에게는 남부럽지 않은 친구가 있다. 그리 자주 만나는 사이는 아니지만 필요할 때면 적당히 의지하고 하소연도 할 수 있는 친구다. 그렇다고 서로 시시콜콜 잡다한 사정을 이야기하거나 행동반경을 알고 있지는 못하지만 담백하게 내 모습을 그냥 보여주고 그 친구의 모습 또한 담백하게 받아줄 수 있는 관계이다.

그러나 이처럼 편안한 친구가 된 것은 그리 오래된 일은 아니다. 불과 일 년 전만 해도 그녀에게 전화를 하면 번번이 '지금은 통화를 할 수 없는 상태'라는 친절한 안내음이 들려와 '꼭 필요할 때 개똥도 약에 쓰려면 없다더니'라는 생각으로 화가 치밀어 오르기도 했다. 일부러 전화를 피하고 있다는 느낌에 자존심도 상하고 해서 개똥 같은 그 친구의 연락처를 목록에서 지워 버리기까지 했다. 그리고 주변에서 누군가가 그 친구에게 연락을 부탁하거나 하면 대충 이유를 붙여 그 친구와의 연락을 피하곤 했다.

3년 전, 일방적인 통고로 독립을 선언하고 공동체 생활을 박차고 나간 그 친구. 공동체에 속해 있던 것처럼 보였던 지난 20여 년도 결코 온전한 함께는 아니었던 그 친구.

마음 한쪽을 내려놓고 그 친구에게 조금은 넉넉한 자세가 되어갈 즈음, 그 친구를 꼭 닮은 그녀의 아들이 사춘기를 앓는 것인지 정상 궤도를 벗어나는 조짐 속에 당황한 그녀는 개똥 같은 약이라도 되어 주기를 바라는 마음으로 망설임 끝에 전화를 했다.

시간이 주는 선물처럼 날선 목소리가 둔해지고 위로와 격려할 수 있는 여유를 찾은 그녀. 공통의 과제와 화제를 갖고 있지만 평행선이 주는 편안함을 만끽하고 있다. 갈구하던 자유의 날개를 단 친구가 부디 목적하는 무언가를 향해 비상하기를 그녀는 진심으로 바란다.

넋 두 리

시계는 새벽 3시를 넘어서고 있다. 이렇게까지 집요하게 버틸 생각은 아니었는데, 이제 뒤로 빠지기에는 늦어 버린 시간이 되고 말았다. 그렇게 버티는 시간이 계속되며 4시를 넘기고 5시가 되고 창밖으로 어둠이 허둥지둥 몰려가며 빛이 새어들기 시작했다. 손가락은 반사적으로 움직이고 머릿속은 점점 더 멍해지며 반복적인 작업에 몰두하고 있다. 초점을 잃은 눈동자가 한 곳을 응시하며 의미 없는 동작에 반사적으로 대꾸하듯 역시 의미 없는 행동에 의미 없는 눈길을 보내고 있다. 더 이상 스마트폰의 액정이 밝게 느껴지지 않았던 그때, 밀려오는 요의를 느끼며 자리를 털고 일어났다. 터질 듯이 쏟아낸 뒤 쿵쾅거리는 변기의 물 내려가는 소리를 뒤로하고 마치 유령처럼 이불을 들추며 침대 위로 몸을 움직인다. 온몸의 관절 마디마디가 아우성치며 살아 있음을 일깨우는 그 시간, 고단한 행복감으로 땅속 깊이 침몰되는 고통의 절정 속 환희를 체험한다.

눈꺼풀은 더 이상 내 것이 아닌 양, 내 생각과는 달리 눈알을 밀고 안으로 더 깊숙이 꺼져 가지만 머릿속에서는 여전히 스마트폰 액정 속 현란한 움직임, 섬광 같은 번뜩임이 쉼 없이 펼쳐진다. 어디로 언제까지 가는지 모를 그 영원할 것 같은 이어짐으로, 나는 더 이상 내가 아닌 것 같은 평안함이 영혼에 깃들어 이렇게 세상 그 어떤 것과 단절된다 해도 아쉬울 것도 억울할 것도 없을 것 같은 시간.

그렇게
내가 아닌 나.
새로운 나.
낯선 나.

그러나 어차피 나일 수밖에 없는 내가 한묶음이 되어 혼란의 시간 속, 절대 고독의 강을 건너는 연습에 힘겨워 몸부림치던 그 어둠에 침잠되어 간다.

낡은 사진을 보다

석양이 붉은 옷자락을 거둬 사라지고 난 한참 뒤, 뒤뜰 툇마루 맞은편에 자리한 전나무 가지에 머물던 바람도 지쳐 제 갈 길을 가버리자 작은 별빛 하나가 살짝 전나무 가지를 간질인다.

"안녕? 오랜만이야. 내가 없어도 이곳은 여전히 평화롭게 보여. 바람도 구름도 그리고 한가롭게 나는 새들도 모두 그대로야. 내가 있던 그때처럼 모든 것이 변함이 없구나!"

오래전, 이곳은 철없던 한 소녀가 형제자매와 어울려 꿈을 꾸던 곳이었지. 오빠와 언니는 봄바람 난 것처럼 한참 어린 두 동생을 어떻게 하면 떼어놓을까 고심하며 "동생들을 잘 돌보라"는 엄마의 당부도 잊은 채 자신들만의 놀이를 위해 달렸고, 그런 오빠와 언니를 쫓을 힘이 부족한 소녀는 남동생 손을 꼭 잡고, 마당에 솟아오른 연두색 풀잎의 기지개에 마음을 빼앗겨 놓친 오빠와 언니의 존재는 잊고, 둘만의 놀이를 찾아 금세 관심을 바꾸곤 했어.

부모님이 가꾸던 집 뒷마당 배추밭에서 한여름이면 깡통에 나무젓가락을 들고 벌레를 잡곤 했어. 꿈틀거리는 통통한 배추색 벌레가 왜 그렇게도 징그러웠을까? 부엌문 앞에 놓인 펌프로 끌어올린 시원한 지하수는 우리 남매의 하루를 뽀송하게 마무리해 주는 생명수였고, 한여름 밤 마당에 펼쳐진 돗자리 위에서 아버지가 사 오신 얼음을 송곳과 망치로 잘게 부수어 만든 수박화채라도 먹는 날이면 소녀는 옆에 있는 누가 사라져도 모를 만큼 행복함으로 충만했어. 실컷 먹은 수박 때문에 사고를 친 아침, 척척한 요 위로 굴러와 단잠에 빠져 있던 동생은 어머니에게 날벼락을 맞고, 비몽사몽 간밤 꿈속 일이 떠오른 소녀는 미안해도 시치미를 뗀 채 오래도록 가슴에 비밀 하나를 묻었었지.

어느 가을날, 혼자 집에 남아 있던 소녀는 거실 창밖으로 끝없이 펼쳐진 지평선 너머 떨어지는 석양을 보며 고독인지, 쓸쓸함인지, 슬픔인지 모를 감정이 마음에서 솟아오르는 걸 느꼈어. 되지도 않는 단어들을 이어 가락을 붙여 노래를 부르며 오래도록 내 마음을 노래한 오늘을 잊지 않겠다고 생각했어.

겹겹이 옷을 입어도 문틈으로 새어드는 바람에 유난히도 뼛속까지 시리게 생각되던 그때, 집안에서 숨바꼭질을 하던 남매는 들킬세라 서둘러 몸을 숨기기에 바빴어. 마루에서 부엌으로 기둥에 의

지해 미끄러져 내려가던 소녀를 맞이한 건 날카로운 기둥의 못이었고, 언니의 비명 소리에 놀라 상황 파악이 안 된 소녀는 오빠의 손에 이끌려 눕혀진 뒤 "피 좀 봐!" 하는 남매들의 외침에 왼쪽 볼에 서늘한 기운을 느끼며 울음을 터트렸었지.

"엄마, 크는 게 싫어요."

맹랑한 소녀의 말에 어머니의 눈은 동그래졌어.

"지금이 너무너무 행복해요. 큰다는 건, 어른이 된다는 건 좋은 일 같지가 않아요. 어른이 되면 힘들 것 같아요."

"모두들 빨리 어른이 되고 싶고, 어른처럼 행동하고 싶어 하는데, 우리 공주님은 왜 그럴까? 어른이 되면 어떤 어려움도 척척 해결하는 힘이 생길걸? 걱정 말고 어른이 될 준비나 하세요."

소녀는 어느새 어른이 되었어. 눈빛만 보아도 서로의 마음을 알 수 있고, 말하지 않아도 소녀의 생각처럼 소녀를 위해 존재하던 남매는 각자 새로운 둥지를 틀고 날아올랐지. 어른이 될 준비를 못한 탓일까? 엄마의 위로처럼 소녀의 일상은 그렇게 척척 해결되는 일들만 있지는 않았어. 이제 그때 엄마의 나이를 훌쩍 넘겼어도 겁쟁이 소녀는 아직도 덜 자란 마음으로 그렇게 웅크리고 있었나 봐. 혼자만의 노래를 부르며 어른이 되기 싫어하던 그 마음 그대로 있었나 봐. 이제 내 아이에게 무슨 말을 해줘야 할까? 어른인 척, 용감한 척, 겁나지 않는 척…….

"엄마가 있으니 걱정하지 말거라."

이렇게 얘기해 주던 그날, 소녀의 어머니도 이런 마음이었을까?

오늘 오랜만에 이곳에 왔어. 전나무 가지에 머물던 바람도 지쳐 제 갈 길을 가버리고, 살짝 작은 별빛 하나가 전나무 가지를 간질이듯 철부지 소녀가 어른이 되기 싫다고 떼쓰던 곳. 그날 그곳에는 길 잃은 작고 빛나는 별 하나가 오래된 추억을 들여다보며 떠날 줄을 몰랐어.

최 서 윤

나비와 바다

나는 커서다

토끼, 팬더 그리고 거북이

최서윤

1996년《소설과 사상》으로 등단했으며, 창작집으로《길》이 있다.

나 비 와 바 다

아기는 하루 종일 잠만 잤다. 이 세상으로 오는 길이 너무 힘들어서. 꿈속에서 방금 떠나온 곳을 가보기도 했다. 그곳을 더 이상 갈 수 없을 때 눈을 떴다.

우산살처럼 펼쳐진 모빌에서 노랑나비, 흰나비, 호랑나비가 날개를 활짝 편 채 아기 얼굴을 내려다보고 있다.

눈동자에 또렷한 초점이 생기자 어머니의 따뜻한 눈길과 만났다. 볕 좋은 날은 엄마 등에 업혀서 나들이도 했다. 얼마 후 혼자 몸을 조금씩 움직일 수 있게 되었다. 몸을 뒤채고 기어 다니다 두 발로 일어섰다. 떨리는 걸음으로 한 걸음씩 떼놓으며 걸음마 연습을 했다.

어디로 갈 것인가 망설이며 집 주위를 맴돌았다. 출발하지 못하고 있던 긴 유예 기간 동안, 날마다 다짐하듯 조여 맨 신발 끈 때문에 발목이 가늘어졌다. 흙바람이 불어오는 먼 곳을 향해 선뜻 나서지 못하고 있다가 뒤에서 오는 사람들에게 밀려서 조금씩 움직이게 되었다.

새벽 첫 열차가 도착할 때까지 도착하고 떠나는 소란스러움이 대합실의 긴 의자 위에 누워서 잠들어 있다. 나는 어쩔 수 없다는 몸짓으로 일어나서 시위하듯 커다란 동작으로 전화를 걸러 갔다. 신호음이 채 한 번을 울리지 못하고 끊어진다. 숨을 크게 한 번 내쉬고서 말했다.

"엄마, 나야! 곧 갈게."

"그래, 늦었구나."

오랫동안 말을 하지 않아서 탁하게 갈라지며 어렵게 나오는 어머니의 목소리, 나는 그 집요한 기다림이 싫다. 촘촘한 기다림의 그물을 뚫고 나가려고 매일 밤늦도록 거리를 헤매고 있는지 모른다.

엄마는 내가 새끼 새 같던 시절, 노란 주둥이에 먹이를 물어다 줄 때부터 둥지 안에 가두더니 세상으로 나가 먹이를 모아 오는 역할을 내주고도 거친 세상으로부터 나를 보호하려는 의지만은 남은 듯하다.

나는 얼굴 가득 모래알이 붙은 듯 피곤해서 누울 곳을 찾는데, 어머니는 그때부터 생기가 돌며 내 곁에 앉아 낡은 푸념을 시작한다.

"사람이 글쎄 말이다, 늙으면 얼마나 가벼워지는지……. 요즘은 내 몸을 움켜쥐면 한줌이 될 것 같구나. 얘야! 씻고 자야지. 그냥 자련? 그러기에 내가 좀 일찍 다니라고 하지 않았니. 가만, 그래. 너를 처음 낳았을 때 말이다. 뭔가 배에서 쑥 빠져나간 듯 허전하고, 이제는 어떻게 살아야 하나? 막막하더니……."

어머니는 집요하게 먼지 낀 이야기를 풀어놓으려고 했다. 나는 그에 지지 않을 거부감으로 그 이야기를 자장가인 양 흘려들으며 잠 속으로 도망갔다.

"그는 벌써 다른 곳으로 흘러가고 있는 중인데 아무도 그 흐름을 되돌릴 수 없다고 하더라……."

어제 내린 비가 강물이 되어 흐르다가 바다에 도착했다. 모든 길이 침몰하고 새로운 항해가 시작되는 곳, 깊은 물속에서 방금 전에 도착한 할머니가 내쉬는 안도의 숨소리가 들린다. 이제 막 태어나려는 아기의 울음소리도 들린다.

영혼이 나비가 되어 날아간 몸뚱이에는 무엇이 들어 있을까? 비단 몇 필 짤 만큼 가늘고 긴 슬픔의 가닥이 나올까?

나는 커서다

그동안 내 인생에서 일어난 일들을 읽어 보니 자랑이라고 내놓을 만한 것이 없다. 불운을 나열하고 불평을 한 것뿐이다. 이것으로 무엇을 얻을 수 있을까? 동정? 그딴 건 내가 원하는 게 아니다.

피곤해져서 불을 끄고 눕는데 머리가 베개에 닿는 순간 차가운 회오리바람이 불며 사방이 깜깜해졌다. 전등불을 껐을 때의 어둠과 비교할 수 없이 깊은 어둠이었다.

'어, 이게 뭐지?'

집어삼킬 듯 조여 오는 어둠과 차가움에 놀라 몸을 떨었다. 집, 엄마, 경찰, 아무것도 나를 도와줄 수 없었다. 나는 소름 끼치는 어둠 속에서 혼자였다.

극심한 두려움 속에서 정신을 차려 보니 내가 모니터 앞에 앉아서 자판기를 두드리고 있었다. 방금 전에 쓴 글 밑에 첨삭지도 같이 쓰여 있는 빨간 글씨는 내 글이 아니었다. 내 손은 내 의지와 상관없이 움직이고 있었다. 나는 꼼짝 못하고 바라보고 있었다.

흠, 사라진 제국의 왕자 같은 우월 의식에다가 안개 같은 우울이 적당히 버무려진 글이군. 그러니까 네 마음속에 그린 초상을 한 줄로 표현하면 이거잖아.

"전에는 잘 살았는데 지금은 망했다."

학창 시절의 우월한 성적, 그것 때문에 괴롭다구? 자네 그걸 도대체 언제까지 써먹을 건가? 아직도 기회만 있으면 써먹으려고 하고 있기 때문에 괴로운 거야. 그때 칭찬 받고 으스댄 걸로 끝난 걸 가지고 말이야. 마을버스 타고, 지하철 타고, 공항열차 타고 이제 비행기를 탈 차롄데 마을버스 탈 때 낸 요금 가지고 비행기까지 타겠다고 우기는 거와 뭐가 다른가? 공항열차까지는 환승 제도라는 게 있어서 연결되지만 비행기는 전혀 딴 얘기야.

"아니에요. 아니란 말예요!"

마음속에서 부글부글 끓어오르는 분노와 울부짖음이 요동쳤다. 그러나 입술이 얼어붙은 나는 한마디도 할 수 없었고 모니터 속에는 내 생각과 상관없는 빨간 글씨가 계속 생겨나고 있었다.

직장 생활에서 부적응? 처음부터 익숙하고 편안한 곳이 어디 있니? 거긴 그때까지 살던 환경과 완전히 다른 곳인데, 시간을 가지고 기다려봐야지. 세상에 태어난 것도 아무도 모르는 곳으로의 편입이지만 살아냈잖아. 넌 참고 기다리는 것을 못해서 일을 어렵게 만든 거야. 쓸데없는 자의식과, 조급함이 문제라니까.

게임이 끝나기 전에 만회할 수 없이 간격이 벌어져 있다. 나는 게임판을 벗어나고 싶다.

네 마음대로 안 되는 세상이라 죽고 싶다고? 그건 네 마음대로 되는 일이 아니다. 죽을 때가 되면 죽고 살 때가 되면 사는 건데 그걸 네 마음대로 할 수 있다는 생각 때문에 괴로운 거야.

타다닥 소리를 내며 마지막 문장이 완성되는 순간 모니터에 있던 글들이 사라졌다. 여태까지 써내려왔던 검정·빨강 글자가 사라지고 하얗게 변한 바탕화면 위에서 커서가 깜빡거렸다.

그런데 말이야, 저런데 말이야, 두런두런 얘기하는 소리가 자장가로 들려왔다. 나는 파도처럼 밀려오는 노곤함에 휘감겨 잠이 들었다.

잠에서 깨어나자 곧장 책상 위로 달려갔다. 내가 써놓은 글이 그대로 있었다. 빨간 글씨 따위는 없었다. 깜빡깜빡 나를 바라보고 있는 커서가 반가웠다.

나는 마우스를 쥐고 이리저리 움직여 커서의 위치를 바꿔 보았다. 문장을 수정하고, 삽입하고, 단락을 잘라서 다른 쪽으로 가져가 이어붙이고 다시 처음 자리에 가져다 놓기도 했다.

나는 어제 쓴 글을 모두 지우고 하얗게 변한 바탕화면 위에서 깜빡거리는 커서를 바라보았다.

'너는 누구니?'

한 자, 한 자 칠 때마다 커서가 뒤로 물러나 깜빡였다. 삶의 발자국처럼 찍히며 뒤로 물러난 커서가 '다음은 뭐지?' 호기심 가득한 눈을 깜빡거리며 기다렸다.

좋아하는 것 찾아다니는 나, 싫어하는 것 피해 다니는 나, 내가 어디에 있나 찾아다니는 나, 나는 누구인가 묻고 있는 나…….

그 모두가 나다. 고정된 나는 없다. 매순간 모든 것이 될 수 있는 나는 지금, 여기에 있다. 바로 지금 여기에서 맥박처럼 뛰고 있는 나는 커서다. 지나간 나는 내가 만든 이야기 속의 주인공이다. 지금, 여기에서 생생하게 살아 있는 것이 나다. 나는 매 순간 삶의 처음이자 끝에 서 있다.

나, 너, 적과 친구들……. 온 세상을 담아낼 수 있는 바탕화면 위에서 '다음은 뭐지?' 깜빡거리고 있는 나는 커서다.

타닥타닥, 나는 아무도 걷지 않은 하얀 눈밭을 걸어갔다. 지나갈 때마다 늘어나는 바탕화면은 끝없이 이어질 것이다. 가만히 있어도 생생하게 맥박 뛰며 살아 있는 나는 커서다.

토 끼 , 팬 더 그 리 고 거 북 이

나는 울 아빠의 토끼 같은 새끼다.

경주에서 이기려고 기를 쓰고 달렸다.

앞선 자의 자랑스러움과 승리를 계속 유지해야 한다는 욕심과 부담감으로 땀을 뻘뻘 흘리며 달렸다.

깡총깡총, 깡깡총

언덕에 올라서니 지쳤다.

저 밑의 거북이는 까마득히 떨어져 있어서 점처럼 보인다.

여기 잠깐 쉬었다 가자. 나무 그늘이 시원하다. 깜빡 잠이 들었다.

눈을 떠보니 거북이가 사라졌다.

언덕 반대편 쪽으로 가고 있는 한 점이 보인다.

아이고, 힘들어! 어쩌면 이렇게 먹고 살기가 힘들까?
살기 위하여 종일 대나무 잎사귀를 씹어 대고 소화시키다 보면 하루가 다 간다.
저 언덕을 넘어가야 하는데, 먹고 사느라 대나무숲을 벗어날 수가 없다.
죽을 것만 같다. 이거 보이지? 다크 서클.
하지만 죽는 것이 두려워 웬수 같은 대나무 잎사귀를 하루 종일 씹고 있어야 한다.
질겅질겅, 꿀떡꿀떡

그래도, 세월은 간다.
귀여운 팬더가 성장하여 새끼를 뱄다.
죽을 것 같은 산고를 치르고 새끼를 낳았다.

나는 이제 거북이다.
너를 이기기 위해서도 아니고 나를 이기기 위해서도 아니다.
비가 구름이 되고, 구름이 다시 비가 되듯이
그냥 이쪽에서 저쪽으로 왔다 갔다, 한 발자국씩 점을 찍는다.
천천히, 엉금엉금

다양한 이론, 다양한 작품세계

임헌영 문학평론가

한뼘자전소설집《나를 안다고 하지 마세요》는 미니픽션 작가 26인의 최신작 선집으로 총 73편의 핵편核篇소설을 싣고 있다.

이 한 문장에는 '한뼘자전소설', '미니픽션', '핵편소설'이라는 세 가지 장르 명칭이 등장하는데, 이것은 필자가 의도적으로 그렇게 쓴 것이다. 이유인즉 아직도 대중화되지 않은 미니픽션의 개념을 간접적으로나마 알리고 싶어서이다.

흔히들 A4 용지 1매(원고지 7매) 분량의 초미니 소설이라고 풀이하는 이 장르는 전통적인 명칭으로 말하면 소설의 길이로 따져서 엽편葉篇소설, 혹은 장편掌篇소설, 즉 콩트에 가깝지만, 현대사회에 걸맞은 작명은 아니라서 역시 미니픽션이 더 어울릴 성싶다. 영미권에서는 플래시 스토리flash story라고도 하는 이 장르의 별칭에는 핸드폰 같은 작품, 플래시 픽션, 5분의 미학, 미니 서사 등이 거론되고 있다. 그리고 주요 특징으로 간결성, 다양성, 독자와 작가의 공범 관계, 파편성, 신속성, 가상성 등을 꼽고 있다는 게 이 그룹 작가들의 견해이다.

2004년 8월에 결성된 한국미니픽션작가회 회원인 김의규 화가는 "인터넷 시대 고부가가치를 창출할 수 있는 새로운 콘텐츠"라고 자부하면서 '회화문학繪畵文學'이란 별칭을 쓰기도 한다. 이론적으로 따지자면 파편화되어 있는 현대인의 일상적인 시간의 틈새에서 가장 인기를 누릴 수밖에 없는 질량적인 장르이지만 대중사회에 얼마나 전파력을 지니고 있는가는 별개의 문제일 것이다.

사실 핸드폰에 충분히 넣을 정도의 길이(요즘은 장편소설도 들어가지만 가볍게 넘겨 볼 수 있는 정도의 길이)에 음악과 영상(동영상)까지 가미한 멀티미디어에 가장 적합한 형식은 아마 미니픽션일 것이다. 어쩌면 미니픽션은 인쇄매체보다는 오히려 핸드폰이나 소셜네트워크에 더 적합한 문학 장르로 개발한다면 선풍적 인기를 끌 수도 있을 것이다.

미니픽션의 원산지로 꼽히는 남미의 보르헤스Jorge Luis Borges,

1899~1986와 마르케스Gabriel García Márquez, 1928~2014만 해도 전파 방법으로는 인쇄매체에 의존하는 걸 위주로 삼았는데, 그동안 인쇄매체를 능가하는 매체가 너무나 급성장하여 이제는 병행해야 될 과도기라 해도 지나치지 않을 것이다.

미니픽션작가회 홈페이지에서는 "미니픽션을 하나의 문학 장르로 간주해야 할지, 아니면 단지 하나의 서술 형식으로 봐야 할지 결정해야 하는 문제를 시작으로, 수많은 다양한 미니픽션 작품들의 공통적인 특징과 경향이 무엇인지를 밝혀야" 하지만 "아직 모색 단계라 정형화되어 있지 않으므로 모든 가능성의 문이 활짝 열려 있다"고 밝히고 있다.

그러면서 문학이란 어떤 형식이든 "삶에 대한 통찰"이기 때문에 미니픽션 작가 역시 "인생과 사회의 가장 민감한 문제, 삶의 급소를 발견해 내고 찌를 수 있어야 한다"고 강조하면서 "장편소설이 극영화이고 단편소설이 단편영화라면, 미니픽션은 한 장의 사진에 비유"하고 있다. 그런 압축미 때문에 미니픽션은 "종결된 이야기가 아니라 끝이 열린 이야기"로 "시조에서 종장을 없앤 하이

쿠 같은 작품, 산문의 하이쿠" 같다고 설명해 준다.

또 다른 회원인 이진훈 작가는 현대 한국 문단에서 번지고 있는 이 미니픽션을 단순히 중남미에서 전래한 것으로만 풀이하는 미시적인 자세를 벗어나 우리의 고전문학에서 그 연원을 찾고자 시도한다. "고려시대에 향유되었던 문학 가운데 가전체문학假傳體文學과 설문학說文學"을 거론한 이 작가는 "그 길이가 2000~3000자 정도(번역문 기준)"였던 산문을 예로 든다. 찬찬히 살펴볼 만한 여지가 있기에 그대로 인용해 보자.

> 대표적인 작품으로 '술'을 의인화하여 정사政事를 돌보지 않는 군주를 비판하면서 술로 인한 폐해를 드러낸 《국순전麴醇傳》을 비롯하여, 누룩麴 등을 의인화하여 당시의 문란한 정치·사회상을 비판한 《국선생전麴先生傳》, 《죽부인전竹夫人傳》, 《저생전楮生傳》, 《공방전孔方傳》 등이 있다.
>
> 한편 설說 문학은 일반적으로 '사실+의견(해석, 깨달음)'의 2단 구성을 취하게 된다. 즉, '전제+결론', '사실 제시+의미 부여', '개인

적 체험+그 체험에 따른 보편화 및 깨달음' 등의 양상으로 글이 전개된다. 이는 수필문학과 비슷한 양상을 보이기도 하지만 허구적 내용으로 창작되어 소설적 요소를 지닌 것들도 있다.《슬견설虱犬說》,《차마설借馬說》,《경설鏡說》 등이 있는데 이 작품들은 모두 1000자 안팎의 짧은 글(번역문 기준)로서 풍자·의인·우의寓意와 같은 문학적 기교를 고도로 사용하고 있다.

이진훈, 한국미니픽션작가회 홈페이지에서

이런 조건이라면 "고려시대의 가전체문학과 설문학, 나아가《장자長子》,《노자老子》, 불경佛經 등"도 좋은 창작방법론으로 삼아야 하지 않을까 하는 것이 이 작가의 견해인데, 필자는 전적으로 공감한다.

이 밖에도 한국미니픽션작가회 홈페이지를 보면 구자명·유경숙·김정묘·백경훈 등 많은 작가들의 작품론이 저마다 일가견을 이루고 있다.

이렇게 이론이 분분하듯이 여기 실린 작품세계도 다양하다. 이는 시인·소설가·수필가·화가 등 다양한 분야에서 활동하는 작가들이 미니픽션 창작에 참여하고 있는 데서 그 원인을 찾을 수 있다.

10년 넘게 꾸준히 미니픽션의 정착을 위하여 활동해 온 여러 작가들에게 경의를 표한다. 바라건대 더 분방하고 박진감 넘치는 현실과 상상의 세계를 향하여 훨훨 비상해 주시기를!

미니픽션, 신의 묘수의 말

황충상 소설가, 동리문학원 원장

K대학 문창과 겸임교수 10여 년 동안 나는 미니픽션 강의를 했다. 아마도 대학에서 미니픽션 강의로 학점을 준 사람은 내가 유일하지 않을까 싶다. 이 이야기를 무슨 자랑으로 하는 것이 아니라, 미니픽션이 오늘의 장르 문학으로 필요한 까닭을 말하기 위함이다. 어떻든 그 강의는 학생들 의식 속에 새로운 활력을 불어넣었다.

나는 이렇게 미니픽션 강의 첫 문을 열었다.

"미니픽션은 작은 글이다. 얼마만큼 작은 글인가. 하늘만큼 작은 글이다."

이것은 강의 주제의 내용이다. 따라서 이 글에 미니픽션이란 제목만 붙이면 그대로 미니픽션이 된다. '하늘만큼 작은'이라는 이상충성, 그리고 상투성을 벗어난 뒤바뀐 의미망을 나는 미니픽션의 특장이라 설명하고 물었다.

"너희들도 얼마든지 쓸 수 있겠지?"

"물론이죠."

수강생 모두가 생각의 생기가 도는 표정이었다.

"꼭 기억에 두고 잊지 마라. 미니픽션은 하늘은 크다는 상식으로 접근하지 않는다. 하늘은 작다는 비상식으로 상식의 철학적 실체를 보게 한다."

그리고 미니픽션 작가는 신의 묘수의 말을 그대로 받아쓸 준비가 되어 있어야 한다는 말도 했다.

"신이 그럴까 싶지만 신도 어느 때는 자신을 시험하는 말을 한다. 문득 장난스러운 신의 말, 신도 자신에게 빠질 때가 있는 것이다. 그 이상하고 묘한 순간의 말을 포착한 이야기가 미니픽션이 되는데 가령 이런 것이다."

사람에게 미니픽션이 무엇인가 물으면 사람을 낳는 이야기라 하고, 신에게 물으면 신발이라 한다. 여기서 신의 발이냐, 그냥 신고 다니는 신발인가를 묻지 않아야 한다. 그저 말씀으로 지은 몸이 살과 피의 이야기이듯이 미니픽션은 사실이면서 항상 변환 구조의 환생 이야기로 거듭 새롭게 씌어져야 한다. 그러자면 미니 방구, 미니 냄새, 미니 소리 그리고 미니 귀신 같은 전혀 엉뚱한 생각을 할 수밖에 없다. 그렇게 미니픽션 창작은 생각의 길에 이끌려 완성된다. 그리고 좋은 미니픽션은 항상 나와 너 그리고 모든 우리는 신과 함께 있음도 알게 한다.

어느 날 신은 하늘에서 뚝 떨어졌다. 사람 속에 떨어진 신은 누군가 발에 신겨졌다. 그 사람의 걸음걸이가 달랐다. 누구도 그를 따라잡을 수 없었다. 그의 연인은 그를 따라잡으려다 끝내 잡지 못하고 변심한 그를 떠났다. 그의 형제 부모도 키가 너무 커버린 그를 올려다볼 뿐 그에게 말을 걸지 못했다.

이제 그는 온전히 혼자가 되었다. 외롭더라도 높이 올려다보는 생, 그 꿈을 이룬 그는 꿈을 깨기 위해 걷고 걸었다.

어느 날 그는 하늘을 오르는 자신을 발견했다. 비로소 그는 신을 벗어 던져야 하는 깨달음에 놀랐다. 신의 꿈을 대신 꾸는 사람, 신들린 그는 하늘 중간에서 신을 벗어 던졌다. 오로지 신을 죽일 생각으로.

그런데 신은 죽지 않고 그는 꿈만 깨고 말았다. 그는 다시 신을 찾아 헤맸다. 어디에도 신은 없었다. 맨발인 그는 자신의 발바닥을 들여다보며 웃었다.

"아, 이 길!"

발에 그려진 금이 신의 길임을 알았다.

그리고 어느 날 그는 땅에 떨어진 신을 그의 연인이 신고 하늘로 올라가는 것을 보았다.

이것은 내가 〈어느 날의 꿈〉이라는 제목으로 쓴 미니픽션이다. 미니픽션의 소재가 되고 있는 모든 사물은 항상 우리 곁에서 우리가 불러 주기를 바란다. 오늘의 장르 문학으로 미니픽션은 이미 뿌리를 내리고 있다. 앞으로 미니픽션은 새로운 빛깔과 냄새로 우리의 정서를 밝히고 맑히는 문학이 되리라 믿어 확신한다.